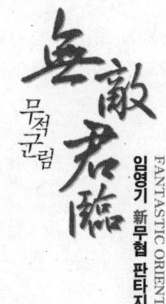

무적군림 1
임영기 新무협 판타지 소설

초판 1쇄 찍은 날 § 2011년 6월 27일
초판 1쇄 펴낸 날 § 2011년 7월 2일

지은이 § 임영기
펴낸이 § 서경석

총괄팀장 § 유경화
편집 § 박우진

펴낸곳 § 도서출판 청어람
등록번호 § 제1081-1-89호
등록일자 § 1999. 5. 31
어람번호 § 제2-2117호

주소 § 경기도 부천시 원미구 심곡2동 163-2 서경B/D 3F (우) 420-822
전화 § 032-656-4452 팩스 § 032-656-4453
http://www.chungeoram.com
E-mail § chungeoram@chungeoram.com

ⓒ 임영기, 2011

ISBN 978-89-251-2557-2 04810
ISBN 978-89-251-2556-5 (세트)

※ 파본은 구입하신 서점에서 교환하여 드립니다.
※ 저자와 협의하여 인지를 붙이지 않습니다.
※ 이 책은 도서출판 청어람과 저작자의 계약에 의해 출판된 것이므로,
    무단 전재 및 유포·공유를 금합니다.

無敵君臨

무적군림

1
악인지로(惡人之路)

임영기 新무협 판타지 소설

FANTASTIC ORIENTAL HEROES

청어람

序		7
제1장	나는 흑풍창기병(黑風槍騎兵)이다	9
제2장	내공생성(內功生成)	29
제3장	벽 너머의 소녀	53
제4장	저항하다	73
제5장	초인탄생(超人誕生)	95
제6장	고녀(瞽女)	119
제7장	고향 집	159
제8장	피로 씻다	183
제9장	악을 응징하는 악인(惡人)	207
제10장	화뢰원(花蕾苑)	231
제11장	악인지로(惡人之路)	251
제12장	전귀(戰鬼)	273

序

 보리의 싹이 새파랗게 올라온 강 언덕에서 세 사람이 하염없이 북쪽 하늘을 바라보고 있다.
 세 사람 다 낡고 허름한 옷을 입었으며, 어머니인 듯한 중년의 여인과 어린 소녀, 그리고 그보다 더 어린 소년이었다.
 뙤약볕 아래에서 힘든 농사일을 마치고 집으로 돌아가기 전 석양 무렵에 세 사람은 언제나 이곳 강 언덕에서 북쪽 하늘을 바라보는 것이 하루의 일과처럼 돼버렸다.
 세 사람의 눈앞에는 황하(黃河)의 누런 강물이 도도하게 왼쪽에서 오른쪽으로 흐르고 있었다.
 그리고 그 너머 산꼭대기에는 높은 만리장성(萬里長城)이

거대한 뱀처럼 굽이치듯 좌우로 끝없이 뻗어 있었다.

이들이 북쪽 하늘을 바라보고 있는 이유는 한 사람을 기다리고 있기 때문이다.

어머니에게는 큰아들이며 어린 소녀와 소년에게는 오빠이고 형이면서 또한 이 집안의 든든한 기둥인 사람이다.

흙먼지가 더께를 이룬 고단한 모습의 어머니 얼굴에는 만리장성 너머 저 먼 북쪽의 거대한 사막의 모래바람과 작렬하는 태양의 열기 아래에서 적군과 싸우고 있을 큰아들 걱정이 가득 떠올라 있었다.

큰아들이 열여섯 어린 나이에 자원해서 군사가 된 것이 벌써 삼 년 전의 일이다.

그가 군사가 된 덕분에 이들 가족에게는 경작할 밭과 집이 생겼으며, 얼마 되지 않는 돈이지만 달마다 꼬박꼬박 전해지는 녹봉으로 풍족하지는 않아도 굶주리는 생활을 하지 않게 되었다.

이들 가족에게 큰아들이며 오빠, 형인 그의 존재는 중들이 부처님을 섬기는 것 이상이다.

그런데 그 큰아들이 벌써 한 달째 소식이 끊어진 상태였다.

그래서 날마다 저녁나절에 북쪽 하늘을 하염없이 바라보는 이들 가족의 가슴에는 점점 피멍이 짙게 들어가고 있었다.

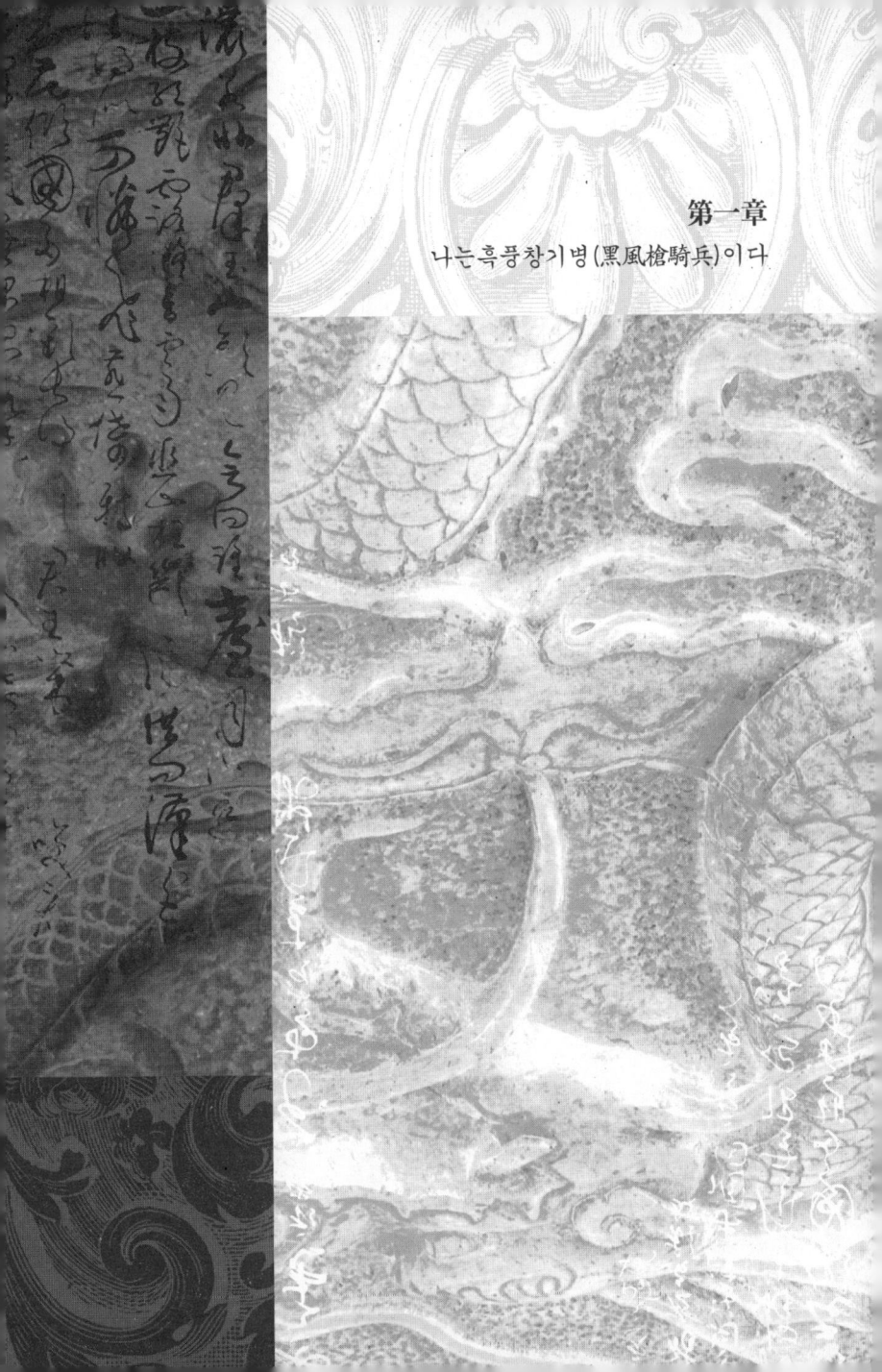

第一章
나는 흑풍창기병(黑風槍騎兵)이다

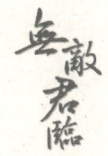

탁!

"먹여라."

어떤 손이 칙칙한 색의 석탁(石卓) 위에 핏빛의 옥병 하나를 내려놓으면서 명령했다.

그 손은 검버섯이 핀 쭈글쭈글한 노인네의 것이었다.

뽁!

석탁 옆에 부동자세로 서 있던 남의경장을 입은 한 명의 남의인이 옥병의 마개를 뽑고는 그것을 들고 한쪽으로 성큼성큼 걸어갔다.

이곳은 꽤 넓은 한 칸의 석실이다. 한쪽의 육중한 철문을 제외하고는 창은커녕 사방에 바늘구멍만 한 틈조차 없는 완전히 밀폐된 장소다.

석탁에서 일 장 반쯤 떨어진 석실 구석 차가운 돌바닥에는 한 사람이 두 발을 앞으로 늘어뜨리듯 뻗은 자세로 앉아 있었다.

그런데 두 손목과 두 발목에 굵고 검은 쇠고랑과 쇠사슬이 채워져 있고, 네 개의 쇠사슬 끝은 그가 앉은 석실 구석 좌우의 벽에 박힌 고리에 연결되어 있는 상태다.

아무렇게나 마구 헝클어진 장발을 길게 늘어뜨리고 갈가리 찢어진 흑색 옷을 입은 그는 정신을 잃은 듯 고개를 깊이 숙이고 있었다.

콱!

옥병을 들고 온 남의인은 흑색 옷을 입은 사람의 머리카락을 왼손으로 덥석 움켜잡고는 거칠게 위로 들어 올렸다.

그러자 눈을 꾹 감고 있는 흑색 옷을 입은 사람의 얼굴이 드러났다.

때가 잔뜩 끼고 코와 입 주변에 까칠한 수염이 자랐으나 얼굴은 앳되어 보였다.

꽤 준수한 용모였으나, 그보다는 굴강하고 용맹함이 더 돋보이는 매우 선이 굵은 얼굴이다.

먹물을 쿡 찍어 바른 듯 짙고 굵은 눈썹과 우뚝 솟은 타협을 모를 듯한 콧날, 그리고 약간 움푹 파인 양 뺨, 까칠한 수염 속에 고집스럽게 닫혀 있는 두툼한 입술.

아무리 많게 봐도 대략 십팔구 세 정도의 나이일 듯했다.

"입 벌려라."

흑색 옷을 입은 사내, 아니, 흑의소년의 고개를 뒤로 젖힌 남의인은 늘 해왔듯이 익숙하면서도 건조한 어조로 윽박지르듯 말했다.

그러나 흑의소년은 혼절을 했는지 미동도 하지 않았다.

"이놈."

탁!

남의인은 왼손으로 잡고 있던 흑의소년의 머리카락을 놓는 것과 동시에 흐르듯이 왼손을 아래로 내려 재빨리 턱을 움켜잡았다.

마치 처음부터 턱을 잡고 있었던 것처럼 한 치의 흐트러짐도 없는 날렵하고 깨끗한 솜씨다.

남의인이 왼손에 약간의 힘을 주자 흑의소년의 입이 천천히 벌어졌다.

"크으……"

탁!

그때 돌연 흑의소년이 거칠게 머리를 흔들어 자신의 턱을 움켜잡고 있는 남의인의 왼손을 뿌리쳤다.

그는 혼절한 것이 아니었다. 다만 극도로 쇠잔한 상태라서 늘어져 있었을 뿐이다.

흑의소년은 두 눈을 똑바로 부릅뜨고 남의인을 무섭게 노려보았다.

내공 같은 것은 일체 담겨 있지 않은 눈빛이지만, 당장에라도 거센 불길을 뿜어낼 듯이 무섭게 이글거리는 살아 있는 눈빛이다.

어이없는 일이지만, 남의인은 흑의소년의 이런 눈빛을 접할 때마다 번번이 가슴이 서늘해지곤 했다. 이유를 알 수 없는 공포가 등줄기를 서늘하게 만들기 때문이다.

그때 석탁 옆에 서 있던 인물이 이쪽으로 걸어오면서 남의인을 꾸짖었다.

"무얼 하는 게냐?"

"용서하십시오, 삼장로(三長老)님."

움찔 놀란 남의인은 이쪽으로 다가오고 있는 인물 삼장로에게 황급히 고개를 숙여 보이고는 흑의소년이 뿌리친 왼손을 빠르게 움직여서 그의 양 뺨과 턱, 목의 네 군데 혈도를 능숙한 솜씨로 점혈했다. 깨끗한 솜씨로 미루어 그는 무림의 고수가 분명했다.

마혈이 제압돼 버린 흑의소년은 꼼짝도 하지 못하고 남의인, 즉 남의고수가 입을 벌리는 대로 몸을 내맡겨야만 했다.

하지만 이글거리는 눈빛만은 여전히 살아 있어서 눈동자를 이리저리 굴리며 남의고수와 삼장로를 잡아먹을 듯이 쏘아보았다.

쪼르르.

남의고수가 흑의소년의 입속으로 흘러 넣고 있는 것은 뿌연 흑갈색의 끈적끈적한 액체인데, 불에 새빨갛게 달궈진 쇠에서 나는 특유의 쇠 냄새가 물씬 풍겼다.

타타탁!

옥병의 액체를 마지막 한 방울까지 흑의소년의 입속에 떨어뜨린 남의고수는 그의 마혈을 풀어주고는 천천히 뒤로 물러섰다.

툭!

흑의소년은 고개를 푹 떨어뜨리고는 꼼짝도 하지 않았다.

삼장로는 흑의소년의 세 걸음 앞에 서서 느긋하게 뒷짐을 지고 지켜보았고, 남의고수는 그 뒤 옆쪽에 시립하듯이 서 있다. 그러나 삼장로의 눈빛만은 은은한 기대가 어른거렸다.

석실 안에 질식할 듯한 적막이 흘렀다.

꽤 오랜 시간이 흘렀는데도 흑의소년은 여전히 꼼짝하지 않았고, 삼장로는 참을성있게 지켜보았다.

아마도 아까 흑의소년에게 먹인 흑갈색 액체가 반응하기를 기다리고 있는 듯했다.

그때 갑자기 흑의소년이 고개를 번쩍 쳐들면서 처절한 비명을 터뜨렸다.

"끄아아─!"

그의 얼굴은 거무스름하게 변했으며, 목과 이마에 터질 듯이 핏발이 곤두섰으며, 부릅뜬 두 눈은 금방이라도 튀어나올 듯 시뻘겋게 충혈이 되었다.

"끄아아악—!"

흑의소년은 돌연 벌떡 일어나더니 곧장 삼장로에게 온몸을 내던져 부딪쳐 갔다.

철컹!

그러나 사지가 쇠사슬에 묶인 흑의소년은 삼장로의 한 뼘 앞에서 딱 멈췄다가 다시 석실 구석으로 튕겨져서 세차게 나뒹굴었다.

흑의소년이 자신을 향해 부딪쳐 오고, 또 튕겨져 나가고 있는데도 삼장로는 눈도 깜빡이지 않았다.

구석에 나뒹군 흑의소년은 미친 듯이 온몸을 비틀고 펄쩍펄쩍 뛰면서 고통에 가득 찬 처절한 비명을 토해냈다.

"크아아아—! 끄아악—!"

철그렁! 철컹! 철그렁!

필경 아까 먹인 흑갈색 액체가 흑의소년의 체내에서 어떤 작용을 일으키고 있으며 극심한 고통을 안겨주고 있는 것이 분명했다.

그러나 삼장로가 흑의소년에게 괴이한 액체를 먹인 것이 이번이 처음이 아니다.

액체뿐만이 아니라 흑의소년의 온몸에 갖가지 액을 바르기도 하고, 아예 그를 통째로 희귀한 액체가 담긴 통 속에 빠뜨리기도 했었다.

 그런가 하면 어느 날에는 삼장로가 고안해 낸 몇 가지 금속을 녹인 뜨거운 쇳물을 흑의소년의 온몸에 고루 바른 적도 있었다.

 "크카아아악! 캬아아아—!"

 흑의소년은 이성을 잃고 날뛰었다. 지금까지 십여 차례 이름도 모르는 액체를 먹었고, 발랐으며, 액체가 담긴 통 속에 빠졌을 때마다 이런 처절한 고통에 몸부림쳤었다.

 그의 온몸이 상처투성이고 옷이 갈가리 찢어진 이유는 며칠에 한 번씩 이렇게 몸부림을 치는 것과 또 다른 한 가지 이유 때문이다.

 그는 머리를 석벽에, 그리고 바닥에 마구 부딪치기도 하고 데굴데굴 구르기도 하면서 심장을 조각내서 토해낼 듯이 일각 정도 몸부림을 치다가 이윽고 온몸을 부들부들 떨면서 축 늘어졌다.

 고통이 극에 달해서 정신을 잃어가고 있는 것이다.

 그때 흑의소년이 엎어진 자세로 알아듣기 어려운 말을 중얼거렸다.

 "으으으… 나는… 흑풍… 창기… 병(黑風槍騎兵)이다……. 나를… 본대(本隊)로… 돌려보내… 다오……."

 그렇게 똑같은 중얼거림을 몇 번 더 반복하다가 흑의소년은 서서히 혼절의 늪으로 깊이 가라앉았다.

이윽고 삼장로는 천천히 흑의소년에게 다가가 그 앞에 쪼그리고 앉아 자세히 살펴보기 시작했다.

그런데 흑의소년의 얼굴과 목이 온통 회백색의 진득한 액체로 범벅된 모습이다.

삼장로가 흑의소년의 가슴팍을 활짝 열어보니 그곳도 마찬가지다. 마치 회백색의 액체를 온몸에 바른 듯했다.

아까 남의고수가 강제로 먹인 흑갈색의 액체가 흑의소년의 체내에서 어떤 반응을 일으켜 땀구멍을 통해서 회백색의 액체를 뿜어내게 한 것이다.

문득 흑의소년의 몸을 살피던 삼장로의 얼굴에 흐릿한 기대감이 떠올랐다.

"흠! 이번 것은 괜찮은 징조인 듯하군."

의미를 알 수 없는 말이다.

슥—

그는 일어서며 중얼거렸다.

"이놈이 이곳에 온 지 얼마나 됐느냐?"

"넉 달입니다."

"호오……. 다른 놈들은 길어야 한 달이었는데 이번 놈은 꽤 오래가는군."

삼장로는 세 가닥 염소수염을 매만졌다.

"이런 놈은 다시 찾기 어렵다. 이놈이 죽기 전에 반드시 성공해야만 할 텐데……."

휙!

그는 석문을 향해 몸을 돌리며 명령했다.

"이놈을 대공(大公)과 소저께 끌고 가라."

"명을 받듭니다!"

삼장로가 나가자 남의고수는 흑의소년의 사지를 채웠던 쇠고랑을 풀고 그를 가볍게 어깨에 걸머맸다.

이어서 석문을 나와 길고 구불구불한 지하 통로를 따라서 어디론가 걸어갔다.

흑의소년은 자신이 왜 이곳에 있는 것인지, 어쩌다가 이곳에 왔는지, 그리고 이곳이 무엇을 하는 곳인지 전혀 모른다.

그러나 그가 기억하고 있는 한 가지가 있다.

자신이 얼마 전까지 흑풍창기병이었다는 사실이다.

*　　　*　　　*

그의 이름은 태무랑(太武郞)이다.

그는 십육 세에 스스로 지원하여 대명제국(大明帝國) 서북 국경을 지키는 군사가 되었다.

그가 이른 나이에 군사가 된 이유는 오직 하나, 가족을 먹여 살리기 위해서다.

국경을 지키는 군사가 되면 녹봉으로 매월 은자 한 냥이 꼬박꼬박 나오고, 둔경(屯耕)을 할 수가 있다.

둔경이란 국경을 지키는 군사가 국가로부터 지급받는 농토를 가리킨다. 물론 주둔지에서 가장 가까운 국경 안쪽의 농토다.

태무랑 같은 말단 군사에겐 삼단보(三段步:900평)의 농토가 지급되는데, 그 정도면 빠듯하지만 어머니와 남동생, 여동생 세 식구가 경작을 해서 먹고사는 데는 별 무리가 없다.

태무랑은 정말 뼈가 부서지도록 열심히 무술을 연마했다. 그리고 또 전투에 나가서 임전무퇴의 각오로 수많은 적군을 죽였다.

그 덕분에 그는 일 년 반 만에 일약 군사 백 명을 지휘하는 백호(百戶)로 승급했으며, 둔경은 십단보로 늘어났다. 그리고 녹봉도 은자 닷 냥으로 껑충 올랐다.

그 정도면 떵떵거리고 살진 못하더라도 예전처럼 끼니를 걱정하는 궁핍한 생활은 하지 않아도 좋았다.

하지만 무엇보다도 태무랑을 기쁘게 한 것은, 그가 백호가 된 지 불과 석 달 만에 서북 국경의 최강 부대인 흑풍창기병대로 차출(差出)됐다는 사실이다.

그의 혁혁한 전공(戰功)과 무술, 특히 창술(槍術)이 상부로부터 인정받은 덕분이다.

흑풍창기병대는 서북 국경 이천여 리에 주둔하는 삼십만 군사가 최고로 동경하는 명예와 위용의 부대다. 거기에 태무랑이 뽑힌 것이다.

명예는 가만히 있다가 거저 얻어지는 것이 아니라 지옥 한복판에서 쟁취해야 한다는 사실은 그가 흑풍창기병대에서 최초로 배운 교훈이다.

흑풍창기병이 된 이후 그는 한 달에 한 번씩 휴가를 받아서 집에 다녀오는 일도 사라져 버렸다.

매일매일이 전투고 또 전투였다. 서북 국경 어디에서나 흑풍창기병대를 원했다. 그러면 그들은 달려가서 싸웠으며 반드시 승리했다.

그러나 태무량이 흑풍창기병이 된 후 정확하게 두 달 보름이 되던 날, 흑풍창기병대는 전멸했다.

그의 기억으로는 오백 명의 흑풍창기병 중에서 생존자가 십오륙 명에 불과했다. 그것은 참담한 패배이자 서북 국경의 전설 흑풍창기병대의 몰락이었다.

상대는 대명제국 군사들의 공포의 대상인 사막의 전사 타타르(韃靼:달단) 혈랑전대(血狼戰隊) 삼천 명이었다.

태무량을 비롯한 생존자들은 피투성이가 되어 사방으로 뿔뿔이 흩어져 도주했다.

그날 흑풍창기병대의 명예는 사라지고 오직 목숨을 부지해야 한다는 일념으로 태무량은 끝없이 뛰고 걸으면서 어딘가로 향했다.

그리고는 마침내 쓰러졌다. 그곳이 어디인지는 몰랐다. 다만 자신이 그렇게 죽어가고 있다는 가물가물한 생각만 들었을 뿐이다.
 그랬었는데… 깨어나니까 바로 이곳 지옥 같은 곳이었다.

                  *   *   *

 태무랑은 매우 넓고 화려한 연무장 한가운데에 고개를 푹 숙인 채 퍼질러 앉아 있었다.
 지난 넉 달 동안 이삼 일에 한 차례씩 끌려왔던 장소이므로 그에게 이곳은 낯익은 장소였다.
 삼장로라는 인물은 태무랑에게 괴이한 약을 복용시키거나 몸에 바르고 또는 액체에 온몸을 담그게 한 후에는 반드시 이곳으로 보냈었다.
 태무랑은 삼장로가 무엇 때문에 그토록 처절할 정도로 자신에게 몰두하고 있는지 이유를 알고 있었다.
 삼장로는 무림에서 금기시되어 있는 온갖 수단과 방법을 모조리 동원하여 금강불괴(金剛不壞)라는 괴물을 창조해 내려는 것이다.
 그것은 이제 곧 이 연무장에 들어올 대공과 소저라는 두 사람의 명령이었다고 한다.
 태무랑이 이런 사실들을 알게 된 것은 순전히 삼장로와 대공, 소저들의 대화에서 주워들은 덕분이다.
 그들은 태무랑이 듣는 것을 개의치 않고 떠들어댔다. 그 이유 또한 태무랑은 짐작할 수 있었다.

 자신의 역할이 끝나면 폐기처분, 즉 죽여서 살인멸구(殺人滅口)될 것이기 때문이다.

 금강불괴가 완성이 되든 실패하든 그의 운명은 이미 정해져 있는 것이다.

 삼장로가 태무랑에게 뭔가 수작을 부린 후에 이 연무장에 데려다 놓는 것에는 이유가 있다.

 그가 금강불괴가 됐는지, 아니면 일말의 가능성이라도 있는지, 어떤 점을 보완해야 하는지 대공과 소저가 직접 시험을 해보기 위해서다.

 그 방법이란 간단하고도 무지막지하다. 그저 두들겨 패면 되는 것이다.

 금강불괴는 아무리 두들겨 패도, 그리고 도검으로 베고 찔러도 죽지 않는다고 한다.

 그렇기 때문에 대공과 소저는 그저 무차별적 두들겨 패는 것으로 그것을 시험하는 것이다.

 대저 어떻게 인간이 도검에도 다치지 않는 금강불괴가 될 수 있단 말인가.

 학식이 전무한 태무랑 같은 아둔패기가 생각해 봐도 가당치 않은 일을 이들은 하고 있었다.

 연무장의 사방에는 각기 한 명씩 네 명의 고수가 장승처럼 서 있다.

그들에게서는 승냥이의 기운이 풍겼다. 초원과 사막을 질주하던 흑풍창기병대가 명예를 좇는 맹호(猛虎)라면, 이들 네 명의 고수는 썩은 고기를 찾아다니는 더러운 승냥이에 다름 아니다.

"하하하! 흑풍창기병! 너 아직 살아 있구나!"

그때 어디선가 맑고 낭랑한 청년의 웃음소리가 들려왔다.

그러나 태무랑은 쳐다보기는커녕 고개조차 들지 않았다. 무시하는 것이 아니라 귀찮기 때문이다.

어차피 잠시 후에는 억지로라도 일어나서 저들 두 악마의 노리개가 될 테니 미리부터 기운을 뺄 필요는 없었다.

만약 일어나지 않으면, 그래서 저들이 휘두르는 목검에 두들겨 맞지 않으려고 버티기라도 하다가는 그보다 열 곱절은 더 험악한 꼴을 당하게 된다.

태무랑은 이미 그런 험악한 꼴을 두 번 당해봤다. 그 끔찍한 고통에 비하면 이곳에서 이들 두 악마에게 매를 맞는 것이 차라리 호사라고 할 수 있었다.

대공이라는 개자식이나 소저라는 개년의 입에서 일어나라는 말이 나오기 전에 일어나야 한다.

두 연놈 입에서 그런 말이 나오면, 사방에 서 있는 네 명의 승냥이가 몰려와서 태무랑을 일으키는데, 절대로 곱게 일으키지는 않는다.

이윽고 태무랑은 자신의 앞쪽 바닥에 놓여 있는 한 자루 목검을 들고 상처 입은 짐승처럼 꿈틀거리면서 느릿하게 몸을 일으켜 우뚝 섰다.

오늘로써 그가 이 연무장에 끌려온 것이 스물아홉 번째다.

때로는 일부러 불쌍하게 보이려고도 해봤고, 더러는 병이라도 난 것 같은 시늉을 해보기도 했었다.

그러나 결과는 언제나 같았다. 이 두 연놈은 태무랑이 어떤 표정, 어떤 모습으로 있든 자신들이 할 일, 즉 두들겨 패는 것을 한 번이라도 거른 적이 없었다.

그래서 이즈음의 태무랑은 할 수 있는 한 당당하려고 애썼다. 그것만이 그가 이 두 연놈에게 내보일 수 있는 유일한 자존심이었다.

"사형! 오늘은 십자섬광검(十字閃光劍)을 보여주세요!"

깊은 계곡 사이를 스쳐 지나가는 바람 소리처럼 맑고 영롱한 여자의 목소리가 들려왔다.

태무랑은 느릿한 동작으로 그쪽을 향해 돌아섰다.

그곳에 두 연놈이 나란히 서 있었다.

그들은 마치 두 개의 태양이 그곳에 있는 듯했다. 그토록 눈부시고 아름다운 외모를 지니고 있었다.

임풍옥수(臨風玉樹)요, 월궁항아(月宮姮娥)가 존재한다면 바로 이들일 것이다. 아니, 그보다 더 헌앙준수하고 절대적으로 완미(完美)한 존재들이다.

일신에는 더 이상 화려할 수 없는 오색영롱한 비단으로 만든 옷을 입었으며, 갖가지 보석과 장신구로 치장을 했다.

태무랑은 황궁에 사는 황자나 공주를 한 번도 본 적이 없지만, 그들 모습이 바로 이들 같지 않을까 생각한 적이 있다.

태무랑은 이들의 신분에 대해서는 전혀 모르고 있다. 단지 대공, 소저라고만 알고 있다. 하지만 그에게는 단지 개새끼, 개년일 뿐이다.

"하하하! 그럴까?"

이십이삼 세 정도 나이인 대공은 명랑하게 웃으면서 오른손의 목검을 휘휘 돌리며 천천히 태무랑에게 걸어왔다.

그의 목검은 그냥 목검이 아니다. 원래 목검이라는 것은 나무로 만들었기 때문에 심하게 사용하다 보면 부러질 때도 있는데, 그의 목검은 한 번도 부러진 적이 없으며 흠집조차도 난 적이 없었다.

마치 먹으로 만든 듯 목검 전체가 새카만 색인데 윤기가 자르르 흘렀다.

어이없는 얘기지만, 태무랑은 대공보다 그 새카맣게 윤기가 반지르르한 목검이 더 싫었다. 그것에 두들겨 맞은 매를 다 합치면 족히 만 대 이상은 될 것이다.

늘 이런 식이다. 소저가, 아니, 개년이 오늘은 무슨 초식으로 하라고 운을 떼면 개새끼는 꼭 그대로 실행한다.

오늘은 아무래도 십자섬광검이 될 모양이다. 그 초식에 맞으면 정말이지 우라지게 아프다. 몸뚱이에 섬광이 작렬한 듯 정신이 하나도 없다.

　개새끼는 그동안 다섯 차례 정도 십자섬광검으로 태무랑을 작살냈었다.

　태무랑은 십자섬광검인지 나발인지 그 검법 초식을 이미 다 꿰고 있었다.

　얻어터지지 않으려면 미친 듯이 이리 비틀거리고 혹은 저리 구르면서 피해야 하는데, 그러다 보니까 초식이 저절로 외워진 것이다.

　아니, 개새끼가 휘두르는 목검에 맞지 않으려고 그다음의 움직임을 파악하다 보니까 모든 동작을 깡그리 외웠다는 표현이 맞다.

第二章
내공생성(內功生成)

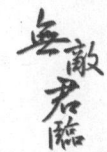

쐐액!

마침내 대공의 목검에서 십자섬광검이 펼쳐졌다. 목검에서 흘러나오는 소리라고는 도저히 믿어지지 않을 정도로 날카로운 파공성이 허공에 울렸다.

대공은 태무랑의 일 장 반 전면에서 십자섬광검을 전개했는데 순식간에 그의 코앞까지 쇄도했다.

순간 태무랑의 몸이 움찔했다. 본능적으로 피하려다가 그만두었기 때문이다.

십자섬광검을 완벽하게 꿰고 있어서 이 정도 넉넉한 거리에서는 피하려고 들면 충분히 피할 수 있다.

하지만 그럴 경우 태무랑의 운명이 바뀌게 된다. 어떻게 바뀌는지는 정확하게 모르지만 지금보다 훨씬 좋지 않은 쪽인 것만은 분명할 것이다.

그가 십자섬광검을 꿰고 있다는 사실이 드러나서 득 될 일은 하나도 없다.

빡!

"크으……."

새카만 목검이 태무랑의 왼쪽 어깻죽지를 짧게 내려쳤다.

그가 극심한 통증을 느끼면서 쓰러질 듯이 비틀거리며 뒤로 물러설 때 소저의 짤랑짤랑 명랑한 웃음소리가 들렸다.

"호호홋! 사형의 십자섬광검 일초식 제일변 비섬쾌(飛閃快)는 언제 봐도 호쾌하군요!"

'개년!'

태무랑은 어깻죽지가 무너지는 듯한 고통을 느끼며 속으로 있는 힘껏 욕을 퍼부었다.

대공이 이따금 소저를 옥령(玉玲)이라고 부르는 것을 들었다. 성은 모르지만 그녀의 이름은 옥령이다.

"호호홋! 제이변! 백리탄(百里彈)!"

옥령이 깔깔거리면서 초식을 불러주자 대공은 한층 신이 나서 물러서고 있는 태무랑에게 작은 태풍처럼 짓쳐 가면서 재차 목검을 휘둘렀다.

패애액!

새카만 목검이 한 점이 되어 비틀거리고 있는 태무랑의 오른쪽 가슴을 향해 곧장 쏘아왔다.
　대공의 이름은 단유천(單裕天)이다. 그 스스로 '나 단유천이 어쩌고…' 할 때 들었다.
　칵!
　"허억!"
　목검이 오른쪽 가슴을 정통으로 찌르자 태무랑의 몸이 뒤로 붕 날아갔다가 바닥에 내동댕이쳐졌다.
　대공 단유천은 태무랑에게 초식을 전개할 때 내공을 주입하지 않는다.
　태무랑이 내공이니 뭐니 무공에 대한 말들을 알게 된 것은 단유천과 옥령이 대화를 할 때 주워들은 것이다.
　그 밖에도 태무랑이 무공에 대해서 알게 된 지식들은 꽤 많은 편이다.
　이번을 제외하고 스물여덟 번이나 이들 두 사람의 매타작 상대가 돼주었으니 한두 마디만 들었겠는가.
　내공이라는 것을 싣지도 않았는데 태무랑은 왼쪽 어깨가 바스러지고 오른쪽 가슴이 쪼개지는 극심한 통증을 연이어서 느꼈다.
　하지만 쓰러지지는 않았다. 지금처럼 두어 대 정도 맞고 나면 이상하게도 오기 같은 것이 스멀스멀 피어오른다. 같잖게도 이들에게는 지고 싶지 않다는 제 나름의 비틀린 승부욕 같은 것이다.

"호호홋! 훌륭해요! 이제 제삼변 천락섬폭(天落閃暴)은 소매가 해볼게요!"

옥령이 까르르 웃으면서 옷자락을 나풀거리면서 바람처럼 태무랑에게 쏘아갔다.

십자섬광검은 모두 삼 초식으로 되어 있으며, 각 초식은 삼변으로 나누어져 있는데, 일초식 중에서는 제삼변 천락섬폭이 가장 지독하다.

더구나 옥령이 전개하면 더욱 가공하다. 단유천은 대강대강 전개하는 데 비해서 옥령은 내공을 주입하지 않는 대신 온 힘을 다해서 펼친다.

짜아아!

옥령의 목검은 새빨간 색이다. 홍단목(紅檀木)으로 만들었기 때문이다.

핏빛 목검이 허공을 가르는 소리가 까마득한 하늘에서 번갯불이 내리꽂히는 듯 맹렬한 기세다.

역시 옥령의 목검은 태무랑의 머리를 노리고 무시무시하게 짓쳐 오고 있었다. 그녀는 언제나 태무랑의 머리를 가격하는 것을 즐겨한다.

저기에 정통으로 맞으면 머리가 터지고 피가 뿜어진다. 한두 번 당한 것이 아니다.

태무랑은 본능적으로 피해야 한다고 생각했다. 무림에서

십자섬광검이 무적검류(無敵劍流)의 하나로 분류되고 있는 것
하고는 달리, 태무랑이 마음만 먹으면 피하는 방법은 간단하
다. 역으로 십자섬광검을 전개하면 된다. 즉, 역십자섬광검인
것이다.

한낱 짐승이라고 해도 죽을 위기에 처하면 본능적으로 발
악적인 몸부림을 치게 마련이다.

하물며 인간인 태무랑이 홍단목 목검에 머리를 정통으로
적중당하면 거의 초주검이 된다는 것을 알면서도 피하지 않
을 수는 없다.

그러나 그는 결국 피하지 않았다. 그것에 적중당하면 얼마
나 고통스러운지 잘 알면서도 피하지 않는다는 것은 초인적
인 정신력을 필요로 한다.

그는 대신 아무렇게나 미친 듯이 수중의 목검을 휘두르는
체하면서 옥령의 목검을 건드려 슬쩍 비껴나게 만드는 방식
을 취했다.

즉, 우연인 것처럼 가장한 것이다. 완전히 빗나가게 만들
수도 있으나 그럴 경우 의심을 사게 되고 발각되면 사태가 심
각해진다.

팍!

옥령의 목검이 태무랑의 정수리에서 약간 왼쪽을 가격했
다가 옆머리로 흘러내렸다.

그런데도 태무랑은 머리가 쪼개지는 통증을 느끼면서 정

신이 아찔해졌다.

"이놈이?"

옥령의 아미가 상큼 치켜 올라갔다. 태무랑이 몸부림치면서 자신의 목검을 건드려 비껴나게 했다는 사실이 그녀의 자존심을 건드린 것이다.

결국 태무랑은 화를 자초하고 말았다. 옥령은 십자섬광검 대신 자신이 가장 자랑하는 산화칠검(散花七劍)을 전개하기 시작했다.

옥령은 성미가 깐깐하고 화를 잘 낸다. 태무랑을 대하는 것과 대공 단유천하고 대화하는 것만 봐도 쉽게 알 수 있다.

태무랑이 옥령의 심기를 건드려서 피범벅이 되는 것은 종종 있는 일이었다.

아니, 그녀의 심성은 날카로우면서도 자존심이 세기 때문에 대부분 그녀가 성질을 부려서 태무랑을 치도곤 내는 것으로 끝나기 일쑤였다.

결국 오늘도 예외가 아니다. 옥령의 홍단목 목검이 무수한 핏빛 꽃 혈화(血花)를 만들어내면서 태무랑의 온몸으로 와르르 쏟아져 내렸다.

빠빠빠빠빡!

"크으으……."

태무랑은 머리, 어깨, 옆구리, 다리에 눈 깜빡할 새에 십여 대를 얻어터지고는 뒤로 물러나다가 쿵 주저앉았다.

휘익!

그의 머리가 깨져서 피가 흐르는데도 옥령은 눈에 불을 켜고 아예 죽이려는 듯 재차 달려들었다.

태무랑은 비틀거리면서 일어섰다. 주저앉아 있다고 해서 사정을 봐줄 옥령이 아니기 때문이다.

아니, 오히려 더 두들겨 팬다. 조금이라도 덜 맞으려면 일어나는 게 좋다.

일어서 있어야지만 목검이 날아오는 방향 반대쪽으로 몸을 슬쩍슬쩍 비틀어 목검의 강도를 약화시킬 수가 있다. 그래 봐야 목검이 싣고 있는 위력의 기껏 이삼 할 정도를 감소시키는 정도에 불과할 뿐이지만.

그녀가 내공을 사용하지 않는 한 목검만으로는 태무랑을 죽이지 못할 것이다.

다른 평범한 사람들 같으면 인정사정없이 휘두르는 목검 한 대에 목숨이 오락가락할 수도 있을 것이다.

하지만 태무랑은 천부적으로 맷집이 좋고, 이미 스물여덟 차례의 매타작을 통해서 맞는 것에 이력이 났다.

한 차례 끌려 나올 때마다 만 대 이상 두들겨 맞았으니 그러는 사이에 어쩌면 뼈와 살과 피부가 단단해지기라도 한 모양이다.

처음 몇 번은 단유천과 옥령의 목검에 맞아서 태무랑의 팔과 다리가 세 차례 부러진 적이 있었다.

하지만 언제부턴가는 목검에 맞으면 매우 아프고 또 피를 흘리면서도 뼈가 부러지지는 않았다.

내공을 사용하지 않는 옥령의 공격이라면 태무랑으로서도 충분히 피하거나 맞서 싸울 수 있다.

그러나 역시 그러지 않는 편이 좋다. 이왕 맞을 매라면 얼른 후다닥 맞고 지하 석실로 돌아가서 쉬는 게 낫다. 비록 상처투성이 몸이지만 혼자 있는 편이 좋았다.

빠빠빠빠빡!

옥령의 목검이 무차별적으로 태무랑의 온몸에 소나기처럼 쏟아졌다. 그리고 그녀의 화가 나서 씨근거리는 숨소리가 들렸다.

"삼장로, 어떻소?"

맞는 와중에 단유천의 목소리가 들렸다.

"네, 대공. 이번에도 특이한 점은 없군요."

뒤를 이어 삼장로의 공손한 대답 소리가 들렸다. 단유천과 옥령이 태무랑에게 매질을 할 때면 삼장로가 슬그머니 나타나서 뒤쪽에서 지켜보곤 했다. 오늘도 예외는 아니다.

"그래도 저놈은 꽤 오래 버티는 것 같지 않소? 그게 약효 때문은 아니오?"

"그게… 약효 때문인지 저놈의 맷집이 좋은 것인지 확신이 서지 않습니다. 아니면 너무 오래 맞다가 철포삼(鐵布衫)이라도 익히게 된 것인지."

단유천은 고개를 끄덕였다.

"내가 보기에는 철포삼을 칠성 정도 익힌 것 같소. 그러나 철포삼을 십성까지 성공한다고 해도 금강불괴는 아니지 않소?"

"그렇지요."

단유천은 마지막으로 치닫고 있는 옥령의 매질에 흠씬 두들겨 맞고 있는 태무랑을 보며 말을 이었다.

"다른 놈들은 제일 길었던 놈이 다섯 차례 버티고는 죽어버렸소. 그런데 지금 저놈이 얼마나 견디고 있는지 아오?"

"아마… 이십오륙 차례 정도……."

"이번까지 정확하게 스물아홉 차례요."

"스물아홉……."

"저길 보시오. 옥령이 화가 나서 산화칠검을 전개하고 있지 않소? 더구나 그녀는 자신도 모르게 조금씩 내공을 가미하고 있소. 그런데도 저놈은 아직도 쓰러지지 않고 있단 말이오."

삼장로도 모르고 있던 것을 단유천이 지적했다.

"그렇군요."

"저것도 맷집 때문이라고 할 수 있겠소?"

거기에서 대화가 끊어졌다.

태무랑은 지금쯤 쓰러져야 할 때라고 생각했다. 더 버틸 수 있으나 그러면 약효인지 나발인지 그러면서 의심을 사게 될 터이다.

그가 생각하기에 삼장로가 먹이는 지저분한 액체의 약효 때문에 그가 버티고 있는 것은 아닌 것 같았다.

이것은 순전히 매에 이골이 났기 때문이다. 매에는 장사가 없다고 하지만, 매에 장사는 있다. 그 살아 있는 증거가 바로 태무랑 자신이지 않은가.

쿵!

"으으……."

옥령에게 이백여 대를 맞을 때쯤 태무랑은 앞으로 고꾸라지며 신음을 흘렸다.

"하악! 하악! 하아……. 이 독종… 어서 일어나지 못해?"

퍽퍽퍽!

옥령은 엎어져 있는 태무랑의 등을 목검으로 마구 두드리며 쌔근거렸다.

태무랑의 온몸은 피투성이다. 깨지고 찢어지지 않은 곳이 없었다. 상처에서 흐른 피가 그의 몸과 바닥을 새빨갛게 물들였다.

그때 대공의 목소리가 들렸다.

"저놈에게 심법을 가르쳐 보시오."

"심법입니까?"

"그렇소. 약이 몸을 변화시킨다면 몸속, 즉, 체질은 심법으로 변화시켜야 하지 않겠소?"

"듣고 보니 과연 그렇군요."

그날 옥령은 뭔가 기분이 몹시 나빴던 모양이다. 예전에는 태무랑이 혼절하면 그것으로 끝냈었는데, 그날은 찬물을 부어서 그를 깨어나게 한 다음에 다시 일으켜 세워 손바닥이 까질 때까지 목검으로 흠씬 두들겨 팼다.

그래도 태무랑은 끝까지 혼절하지 않았다. 하지만 옥령에게 더 맞지 않으려고, 그리고 빨리 혼자 있고 싶어서 몇 차례나 혼절한 척 쓰러지곤 했었다.

삼장로가 이상한 액체를 복용시키면 이따금 진짜로 혼절할 때가 있지만, 이제는 두들겨 맞는 것으로는 절대로 혼절하지 않는다.

단지 그 사실이 삼장로와 단유천, 옥령에게 알려지지 않게 하려고 태무랑은 사력을 다해서 감추고 있을 뿐이었다.

무엇이든지 감춰야 한다. 그래야지만 언젠가 이곳에서 탈출할 때 그것이 그에게 한 가닥 지푸라기 같은 도움이라도 되어줄 테니까 말이다.

*　　　*　　　*

"정신 차리고 똑똑히 들어라."

삼장로는 한 번 읊으면 일각 정도 걸리는 심법 구결을 벌써 아홉 차례나 읊어주고 있었다.

태무랑은 여느 때나 다름없이 팔다리가 쇠고랑과 쇠사슬에 묶인 채 석실의 구석에 앉아 있었다.

눈은 뜨고 있기는 하지만 넋이 빠진 듯 등과 뒷머리를 벽에 기댄 채 축 늘어진 모습이다.

그리고 알몸이다. 언제나 단유천과 옥령에게 얻어터지고 오면 그랬던 것처럼, 오늘도 삼장로는 들어오자마자 그의 옷을 다 벗기고 온몸을 자세히 살펴보았다.

아까 단유천과 옥령의 목검에 무려 천 대 가까이 두들겨 맞고도 죽지 않았다는 자체가 삼장로의 관심을 끌고도 남는 일이었다.

그렇다고 태무랑이 죽은 체할 수는 없다. 그런 방법을 알고 있었다면 이미 백 번이라도 그렇게 했을 것이다.

그러면 삼장로는 그가 죽었다고 여기고 시체를 내다 버릴 테고, 그렇게 해서 태무랑은 이 지옥 같은 곳에서 탈출할 수 있을 것이다.

죽은 체를 할 수 없는 대신 그는 자신이 할 수 있는 방법은 다 동원했다.

그것들은 철저하게 삼장로가 원하는 방향의 반대로만 행동하는 것이다.

지금도 그는 정신이 말짱하고 몸도 거뜬하지만 일부러 정신이 하나도 없는 듯 축 늘어져 있다.

태무랑의 몸은 그야말로 만신창이다. 터지고 찢어지고 멍든 곳투성이다.

 하지만 뼈는 부러진 곳이 없다. 단지 살갗만 터지고 찢어졌을 뿐이다.

 더구나 그는 맞을 때만 아플 뿐이지 그 이후에는 아픔을 추호도 느끼지 않는다.

 즉, 남이 볼 때는 만신창이 몸뚱이지만 실상 그 자신은 아무렇지도 않은 것이다.

 그것은 지금과 같은 가혹한 상황에서 그의 유일한 위안이 돼주고 있었다.

 그 이유가 그의 체력이나 맷집 때문은 아닐 터이다. 그 자신이 모르는 어떤 원인이 있는 것이 분명하다.

 하지만 그것이 무엇인지 머리를 싸매고 궁리하고 싶지는 않다. 그런 일로 피곤해지고 싶지 않기 때문이다. 또한 지금은 그보다 더 중요한 급선무가 있다. 무슨 수를 써서라도 이곳에서 탈출하는 것이다.

 "이번에 외우지 못하면 밥을 굶기겠다."

 삼장로는 자신이 취할 수 있는 최고의 협박을 앞세워 열 번째로 심법 구결을 읊을 준비를 했다.

 태무랑이 이곳 석실에서 유일하게 호사를 누리는 것이 바로 하루 세끼 식사다.

 바깥세상의 일급 주루에서나 거금을 주고 맛볼 수 있는 밥과 요리가 매일 세끼씩 그에게 주어진다.

물론 찢어지게 가난했으며 철이 들고 나서는 바로 군사가 됐던 태무랑으로서는 그런 최고급의 요리를 먹어본 적이 한 번도 없었다.

그랬었는데 장소도 이름도 모르는 이곳에 감금된 이후 매일 먹고 있으니 실로 웃지 못할 모순이 아닐 수 없다.

짐승 같은 몰골의 그에게 세끼 식사를 최고급으로 대접하는 데에는 그만한 이유가 있었다.

그가 예뻐서도 잘나서도 아니다. 순전히 '잘 먹어야 맞는 것을 잘 견딘다' 라는 단순한 이유 때문에서다. 그는 마치 살을 찌워서 도살을 당하는 소나 돼지와 다름이 없는 신세인 것이다.

태무랑은 먹을 것에 환장한 사람이 아니다. 하지만 그만의 이유가 있어서 끼니때마다 밥알 하나 남기지 않고 깡그리 먹어치운다.

이곳에서의 그가 유일하게 희망을 품을 수 있는 것이 탈출이기 때문이다. 그러기 위해서는 무엇보다도 강인한 체력이 뒷받침되어야만 한다.

한 끼를 굶으면 굶은 만큼 체력적으로 손실이 뒤따를 것은 당연지사.

언제 무슨 일이 닥칠지 모르기 때문에 그는 항상 만반의 준비를 갖추고 있어야만 한다. 그중에서 체력이 최우선임은 두말할 나위가 없다.

밥을 굶긴다는 삼장로의 위협에 태무랑은 자세를 똑바로

하고 눈을 제대로 떴다.
 그것을 보고 삼장로는 득의하게 미소 지었다. 태무랑이 밥 굶는 것을 참지 못하는 식충이라고 생각한 것이다. 삼장로는 태무랑의 절대적인 약점을 잡고 있다는 사실이 여간 자랑스럽지 않다는 표정을 지었다.
 삼장로서는 태무랑이 그런 놈일수록 다루기가 편하다. 똑똑할 필요가 없다.
 그저 시키는 대로 말만 잘 듣다가 필요가 없어질 때 조용히 죽어 없어지면 되는 것이다.
 "적어도… 열 번은 더… 말해주시오……."
 태무랑은 어눌하게 더듬거리며 애원하는 듯한 표정을 지어 보였다.
 삼장로는 슬쩍 눈살을 찌푸렸다. 이럴 때는 태무랑이 멍청하다는 사실이 은근히 짜증스러웠다.
 그렇지만 태무랑에게 심법을 가르쳐서 운공조식을 시키라는 대공 단유천의 명령도 있거니와, 삼장로 자신이 생각해 봐도 그럴듯한 발상이었다.
 더구나 현재 그는 여태까지의 지지부진함을 일거에 만회할 수 있는 회심의 역작을 준비하고 있는 중이었다.
 또한 공교롭게도 그것이 완성되는 시기와 태무랑이 심법구결을 다 외우고 이해해서 운공조식을 시작하게 될 시기가 엇비슷하게 맞아떨어진다는 사실이 삼장로를 매우 고무시키고 있었다.

단, 이 밥버러지 같은 놈이 심법을 제대로 익혀주기만 한다면 말이다.

"알았다. 정신 똑바로 차리고 들어라."

이후 삼장로는 심법 구결을 스무 번이나 더 읊어주고는 석실을 나갔다.

태무랑은 열 번을 요구했으나 삼장로의 노파심이 열 번을 더 읊도록 만든 것이다.

'이건 뭔가?'

삼장로가 돌아가고 나서 두 시진쯤 지난 후에 태무랑은 태어나서 처음으로 운공조식이라는 것을 해보다가 움찔 놀라고 말았다.

몸속 곳곳에서 이상한 기운이 꿈틀거리고 있는 것을 감지한 것이다.

삼장로 말로는 처음에 운공조식을 하면 단전이라는 곳에서 아주 미약한 기운이 느껴질 것이라고 했다.

그러면 그것을 잘 이끌어서 심법의 후반부 구결에 따라서 전신 혈맥으로 삼 주천(三周天)시키라고 했다. 그렇게 해야지만 한 차례의 운공조식이 끝난다는 것이다.

그런데 삼장로의 말은 처음부터 틀렸다. 단전에서만 미약한 기운이 느껴지는 것이 아니라, 단전을 비롯한 온몸 수십 군데에서 뜨겁고 차가운 기운들이 한꺼번에 샘물처럼 솟구쳐 나와 혈맥으로 쏟아져 나오고 있는 것이다.

원래 태무랑은 배짱이 두둑하고 강심장이지만 지금 같은 상황에는 적잖이 당황했다.

'어떻게 하면 좋은가?'

그는 군사가 되고 난 이후 한 가지 습관이 생겼는데, 그것은 어떤 난관에 봉착했을 때 무조건 제일 먼저 떠오른 생각, 즉 제일감(第一感)에 따른다는 사실이다. 그리고 그것은 대부분 적중했었다.

그리고 지금 떠오른 제일감은 그냥 운공조식을 계속한다는 것이다.

삼장로가 말한 단전에서 미약한 기운이 생성된다는 것과 체내의 수십 군데 혈맥에서 괴이하고도 강렬한 기운이 뿜어지고 있는 현실이 다를 뿐, 그것을 운공조식으로 다스린다는 이치는 같을 것이라고 판단했다.

"휴우……."

무려 한 시진이나 운공조식에 몰두해 있던 태무랑은 이윽고 운공조식을 끝내고 긴 한숨을 토해내며 눈을 떴다.

운공조식을 하는 한 시진 동안 그는 전혀 새롭고도 놀라운 경험을 했다.

무엇인지 모를 힘이 체내에서 용솟음쳤다. 태산이라도 뽑아버릴 듯 엄청난 힘, 아니, 기운이었다. 물론 그런 느낌은 생전 처음 느껴보는 것이다.

하지만 그것은 태무랑이 여태까지 알고 있던 일반적인 '힘' 하고는 차원이 다른 듯했다.

체내 수십 군데에서 뿜어져 나와서 들끓던 괴이한 기운들은 그가 운공조식으로 이끌기 시작하자 마치 순한 양 떼처럼 잘 따라주었다.

그리고 삼 주천을 시키는 과정에서 그 기운들이 온몸 구석구석 실핏줄 가닥가닥 끄트머리까지 퍼져 나가는 것을 생생하게 느꼈다.

그때 그는 자신의 몸이 엄청나게 거대해지고 키도 커지는 듯한 느낌을 받았다.

운공조식을 끝내려고 할 때 그는 그 기운들을 단전에 한데 모을까 하다가 다시 원래의 위치, 즉 체내 수십 군데로 되돌려 보냈다.

삼장로에게 들킬지 모른다는 생각에서다. 그자는 교활한 늙은 여우라서 태무랑이 자칫 방심하다가는 운공조식을 한 것과 체내에 괴이한 기운이 생성됐다는 사실조차도 알아내는 방법이 있을지 모르기 때문이다.

'어쩌면 그 기운들은 삼장로가 내게 강제로 먹인 수십 가지 액체 때문에 생겼을 수도 있다.'

그렇다면 그것은 전화위복인 셈이다. 이제 태무랑에게는

무기가 하나 더 생겼다.

그러나 들켜 버린다면 더 이상 무기가 아니라 죽음으로 향하는 지름길이 될 수도 있다.

그는 천천히 자신의 몸을 살펴보았다. 운공조식을 할 때 몸과 키가 커지는 느낌을 받았었는데 그의 몸은 변함없이 남루한 옷을 입은 상태였다.

그는 평소 같으면 쓰러져서 잠을 잘 지금 시각에 운공조식을 다시 시도하려고 자세를 잡았다.

이름도 모르는 심법이 바야흐로 그를 새로운 세상으로 인도하고 있었다.

"아직도 못 외웠단 말이냐?"

삼장로의 날카로운 목소리가 석실을 쩌렁쩌렁하게 울렸.

태무랑에게 심법 구결을 가르쳐 준 지 한 달이나 지났는데 아직도 외우는 것조차 못했다니, 구결을 이해하고 또 운공조식을 언제 하게 될지 까마득했다.

"정말 아둔한 놈이로군."

삼장로는 쇠사슬에 묶인 채 퍼질러 앉아 있는 태무랑을 쏘아보며 소태 씹은 표정을 지었다.

삼장로가 가르쳐 준 심법 구결이 어렵기는 해도, 단지 외우는 것 정도라면 보통 사람은 한 달 정도면 충분할 것이다. 그런데 이 버러지 같은 놈은 한 달이 지났는데 절반도 외우지 못했다는 것이다.

그렇다고 해도 삼장로는 이놈에게 운공조식을 익히게 하는 것을 포기할 수가 없다.

그가 계획하고 있는 그 일이 이미 완성된 상태이기 때문이다. 이놈이 운공조식만 하면 그 즉시 시험에 들어갈 수 있는데 정말 답답한 노릇이다.

삼장로가 아무리 협박을 해도 태무랑은 심법 구결을 다 외우지 못한 시늉을 계속 유지할 생각이었다.

그 덕분에 지난 한 달 동안 한 번도 그 개새끼와 개년에게 끌려가서 두들겨 맞지 않았다.

맞지 않아서 좋은 것도 있으나 그보다 더 좋은 것이 있었다. 한 달 동안 운공조식이라는 것을 마음껏 할 수 있었다는 사실이다.

태무랑에게 지난 한 달은 별천지요, 신세계였다. 운공조식을 하기만 하면 별천지가 펼쳐지고 끝내고 나면 신세계가 기다리고 있었다.

한 번 운공조식을 할 때마다 뭔가 알 수 없는 힘이 꾸역꾸역 생겨서 쌓였다.

그것은 정말 꾸역꾸역이라는 표현으로밖에는 설명을 할 수가 없을 정도였다.

처음에 운공조식을 할 때는 체내 수십 군데, 정확하게 서른 다섯 군데에서 기이한 기운이 샘물처럼 솟아났었다.

그런데 하면 할수록 점차 늘어났다. 사십 군데가 되더니, 오십 군데가 됐고, 이십 일쯤 됐을 때는 도합 삼백육십 군데에서 신비한 기운이 마구 쏟아져 나왔다.

그런데 딱 삼백육십 군데가 되니까 더 이상 늘어나지 않았다. 그 상태에서 멈춘 채 신비한 기운이 정말 콸콸 쏟아져 나왔다.

그것이 체내 기경팔맥(奇經八脈)에 있는 삼백육십 개 혈도라는 사실을 그가 알 리 없었다.

그때 삼장로가 찬바람을 일으키며 석문으로 향했다.

"다 외울 때까지 밥을 주지 않겠다."

쿵!

삼장로가 나가고 정적이 흘렀다. 이제는 태무랑이 잠시 고민을 해야 할 시간이다. 밥이냐? 아니면 운공조식이냐를 결정해야 하는 것이다.

언제까지 삼장로를 속일 수 있다고 생각하진 않는다. 그렇더라도 그는 지금 자신에게 일어나고 있는 이 굉장한 사건이 무엇인지 알아낼 시간이 필요했다.

결국 그는 짧은 고민 끝에 당분간 밥을 먹지 않기로 결정을 내렸다.

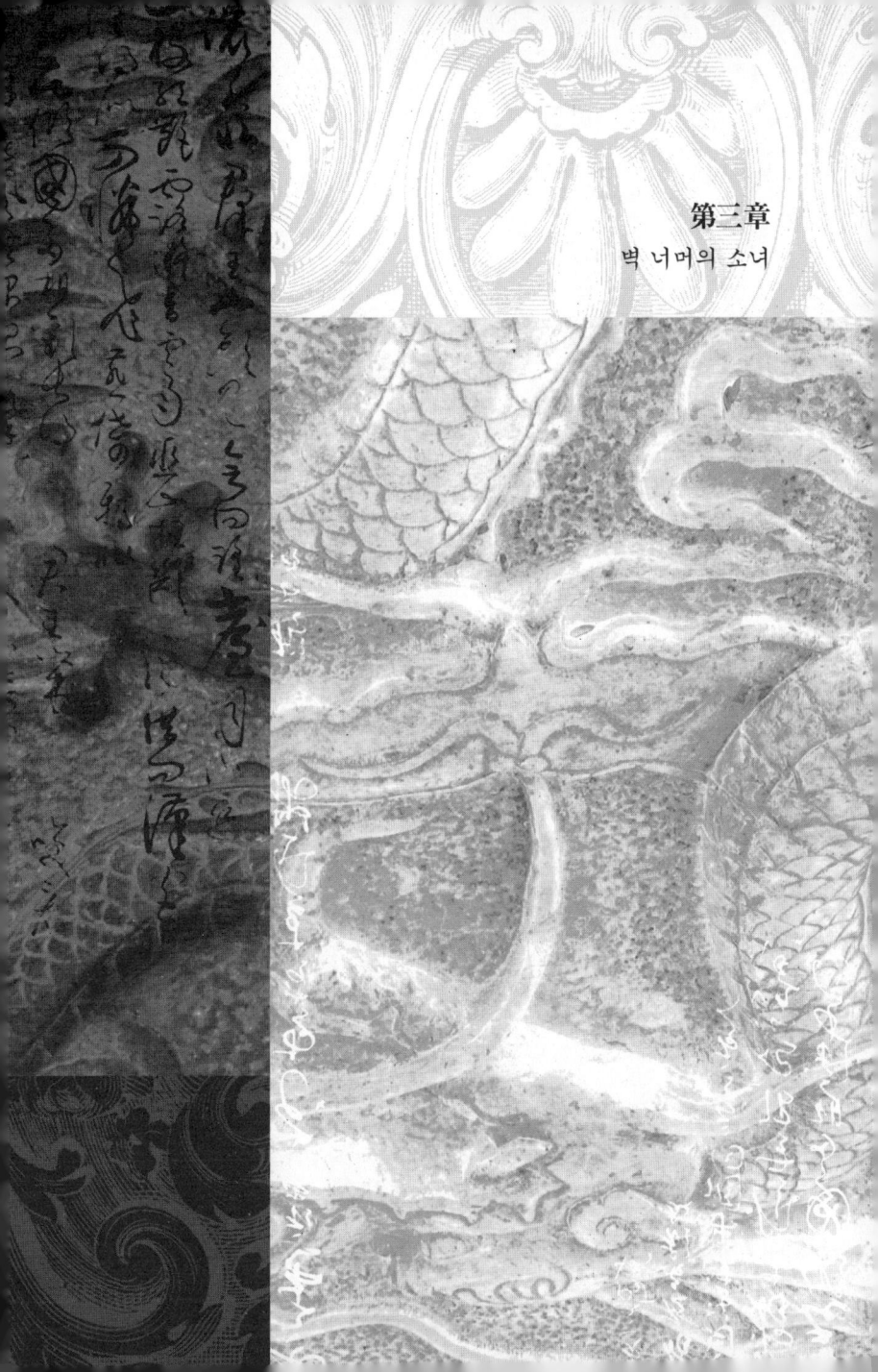

第三章
벽 너머의 소녀

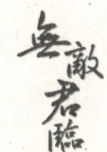

'무슨 소리지?'

다섯 차례 연이어 운공조식을 막 끝낸 태무랑은 귀를 쫑긋했다. 방금 무슨 소리가 들렸던 것이다.

현재의 그는 한 달 전에 비해서 눈과 귀가 상당히 밝아진 상태다. 그냥 밝아진 정도가 아니라 실로 믿어지지 않을 정도가 됐다.

그가 있는 석실은 하루 종일 칠흑처럼 캄캄한 세상이다.

삼장로가 올 때 유등을 갖고 오거나 식사를 할 때 잠시 불을 비춰줄 때를 제외하면 이곳은 암흑 세상이다.

그런데 그가 운공조식을 시작한 이후부터는 석실이 조금

씩 흐릿하게 보이기 시작하더니 지금은 석실 안에 있는 것이라면 보이지 않는 것이 없다.

즉, 칠흑 같은 어둠 속에서도 대낮처럼 볼 수 있을뿐더러, 석실 맞은편까지 이 장 거리의 아무리 작은 티끌이라도 자세히 보이게 됐다.

귀도 눈하고 비슷한 수준으로 밝아진 듯했다. 어느 정도인가 하면, 석문 밖 통로에서 누군가 걸어오는 소리를 들을 수가 있다.

그냥 듣는 것이 아니다. 발자국 소리를 듣고 석문 밖의 구조를 알 수 있게 되었다.

예를 들어 석문을 나가 오른쪽으로 십오륙 장쯤 가면 위로 올라가는 계단이다.

발자국 소리는 평지를 걸을 때와 계단을 오를 때, 그리고 내려갈 때가 각기 다르다.

계단을 칠팔 장쯤 오르면 철문이 열리고 곧 닫힌다. 그러면 철문 너머의 소리는 들리지 않는다.

지금은 거기까지가 한계다. 하지만 태무랑으로서는 실로 경이로운 사건이다. 이것은 여태까지 그를 기만하고 농락했던 신이 내린 축복이었다.

"흑흑흑……."

그 소리가 또다시 들렸다. 아까는 운공조식을 막 끝낸 터라 정신이 없었으나, 지금은 정신을 차리고 귀를 기울였기 때문에 정확하게 들었다.

방금 들은 것은 울음소리가 분명하다. 그것도 여자, 나이가 어린 소녀의 울음소리다.

이곳 석실에는 태무랑 혼자뿐이다. 그것은 너무도 틀림없는 사실이다.

그런데 난데없이 울음소리가 들려오고 있다. 석문 밖에서 나는 소리는 아니다. 그리고 석문 밖에서 여자가 울고 있을 리가 없다.

'귀신인가?'

제일 먼저 떠오른 느낌이다. 자신 혼자뿐인데 여자 울음소리가 들려오면 누구나 그런 생각을 할 것이다.

태무랑은 잔뜩 웅크린 채 귀를 곤두세우고 날카롭게 석실 안을 두리번거렸다.

"흑흑흑……."

"……!"

철그렁!

또다시 울음소리가 들리는 순간 그는 움찔 놀라 급히 몸을 돌려 뒤돌아보았다.

울음소리는 바로 그의 등 뒤에서 들려오고 있었다. 그는 석벽에서 물러나 자신이 기대고 앉아 있던 석벽을 뚫어지게 쏘아보았다.

'석벽 속이다! 아니, 너머다!'

소녀의 울음소리는 그가 있는 석실이 아닌 석벽 너머의 다른 석실일지도 모르는 곳에서 흘러나오는 것이었다.
 태무랑은 석벽을 쏘아보다가 어떤 생각을 떠올렸다.
 '틈이 있으니까 울음소리가 들리는 것이다……!'
 석벽은 적갈색의 벽돌을 차곡차곡 쌓은 것이다. 벽돌 하나의 크기는 가로 두 뼘, 세로 한 뼘 정도로 큰 편이다.
 틈새로 울음소리가 흘러들었다면, 필경 벽돌과 벽돌 사이일 것이다.
 그리고 바로 그때 태무랑의 눈에 가장 의심스러운 벽돌 하나가 시야에 꽂히듯이 들어왔다.
 다른 벽돌들은 이음새가 견고한 데 비해서 그 벽돌은 한쪽에 틈이 있고 또 깊었다. 즉, 옆의 벽돌과 제대로 붙어 있지 않은 것이다.
 거기에서 태무랑은 벽돌을 파낼 것인가 말 것인가를 잠시 갈등했다.
 벽돌을 파내는 것은 괜한 문제를 일으키는 것일 수도 있다.
 그가 이곳에서 탈출하려면 단 한 번의 기회밖에 없다. 그런데 그가 벽돌을 파내는 일이 잘못되기라도 하면, 그 단 한 번의 기회를 써보지도 못하고 절망의 구렁텅이로 추락해 버릴 수가 있는 것이다.
 설령 벽돌을 파내서 석벽 건너편에서 울고 있는 소녀를 보게 되면 무엇 하겠는가.

그녀도 태무랑처럼 감금되어 있는 듯한데, 서로에게 추호도 도움이 될 상황이 아닐 것이다.

"흑흑흑……. 오라버니… 흑흑……."

그때 울음소리가 다시 들렸다. 그런데 이번에는 소녀가 서럽게 오라버니를 부르고 있다.

순간 태무랑은 고향 둔경에 두고 온 누이동생의 모습이 아련하게 떠올랐다.

태무랑은 벽돌을 파낼 생각을 했으나 도구가 없다는 사실을 깨달았다. 손가락으로 파낼 수는 없는 노릇이다.

주위를 둘러봤으나 눈에 띄는 것은 아무것도 없었다. 자신의 팔다리를 묶고 있는 쇠고랑과 쇠사슬뿐이다. 주위라고 해봐야 묶여 있는 몸이라서 반경 반 장이 고작이다.

그는 씁쓸한 얼굴로 팔을 들어보았다.

철그렁!

검측측하게 윤기가 반지르르한 쇠사슬이 뱀처럼 구불거리면서 듣기 거북한 소리를 냈다.

'이런 꼴로 무엇을 하겠다고…….'

새삼스럽게 자신의 처지가 생각나서 쓴웃음이 났다.

'어쩌면?'

그러다가 그는 지난 한 달 사이에 자신에게 큰 변화가 생겼다는 사실을 문득 떠올렸다.

'눈과 귀가 밝아졌다면 다른 변화도 있지 않을까?'

구체적으로 어떤 변화일지는 모르지만 그저 막연한 생각이다. 사람의 신체가 눈과 귀로만 이루어진 것은 아닐 테니까 말이다.

'힘은?'

지금 그에게 가장 절실한 것은 힘이다.

그는 마른침을 삼키고 오른손으로 왼손 손목을 채운 쇠고랑을 가만히 만져 보았다.

쇠고랑은 관부(官府)에서 죄인의 양 손목에 채우는 형구인 수갑(手匣)하고 비슷한 형태다.

그것은 손가락 두 마디 폭에 한 치 정도 두께로 꽤 두꺼운 편이다. 그것이 둥글게 손목을 감싸듯 덮고 있는 모습이다.

그리고 수갑의 양쪽 끝은 손목 바깥쪽에서 딱 붙어 있지만 미세한 선이 그어져 있다. 즉, 틈인 것이다.

수갑의 손목 쪽에는 작은 고리가 붙어 있고 거기에 쇠사슬이 하나의 빗장으로 연결되어 있다. 빗장의 양쪽 끝은 잔뜩 구부러져 있어서 뽑히지 않는다.

태무랑을 단유천과 옥령에게 데려갈 때에는 남의고수가 기구를 사용해서 빗장을 똑바로 편 후에 빗장을 뽑아서 수갑과 쇠사슬을 분리한다. 그러면 태무랑은 양손에 수갑을 찬 채로 끌려 다녔었다.

빗장을 똑바로 펼 수만 있다면 수갑과 쇠사슬을 분리할 수 있을 것이다.

그렇지만 기구도 없이 어떻게 어린아이 손가락 굵기의 쇠로 만든 빗장을 똑바로 편단 말인가.

 태무랑의 시선이 이번에는 쇠사슬로 향했다. 수갑에 연결되어 있는 쇠사슬은 수십 개의 타원형 둥근 고리로 서로 연결되어 있는 상태다.

 그 두께는 빗장하고 비슷했다. 그렇지만 손을 쓴다면 빗장보다는 오히려 쇠사슬 쪽이 쉬울 듯했다.

 척!

 태무랑은 왼손에 연결되어 있는 쇠사슬을 최대한 바투 움켜잡았다.

 이어서 쇠사슬을 힘껏 잡아당기면서 왼손은 반대 방향으로 힘을 주어서 벌렸다.

 칭!

 길고 구불구불하던 쇠사슬이 똑바로 퍼지면서 맑은 소리를 냈다.

 "끙……."

 그러나 목과 이마에 힘줄이 곤두서도록 아무리 힘을 주어 잡아당겨도 쇠사슬 고리는 꼼짝도 하지 않았다.

 "휴우……."

 이윽고 그는 한숨을 토해내면서 쇠사슬을 놓았다. 아무리 어린아이 손가락 굵기라고 해도 쇠로 만든 것을 편다는 자체가 무리인 듯했다.

얼마나 힘을 썼던지 이마에 땀방울이 맺혔다. 하지만 그는 쇠사슬에서 시선을 떼지 않았다.

이제는 울고 있는 소녀 때문이 아니라 쇠사슬을 펴는 것이 태무랑의 목적이 되었다. 쇠사슬을 편다는 것은 여러 가지 의미가 내포되어 있다.

그에게 힘이 있다는 사실을 증명하는 것이고, 언제든지 쇠사슬에서 자유로워질 수 있으며, 쇠사슬을 갈아서 무기로 사용할 수도 있음을 뜻한다.

예전부터 태무랑은 한 가지 목표를 정하면 그것을 관철하거나 아니면 극한까지 이르러 도저히 자신의 힘으로는 안 된다는 사실을 깨달아야지만 포기를 했었다.

그래서 그와 함께 근무를 했던 동료 군사들은 그를 지독한 고집불통이라고 했다.

'혹시……'

문득 어떤 생각이 머리를 스쳤다.

'운공조식을 하는 동안에는 산을 뽑아버릴 듯한 신비한 힘이 넘쳤었다. 그것을 사용할 수만 있다면 쇠사슬을 펼 수도 있을 텐데……'

그러나 운공조식은 눈을 감고 움직이지 않는 상태에서 하는 것으로 알고 있다.

'무림인들이 운공조식만 하고 그 힘을 현실에서 사용할 수 없다면 무슨 이유로 심법을 배우고 운공조식을 하겠는가? 그

들에게도 필경 무슨 방법이 있을 터이다.'

그런 의문이 태무랑을 포기하지 않게 만들었다.

'눈을 뜨고 움직이는 상태에서 그 신비한 기운을 끌어낼 수만 있다면…….'

그렇게 생각한 태무랑은 눈을 뜬 채 운공조식을 시작했다.

잠시 후에 기다렸다는 듯이 전신 삼백육십 군데에서 신비한 기운이 쏟아져 나왔다.

'기운을 두 손에 모아야 한다……!'

그러자 기다렸다는 듯이 그 기운이 그의 양손으로 해일처럼 쏟아져 들어왔다.

신비한 힘이 정점에 도달했을 때 그는 있는 힘껏 쇠사슬을 양쪽으로 잡아당겼다.

촤촤촹!

그 순간 전혀 예기치 않았던 일이 벌어졌다. 쇠사슬이 산산조각 나면서 사방으로 날아가 흩어져 버린 것이다.

"……"

태무랑은 멍한 표정이 되었다. 수갑에 연결된 쇠사슬 하나만 펴려고 했던 것이 설마 이 지경이 돼버릴 줄은 추호도 예상하지 못했다.

한동안 멍하니 있던 그는 비로소 정신을 수습하고 어떻게 된 상황인지 살펴보았다.

왼손 수갑의 고리가 펴져 있었다. 그리고 빗장은 어디로 날아갔는지 보이지 않았다. 또한 쇠사슬은 끊어진 것이 아니고 둥글었던 것이 퍼지면서 십여 개 이상이 사방으로 흩어져 버렸다.

정말 난감한 상황이지만 태무랑의 입가에는 흐릿한 미소가 피어올랐다.

자신에게 굉장한 힘이 있으며 그것을 사용하는 방법을 알아냈기 때문이다.

주위를 둘러보니 퍼져서 날아간 쇠사슬 고리들이 여기저기 흩어져 있는데, 그중 몇 개는 석실 반대편 바닥에 떨어져 있었다.

하지만 태무랑은 그다지 염려하지 않았다. 이제 힘을 사용하는 방법을 알았으니 양손의 수갑을 풀고 흩어진 쇠사슬들을 주워오는 것은 아무 문제도 아니라는 생각이다.

아까하고 같은 방법으로 힘을 끌어내서 양손에 모으되, 이번에는 오른쪽 수갑의 빗장을 펴는 것에만 주력하면 될 것이다.

기긱.

과연 그의 생각은 적중했다. 잔뜩 구부러진 빗장에 검지와 중지 두 손가락을 걸고 힘을 주자 마치 엿가락처럼 간단하게 펴졌다.

"후후후……."

자신도 모르게 웃음이 저절로 나왔다. 무려 다섯 달 동안 그를 옭아 묶었던 쇠사슬을 이젠 마음만 먹으면 손쉽게 펼 수 있게 됐으니 기분이 좋아진 것이다.

아니, 쇠사슬 따위가 문제가 아니다. 이제는 그에게 신비한 힘이 생겼다.

게다가 그 사실을 아무도 모르고 태무랑 자신만 알고 있는 비밀이라는 것이 또 다른 힘이다.

그는 남의고수가 아닌 자신의 힘으로 쇠사슬에서 풀려나 두 팔을 마음껏 휘둘러 보았다.

기분이 날아갈 것 같다. 이곳에 갇힌 다섯 달 동안 지금 기분이 최고다.

이대로 석문을 열고 밖으로 나가면 어쩌면 탈출도 가능할는지 모른다는 생각마저 들었다.

그는 석문을 한동안 노려보다가 고개를 절레절레 가로저었다. 아직은 때가 아니라고 생각한 것이다.

기회는 오직 한 번뿐인데, 철저한 계획도 없이 무조건 실행에 옮길 수는 없는 일이다.

더구나 굳게 닫혀 있는 석문을 어떻게 열 것이며, 돌계단 위 철문 밖에는 남의고수 같은 자들이 많을 텐데 그들을 어떻게 상대한단 말인가.

그들도 필경 운공조식을 밥 먹듯이 해서 태무랑 같은 힘을, 아니, 그보다 훨씬 강한 힘을 지니고 있을 것이다. 그들은 태무랑하고는 달리 무림고수가 아닌가.

"흑흑흑… 오라버니… 흑흑……."

그때 석벽 너머에서 잊고 있었던 소녀의 울음소리가 다시 들려왔다. 아니, 소녀는 계속 울고 있었는데 그가 이제야 깨달은 것이다.

그는 일어나서 여기저기에 흩어져 있는 쇠사슬과 빗장을 주워 제자리로 돌아왔다. 이어서 오랜 시간을 들여 꼼꼼하게 그것들을 꿰어 맞추었다.

오른손 수갑의 빗장은 꽂지 않고 놔두었다. 오른손을 사용해야 하기 때문이다.

그리고 쇠사슬 하나를 곧게 펴니 손가락 하나 정도 길이였다. 그는 그것으로 벽돌 틈을 파내려는 생각이었다.

벽돌의 두께는 반 자이며 무척 두꺼웠다. 태무랑은 이각에 걸쳐서 그다지 힘들이지 않고 벽돌 하나를 뽑아냈다. 어른 머리 정도 크기인데 꽤 묵직했다.

그런데 그게 끝이 아니었다. 안쪽에 또 하나의 벽돌이 있지 않은가. 그리고 소녀의 울음소리는 아까보다 조금 더 가깝고도 크게 들렸다.

벽 너머의 소녀와 조우하기 위해서는 벽돌 하나를 더 파내야만 할 것 같았다.

거기에서 태무랑은 또다시 갈등을 했다. 이렇게까지 위험을 무릅쓰고서라도 꼭 소녀를 봐야 할 필요가 있을까 하는 것이었다.

태무랑은 원래 내친걸음이니 뭐니 그런 것을 따지지 않는다. 목표가 바로 코앞이라고 해도 틀렸다는 생각을 하면 과감하게 그만둔다.
"흑흑흑… 어머니……."
그런데 소녀가 이제는 울면서 어머니를 부르고 있다. 더욱 가깝게 들리는 소녀의 울음소리는 애간장이 끊어질 듯 절절하다.
'어머니…….'
태무랑은 고향의 강 언덕에서 자신을 기다리고 있을 초라한 모습의 어머니 모습을 떠올렸다.
결국 태무랑은 벽돌 하나를 더 파내기로 결정했다. 어쩌면 소녀의 입을 통해서 이곳의 정보를 조금이라도 얻을 수 있지 않겠는가 하는 자기최면을 걸었다.
바각바각.
쇠사슬 하나를 곧게 편 것이 유일한 도구다. 벽돌 하나를 파내면서 쇠사슬은 끝이 제법 뾰족하게 벼려진 상태다.
바각바각.
태무랑은 쉬지 않고 부지런히 벽돌의 틈새를 파냈다. 만약 이 벽돌을 파내고 나서 또 하나가 더 나타난다면 그때는 포기할 수밖에 없다. 파내고 싶어도 더 이상 손이 닿지 않기 때문이다.
그때 소녀의 울음소리가 뚝 그쳤다. 태무랑은 소녀가 벽돌 틈새를 긁어내는 소리를 들었기 때문일지도 모른다고 생각했다.
그는 잠시 멈췄다가 다시 파내기 시작했다.
바각바각.

"누… 구세요?"

그때 벽돌 너머에서 가녀리면서도 떨리는 소녀의 목소리가 들렸다.

태무랑은 긁기를 멈추고 잠시 침묵을 지켰다가 이윽고 조용히 말했다.

"이쪽에 갇혀 있는 사람이오. 벽돌을 파내고 있으니까 아무 소리 하지 말고 기다리시오."

"아……."

태무랑은 소녀가 어떤 이상한 행동을 하지 않기를 빌었다.

다행히 소녀는 더 이상 울지도 말하지도 않았다. 일단은 태무랑의 바람대로 됐다. 그는 다시 파내기 시작했다.

바각바각.

그는 하루 세끼 남의고수가 음식을 갖다 주러 오는 것으로 시간이 가는 것을 재곤 했다.

그러나 삼장로가 심법 구결을 다 외우기 전에는 밥을 주지 않겠다고 한 이후로 남의고수가 음식을 갖다 주러 오지 않지만, 이미 지난 다섯 달 동안 그의 몸은 이곳에서 흘러가는 시각을 얼추 맞추고 있었다.

그의 생체 시각에 의하면 지금은 저녁밥을 먹고 두 시진쯤 지난 밤중이다.

이런 시각이라면 이곳에 아무도 오지 않는다. 벽돌을 파내기에는 제격이다.

태무랑은 벽돌 틈새 파내기를 멈추고 오른 손바닥을 최대한 길게 하여 세로로 벽돌의 위아래를 잡았다.
 틈이 너무 좁고 벽돌이 커서 손가락이 자꾸만 밀려났지만 여러 차례 시도하여 간신히 벽돌을 제대로 꽉 잡은 후 천천히 빼냈다.
 벽돌을 소녀가 있는 쪽으로 미는 방법이 쉽지만, 그렇게 하면 벽돌이 너무 무거워서 나중에 소녀가 다시 끼워 맞추지 못할 수도 있다. 그래서 힘들어도 태무랑 쪽으로 빼내야 하는 것이다.
 그극…….
마침내 두 번째 벽돌이 빠졌다. 그리고 사각의 한 자 정도 깊이의 구멍이 뻥 뚫렸다.
 태무랑은 두 번째 벽돌을 내려놓을 생각도 하지 못한 채 구멍으로 얼굴을 들이밀고는 눈도 깜빡이지 않고 저쪽을 뚫어지게 쳐다보았다.
 구멍을 통해서 소녀가 있는 곳의 맞은편 석벽이 보였다. 그쪽도 이곳과 다를 바 없는 석실인 듯했다.
 그때 구멍 저쪽이 부윰해졌다. 하나의 흐릿한 빛이 구멍 옆에서 조금씩 가운데로 나타났다.
 처음에 태무랑은 소녀가 불을 비추는 것이라고 생각했으나 아니었다.
 소녀가 구멍에 얼굴을 가까이 갖다 대고 있는 것이다. 소녀의 얼굴에서는 은은하면서도 흐릿한 빛이 흘러나오고 있었다.

그녀는 스스로 빛을 뿜어내는 하나의 발광체 같았다. 태무랑은 사람 얼굴이 빛나는 것을 처음 보았다.

해말끔한 소녀의 얼굴이 구멍 정면을 차지하고는 눈을 깜빡이면서 이쪽을 바라보았다.

태무랑은 입을 꾹 다물고 소녀를 빤히 주시했다. 마치 소녀의 얼굴에서 무언가를 알아내려는 것처럼.

그가 예상했던 대로 소녀는 어려 보였다. 십오륙 세쯤 됐을 듯했다.

갸름한 얼굴 윤곽에 새하얀 살결을 지녔으며, 얼굴의 절반은 차지할 듯 커다란 눈이 공포와 호기심으로 반짝이면서 일렁였다.

그때 소녀의 파리하고 작은 입술이 달싹였다.

"소녀는 아상이에요, 소아상(蘇雅祥). 그런데 그쪽에 계신 분이 보이지 않아요."

미풍에 흔들리는 갈댓잎끼리 서로 부대끼면 이런 소리가 나올 것이다.

소녀의 목소리는 사근사근하면서도 감미로워서 듣는 이의 마음을 푸근하게 만들었다.

이쪽이든 저쪽이든 양쪽 모두 캄캄하기 때문에 소녀가 태무랑의 얼굴이 보이지 않는 것은 당연하다.

그때 소녀가 구멍 안으로 뽀얗고 가느다란 손을 집어넣으면서 말했다.

"얼굴을 만져 보고 싶어요."

돌발적인 행동이다. 당돌하지만 이해하지 못할 요구는 아니라서 태무랑은 가만히 있었다.

소녀의 손이 점점 이쪽으로 다가오더니 손가락 끝이 구멍 앞에 들이밀고 있는 태무랑의 코에 닿았다.

"아……."

소녀의 손이 멈칫했고, 나직한 탄성이 흘러나왔다. 그러더니 손이 머뭇거리듯이 천천히 움직여 태무랑의 얼굴을 쓰다듬듯이 더듬었다.

태무랑은 움직이지 않았다. 이것이 마치 무슨 숭고한 의식 같다는 생각마저 들었다.

소녀, 아니, 소아상의 손은 매우 따스했다. 그녀는 태무랑의 얼굴을 만지면서 어떤 느낌일지 모르겠지만, 태무랑은 난생처음으로 낯선 소녀에게 얼굴을 내맡긴 채 알지 못할 평온함을 느끼고 있었다.

"흑흑흑… 고마워요……. 흑흑흑… 너무 무서웠어요……."

그때 소녀가 손바닥을 펼쳐서 태무랑의 뺨을 감싼 채 갑자기 흐느끼기 시작했다.

그런데 돌연 태무랑은 폐부 깊은 곳에서 뜨거운 그 무엇이 울컥 치밀어 올랐다. 소녀의 슬픔과 작은 기쁨이 그에게도 전염된 것일까. 그도 갑자기 울고 싶다는 생각이 걷잡을 수 없

벽 너머의 소녀 71

이 밀려들었다.

"……!"

그러나 그 순간 태무랑은 움찔 가볍게 몸을 떨었다.

저 멀리에서 돌계단 위의 철문이 열리는 소리가 들렸다. 착각이 아니다. 분명히 들었다.

마음이 다급해진 그는 아직도 손에 들고 있는 벽돌을 들어올렸다.

"누가 오고 있소."

"아……."

태무랑은 소녀의 따스한 손에서 얼굴을 떼며 구멍에 벽돌을 갖다 댔다.

이런 늦은 시각에 누가 무엇 때문에 오는지 모르지만 그자가 오기 전에 구멍을 메워야만 한다.

구멍 저쪽에서 소녀의 초조하고도 다급한 목소리가 이쪽으로 넘어왔다.

"자, 잠깐만… 당신 이름을 가르쳐 주세요."

"태무랑."

그 말을 끝으로 태무랑은 서둘러 벽돌로 구멍을 틀어막았다.

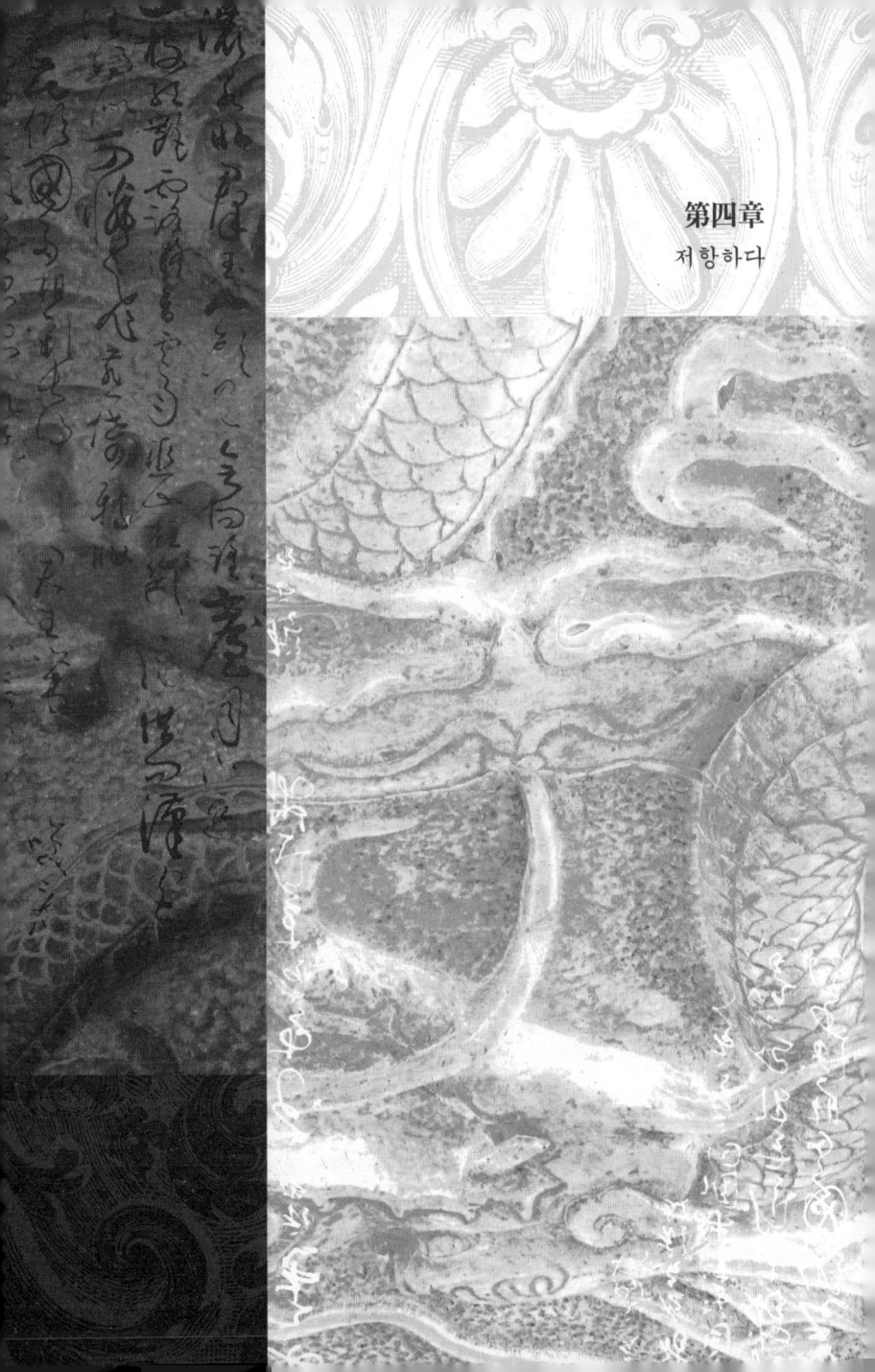

第四章
저항하다

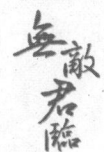

태무랑은 연무장에 끌려 나왔다.

그가 지금처럼 한밤중에 끌려 나온 것은 뜻밖의 일이 아니다. 지난 다섯 달 동안 모두 여덟 차례 한밤중에 끌려 나온 적이 있었다.

그리고 그 이유도 알고 있다. 단유천과 옥령이 친구들을 불러들여 술을 마시면서 유희를 즐길 때다.

그들은 연무장 한쪽에 성대한 술상을 차려놓고 둘러앉아서 단유천과 옥령은 물론이고 친구들까지 돌아가면서 연무장 복판으로 나와 자신들의 무술 솜씨를 뽐냈었다.

물론 그 대상은 태무랑이다.

지난 여덟 차례에서도 그랬던 것처럼, 이번에도 역시 단유천과 옥령의 친구들이 먼저 번갈아가면서 자신들의 솜씨를 뽐냈다.

단유천과 옥령, 그리고 일곱 명의 친구는 자신들을 단금맹우(斷金盟友)라고 부르면서 우정을 과시하고 있었다.

하지만 태무랑은 속으로 그들 모두를 싸잡아서 단살척배(斷殺剔輩)라고 칭하면서, 자신이 이곳에서 살아 나가면 기필코 그들을 모조리 죽이겠다고 맹세하고 또 맹세했었다.

이곳에서의 규칙은 목검을 사용해야 한다는 것이다. 그 이유는 단금맹우들이 자비로워서가 아니라 자신들 유희의 제물, 즉 무완롱(武玩弄)을 망가뜨리지 않게 하려는 것이다. 그래야지만 좀 더 오래 갖고 놀 수 있기 때문이다.

'무완롱'이란 단금맹우들이 태무랑 같은 제물들에게 갖다 붙인 이름이다. 풀이하자면 자신들의 무술을 수련하기 위한 장난감이라는 뜻이다.

태무랑은 단금맹우가 이전에도 많은 무완롱을 갖고 놀았다는 사실을 짐작할 수 있었다.

태무랑이 처음 단금맹우의 놀이 상대가 되었을 때 그들은 아주 능숙하고도 거리낌없이 태무랑을 상대로 각자의 무술을 마음껏 뽐냈으며, 이번 무완롱은 얼마나 버티다가 죽을 것인가를 자기들끼리 내기하기도 했었다.

태무랑은 단금맹우 아홉 명의 이름을 모두 알고 있다. 저희들끼리 이름을 부르면서 찧고 까불 때 귀담아들어서 뼛속 깊이 새겨두었다.

그들에게 목검으로 한 대씩 맞을 때마다 피를 흘리면서 그자의 이름을 속으로 소리쳐 부르며, 장차 네놈을 이러이러한 잔인한 방법으로 죽이겠다면서 골백번도 더 다짐했던 태무랑이다.

"하하하! 나는 오늘 쉬겠다! 많이 취했어! 옥령, 네가 나가서 멋지게 마무리를 지어보는 게 어떨까?"

단금맹우 일곱 명의 개새끼가 끝나자 단유천이 술잔을 만지작거리면서 옆에 앉은 옥령에게 웃으며 권했다.

"호호홋! 좋아요, 사형!"

옥령은 마다하지 않고 예의 붉은 목검을 쥐고 냉큼 일어나 태무랑을 향해 사뿐사뿐 걸어왔다.

늘 이런 식이었다. 단금맹우의 일곱 명이 끝나고 나면 단유천과 옥령이 나서서 마무리를 짓는다.

태무랑은 단유천과 옥령이 친구들을 끌어들여서 유희를 즐기는 목적을 잘 알고 있었다. 한마디로 자신들의 우월한 무술 실력을 뻐기려는 것이다. 그래서 꼭 맨 나중에 솜씨를 펼친다.

태무랑이 봤을 때, 과연 단유천과 옥령의 실력은 다른 일곱 명보다 월등하게 뛰어난 수준이다.

그렇다고 일곱 명이 보잘것없다는 뜻은 아니다. 단유천과 옥령에 비해서 처진다는 것뿐이지 그들 각자는 무림에서 꽤 쟁쟁한 이름을 날리고 있는 듯했다.

"일어나라, 흑풍창기병."

옥령은 쓰러져 있는 태무랑에게 걸어가며 새빨간 혀를 내밀어 입술을 핥으며 냉랭하게 말했다.

태무랑은 엎드린 자세에서 간신히 고개를 들어 다가오는 옥령을 쳐다보았다. 그러면서 얼굴에 조금쯤은 비굴하고 또 두려워하는 표정을 떠올렸다.

하지만 사실 그는 단금맹우 일곱 명에게 이미 천 대 이상 두들겨 맞았으나 아무렇지도 않았다. 그 이름 모를 심법을 운공조식하고 난 이후에 얻게 된 또 하나의 변화다.

만약 오늘 밤에 이들 단금맹우들에게 불려 나오지 않았으면 그 사실을 모를 뻔했다. 그런 점에서는 오늘 밤에 불러서 두들겨 패준 것이 조금쯤은 고마운 일이었다.

태무랑은 꿈틀거리면서 무척이나 힘겹게 일어나려고 버둥거렸다. 그러면서 옥령의 표정을 보고 저년이 오늘 어떤 검초식을 사용할지 예상했다.

'저년, 무극칠절검(無極七絶劍)을 전개하려는구나.'

태무랑은 얼굴에는 겁먹은 표정을 떠올린 채 속으로 이를 갈았다.

독종인 그로서도 무극칠절검은 두려운 검법이다. 목검인데도 한 대 얻어맞으면 어느 부위를 막론하고 정말 고통스럽기 짝이 없었다.

다른 초식들에 맞으면 그 부위만 아픈데, 무극칠절검은 맞은 부위에서부터 순식간에 온몸으로 고통이 퍼져 나간다.

그것은 마치 잔잔한 수면에 커다란 돌을 던진 듯하다. 더구나 뼈를 쪼개고 살을 찢어발기는 그 고통이야 어찌 말로 다 표현하겠는가.

　태무랑은 단유천과 옥령은 물론이고, 단금맹우 나머지 일곱 명이 그동안 펼친 초식들까지 모조리 달달 외우고 있었다.

　원래 바둑은 두는 사람보다 옆에서 지켜보는 사람의 눈에 더 잘 보이는 법이다.

　그러므로 한 대라도 덜 맞으려고 몸부림치는 태무랑 눈에는 그들의 초식이 얼마나 잘 보였겠는가.

　태무랑은 그들의 초식뿐만 아니라 장점이나 결점, 보완해야 할 부분까지도 환하게 꿰고 있다.

　태무랑은 옥령이 세 걸음 앞까지 다가오기 전에 미리 일어나 있었다. 그러나 서 있는 것조차도 어려운 듯 몸을 휘청거리는 것을 잊지 않았다.

　옥령은 멈춰서 태무랑을 보며 목검을 까딱거리면서 냉혹한 눈빛을 흘렸다.

　"사형! 이놈 한 대 맞으면 죽을 것 같아요! 오늘은 더 형편없어요!"

　"하하하! 그럼 죽여봐라! 그놈을 일격에 죽인다면 사매가 원하는 것을 다 해주겠다!"

　단유천이 꼬고 앉은 다리를 까딱거리면서 흥을 돋우었다.

　그러자 단금맹우들이 와아! 하고 웃으며 자신들이 해도 소원을 들어주겠느냐며 아우성을 쳐댔다.

 태무랑의 몰골은 평소보다 더 심했다. 입고 있는 흑의는 갈가리 찢어졌고 여기저기 터져서 피가 줄줄 흐르는 모습이 죽지 않은 게 이상할 정도다.

 하지만 속은 전혀 다르다. 운공조식을 하기 전에는 맞는 순간에 지독한 아픔을 느꼈었는데, 지금은 아무리 얻어맞아도 추호도 아프지 않다. 그저 목검이 몸을 툭툭 건드리는 느낌만 받을 뿐이다.

 슥—

 옥령은 무극칠절검의 특이한 자세를 잡으면서 또다시 새빨간 혀로 그보다 더 붉은 입술을 핥았다. 그녀는 뭔가 시작하려고 할 때 꼭 혀로 입술을 핥는 버릇이 있다.

 그 모습을 보면서 태무랑은 언젠가 네년을 죽이게 될 때 혀를 통째로 뽑고 입술을 도려내서 쓰디쓴 박주 한 잔의 안주로 삼겠다고 새로운 각오를 다졌다.

 "간다! 흑풍창기병!"

 타앗!

 그때 옥령이 발끝으로 바닥을 박차는 것과 동시에 번쩍 허공으로 신형을 솟구쳤다.

 멋들어지고 깨끗한 도약이다. 그녀는 눈처럼 흰 옷자락을 펄럭이면서 바닥에서 일 장이나 솟구쳤다가 태무랑을 향해 비조처럼 하강하면서 무극칠절검의 요결에 따라 수중의 목검을 떨쳤다.

 키이잉!

 도저히 목검이 허공을 가르면서 내는 소리라고 믿어지지 않는 기이한 파공음이 실내를 압도했다.

 태무랑이 알고 있는 무극칠절검의 특징은 우선 엄청나게 빠르다는 것이다. 그래서 다른 초식하고는 전혀 다른 파공음이 나는 것이다.

 그리고 두 번째가 상대로 하여금 어느 방향에서 공격하여 어느 부위를 노리는지 절대로 알 수 없게 만든다.

 세 번째는 다변(多變)이다. 다른 검초식하고는 달리 무극칠절검은 단 한 번의 동작에 일곱 개의 변화를 일으킨다. 그래서 '칠절(七絶)'이다.

 그리고 마지막 네 번째는 가공할 위력이다. 일전에 단유천이 무극칠절검을 전개하여 태무랑을 비껴서 때린 후 목검이 바닥을 쳤었는데, 단단한 청석으로 만든 바닥에 반 뼘 깊이의 구멍이 뚫렸을 정도였다.

 태무랑은 겁먹은 표정으로 허공의 옥령을 보면서 어정쩡한 자세를 취했다.

 '크크큭! 저년은 정말 둔하구나. 어째서 아직도 사절(四絶)밖에 펼치지 못하는 것이냐?'

 그러면서 속으로는 옥령이 무극칠절검의 칠절을 완벽하게 전개하지 못하는 것을 실컷 비웃어주었다.

쩌쩌쩌쩍!

다음 순간 옥령의 목검이 태무랑의 머리와 양쪽 어깻죽지, 그리고 가슴을 동시에 강타했다.

"크아악!"

태무랑은 처절한 비명을 지르면서 뒤로 쏜살같이 튕겨져서 밀려 나갔다.

그 위력이 얼마나 강력한지 그는 삼 장이나 밀려나 연무장 벽에 뒷머리를 호되게 부딪치고서야 바닥에 쓰러졌다. 이것은 거짓이 아니다. 진짜 밀려 나간 것이다.

역시 무극칠절검이다. 맞은 부위가 화끈거리고 온몸이 찌릿찌릿했다. 운공조식을 하지 않았더라면 그대로 혼절해 버렸을 것이다.

더구나 단유천이 일검에 태무랑을 죽이면 원하는 소원을 들어주겠다니까 옥령은 이번 초식에 전력을 기울였기에 위력이 배가되었다.

"와아! 최고다!"

단금맹우들이 환호성을 터뜨리며 박수를 치는 등 개지랄을 떨었다.

"사매, 놈이 죽었는지 확인해 봐라."

단유천이 빙그레 웃으며 주문했다.

그런데 태무랑이 꿈틀거리면서 일어서기 시작했다. 평소에는 일어나라고 호통을 쳐야 겨우 일어서는데 지금은 제 스스로 일어서고 있는 것이다.

자신이 죽지 않았다는 것을 확인시켜 주려는 것이다. 그것이 그가 현재로써 할 수 있는 유일한 반항이다. 그러면서 속으로 득의한 미소를 지었다.

"이놈이?"

그 광경을 보고 옥령이 발끈해서 눈에서 새파란 살기를 쏟아내며 재차 쏘아왔다. 그녀는 이번에야말로 태무랑을 죽일 듯한 기세였다.

벽에 기대서 일어선 태무랑은 자신을 향해 무서운 속도로 쏘아오는 옥령의 저만치 뒤에서 삼장로가 초조한 표정으로 서 있는 것을 발견했다.

삼장로의 뜻에 반하는 방법은 태무랑이 죽어주는 것이다. 그래서 그가 하려는 시험을 물거품으로 만드는 것인데, 그러기 위해서 태무랑이 죽어줄 수는 없는 노릇이었다.

"이놈아! 목검이라도 휘둘러야 싸울 맛이 나지 않겠느냐?"

일 장까지 쇄도한 옥령이 카랑카랑하게 외치며 두 번째 무극칠절검을 전개했다.

이번에는 허공으로 도약하지 않고 일직선으로 태무랑을 향해 돌진해 오고 있었다.

'큭큭… 목검이라도 휘두르라고? 그럼 네년은 죽는다.'

태무랑은 속으로 키득대면서 수중의 목검을 잡은 손에 슬쩍 힘을 주었다. 물론 체내 삼백육십 군데에 응축되어 있는 그 신비한 힘이다.

키아앙!

태무랑 정면에서 옥령의 목검이 무시무시하게 그어오면서 네 개의 흰 띠를 만들었다. 역시 이번에도 사절이다.

찰나지간에 태무랑의 눈이 흐릿하게 번뜩였다. 그것으로 옥령의 허점을 완벽하게 간파했다.

"으어어……."

갑자기 그는 극도로 겁먹은 듯 몸을 비틀거리면서 수중의 목검을 엉성하게 이리저리 휘둘렀다.

쩌쩌쩍!

땅!

옥령이 전개한 사절 중에서 삼절, 즉 세 개가 태무랑의 이마와 어깨, 가슴에 정확하게 적중했다.

그러나 가장 위력이 강력한 마지막 하나를 태무랑은 아주 우연인 것처럼 막아냈다.

그와 동시에 마구 몸부림치듯이 팔다리를 휘두르면서 슬쩍 발길질을 했다.

퍽!

다음 순간 그의 오른발 발등이 옥령에게 적중됐다.

태무랑은 무서운 듯 두 손으로 얼굴을 가리는 체하면서 손가락 사이로 힐끗 쳐다보았다.

자신의 발등이 옥령의 사타구니 한복판을 아래에서 위로

정확하게 걷어찬 광경을 확인했다. 그가 의도했던 대로고, 겨냥했던 대로다.

그의 발등은 옥령의 음부에 아교로 붙인 것처럼 착 밀착되어 있고, 그녀는 다리를 벌린 채 얼굴이 새하얗게 질려서 바들바들 떨면서 서 있었다.

털썩!

"끄으으……."

옥령이 그 자리에 주저앉아서 목검을 내던지고 두 손으로 자신의 음부를 움켜잡으며 금방이라도 숨이 끊어질 듯 헐떡거렸다.

남자든 여자든 사타구니가 급소다. 거길 걷어채이면 온몸이 조각나는 듯하고 숨이 멎을 듯한 충격이 엄습한다. 심하면 죽을 수도 있다.

'크크크… 어떠냐, 개년아?'

태무랑은 속으로 쾌재를 부르면서 일부러 비틀거리다가 그녀에게로 쓰러져 갔다.

그것은 마치 방금 옥령에게 얻어맞은 충격으로 쓰러지는 듯한 자연스러운 동작이었다.

쿵!

그 바람에 옥령은 뒤로 벌렁 쓰러졌고, 태무랑은 엎드린 채 그녀를 찍어 누르는 자세가 되었다.

하지만 그녀는 극도의 고통 때문에 지금 벌어지고 있는 상황을 조금도 인지하지 못했다.

"끄으윽… 끄으……."

두 팔을 벌리고 두 다리를 벌린 채 무방비 상태로 얼굴이 새하얗게 질려서 꺽꺽거리고 있을 뿐이다.

그런데도 그녀는 지독하게 아름답다. 천하절색이라고 해도 손색이 없을 미모다.

그런 년이 얼굴이 하얗게 질려서 숨을 헐떡이는 모습은 마치 격렬한 정사 끝에 절정에 도달한 그 모습과 크게 다르지 않았다.

태무랑은 손가락 하나 움직일 힘조차 없는 듯 그녀 위에 엎드려서 죽은 듯이 있었다.

"사매—!"

단유천과 단금맹우들이 이쪽으로 허겁지겁 달려오는 소리가 들렸으나 태무랑은 움직이지 않았다.

그런데 우연의 일치로 태무랑과 옥령의 입술이 서로 맞닿아 있는 상태가 돼버렸다.

바로 그때 옥령의 눈동자가 이리저리 구르다가 태무랑의 눈과 마주쳤다.

그녀는 태무랑의 눈이 찰나지간 상처 입은 야수처럼 번뜩이는 것을 발견하고 소름이 오싹 끼쳤다.

문득 태무랑은 자신의 음경이 옥령의 활짝 벌려진 두 다리 깊숙한 곳, 즉 음부에 맞닿아 있는 것을 알아차렸다.

그때 그는 한 가지 결심을 더 했다.

'흐흐흐······. 장차 네년을 죽이기 전에 가장 잔인한 방법으로 강간을 해주마.'

그때 가장 먼저 달려온 단유천이 옥령 몸 위에서 태무랑을 떼어내 집어 던졌다.

그리고는 나머지 일곱 명의 단금맹우가 미친 듯이 태무랑을 두들겨 패기 시작했다.

그러나 오늘은 여느 때와 다르다. 옥령 개년의 음부가 터지도록 걷어차 주지 않았는가.

통쾌했다. 정말 통쾌했다. 지난 다섯 달의 고통과 절망이 씻은 듯이 사라지는 것 같았다.

소나기처럼 쏟아지는 목검과 발길질 속에서도 태무랑은 속으로 키득거렸다.

아마 옥령에게 가한 행동은 그가 평생에 한 가장 잘한 일로 기억될 것이다.

태무랑은 자신의 발로 걸어서 석실로 돌아올 수가 없었다. 반죽음 상태가 됐기 때문이다.

단금맹우 일곱 명은 태무랑이 옥령 몸 위에 쓰러졌다는 이유 하나만으로 이성을 잃고 그에게 무자비하게 목검을 휘두르고 발길질을 가했다.

불행 중 다행으로 그들은 태무랑이 옥령의 음부를 걷어찬 것이나 우연히 그녀와 입을 맞춘 것을 보지 못했다. 만약 봤더라면 그 정도로 끝나지 않았을 것이다.

그러나 제일 먼저 달려와서 옥령 몸 위에 엎드려 있는 태무랑을 집어 던진 단유천은 두 사람이 입을 맞추고 있는 것을 목격했다.

비록 우연이라고 생각했겠지만 옥령을 목숨처럼 사랑하고 있는 단유천으로서는 절대로 태무랑을 용서할 수가 없었을 것이다.

그는 단금맹우 일곱 명이 태무랑을 흠씬 두들겨 패고 난 이후에 서두르지 않고 나서서 아주 천천히, 그리고 확실하게 태무랑을 박살 내주었다.

그는 태무랑을 일으켜서 한 손으로 잡고, 주먹이나 발에 약간의 내공을 실어서 가격하거나 걷어찼다.

그럴 때마다 태무랑은 마치 물 먹은 가죽 북처럼 흔들거리면서 두들겨 맞았다.

단유천이 스무 대쯤 때렸을 때 태무랑은 거의 혼절 직전까지 이르렀다.

그가 제아무리 맞는 데 이골이 나고 운공조식으로 신비한 힘을 지녔다고는 해도 단유천이 내공을 실어서 때리는 데에는 도저히 견뎌내지 못한 것이다.

태무랑은 혼절하기 직전에 그나마 한 가지 위안거리를 발견할 수 있었다.

쓰러진 상태에서 움직이지 못하게 된 옥령이 두 명의 여고수에 의해서 업혀 나가는 광경을 목격한 것이다.

그런데 그녀가 누워 있던 바닥에 피가 흥건하게 고여 있었다. 사실은 옥문에 거센 충격을 받고 처녀막이 터져 버린 것이다.

하지만 아무도 그 사실을 몰랐다. 그저 태무랑이 흘린 피일 것이라고만 생각을 했다.

옥령이 업혀 나가는 것을 본 단유천은 더욱 미친 듯이 태무랑을 두들겨 팼고, 그래서 끝내 혼절할 수밖에 없었다.

태무랑은 기억하지 못하지만, 만약 삼장로가 거의 빌다시피 단유천을 만류하지 않았으면 그는 금강불괴고 뭐고 간에 끝끝내 태무랑을 때려서 죽이고 말았을 것이다.

태무랑이 옥령의 음부를 걷어찬 것을 단유천이 모르고 있었기에 망정이지, 만약 그 사실을 알았더라면 삼장로가 아무리 손이 발이 되게 빌더라도 절대로 태무랑을 살려두지 않았을 것이다.

태무랑이 잠깐 깨어날 수 있었던 것은 어떤 미세한 소리 때문이었다.

모깃소리처럼 귓가에서 앵앵거리는 아주 작은 소리인데, 그 소리가 아니었으면 그는 좀 더 오래 혼절해 있었을 것이다.

"무랑 오라버니… 거기 계세요? 무랑 오라버니……."

그런 소리가 그가 쓰러져 있는 구석 쪽 석벽 틈새에서 아주 조그맣게 흘러나오고 있었다.

"음… 연(蓮)아……."

태무랑은 비몽사몽 중에 그 소리가 누이동생 태화연(太花蓮)의 것이라고 생각하여 중얼거렸다.

그는 자신이 휴가를 얻어서 둔경을 하고 있는 집에 와 있는 것이라고 착각했다.

"무랑 오라버니… 무슨 일이에요? 소녀 아상이에요……."

그러나 태무랑은 그 소리를 듣지 못하고 다시 혼절의 깊은 늪으로 빠져들었다.

삼장로가 석실을 부지런히 드나들면서 태무랑을 정성껏 치료했다. 그는 데리고 온 남의고수를 시켜서 태무랑에게 미음을 먹이도록 하고, 자신은 직접 손을 걷어붙이고 치료했다.

태무랑은 팔다리의 뼈가 조각날 정도로 십여 군데 이상 부러졌으며, 갈비뼈도 여러 대 부러졌고 내장도 자리를 이탈한 상태다.

치료를 하면서 삼장로는 태무랑의 촌관척(寸關尺:손목의 맥)을 짚고 그에게 새로운 기운이 생겼는지 살피는 것을 잊지 않았다.

혹시 태무랑이 자신이 모르는 사이에 운공조식을 한 것이 아닌가 하여 살피는 것이다.

하지만 삼장로는 아무것도 감지해 내지 못했다. 그동안 태무랑이 운공조식을 해서 쌓은 신비한 기운이 단전이 아닌 기경팔맥 삼백육십 개 혈도에 분산되어 있는 것을 알 턱이 없기 때문이다.

삼장로가 태무랑의 석실에 드나들 때에는 석벽 너머에서 소아상의 목소리가 들리지 않았다. 그녀도 귀가 있는 이상 태무랑의 석실 석문이 큰 소리를 내면서 열리는 것을 알아차릴 수 있었기 때문이다.

삼장로는 태무랑이 최소한 한 달 이상 치료와 정양을 해야만 움직일 수 있을 것이라고 예상했다.

그러나 그는 치료가 시작된 이후 닷새 만에 정신을 차렸고 조금씩이나마 움직일 수 있게 되었다.

단유천과 옥령이 명령하고, 삼장로가 추진 중인 소위 '금강불괴 계획'으로 인해서 그동안 이곳에 끌려와 죽은 사람은 이십여 명에 달했고, 현재 제물, 즉 무완롱으로 이곳 석실에 갇혀 있는 사람은 다섯 명 정도가 대기하고 있었다.

소아상은 그중 한 명이다. 어쩌면 여자의 신체가 이 계획에 적합할는지도 모른다는 삼장로의 생각 때문이었다.

"흑흑흑… 무랑 오라버니… 살아 계신 건가요? 으흐흑."

석실에 삼장로가 없을 때에는 소아상의 울음소리가 계속 들려왔다.

처음에 그녀는 무서움과 가족에 대한 그리움 때문에 울었는데 지금은 태무랑의 안위 때문에 울고 있었다.

태무랑은 엿새째에 힘겹게 몸을 움직여서 두 개의 벽돌을 뽑아 소아상과 두 번째로 만났다.

더 푹 쉬고 싶었지만 소아상이 너무 걱정하다가 잘못될지도 모른다는 염려가 들었기 때문이다.

삼장로나 단유천, 옥령, 단금맹우들은 원수로 여기고 있으나 소아상에게만은 한없이 다정다감해지고 싶은 것이 태무랑의 진심이었다.

사실 그렇게 선하고 정의로운 것이 그의 본성이다. 그것을 단유천과 옥령, 단금맹우, 삼장로가 그를 점점 더 악마로 만들고 있었다.

"흑흑흑… 무랑 오라버니가 잘못된 줄 알았어요……. 너무 걱정돼서 숨이 끊어질 것만 같았어요……."

소아상은 구멍으로 손을 뻗어 태무랑의 얼굴을 쓰다듬으면서 비 오듯이 눈물을 흘렸다. 지금은 기쁨의 눈물이다. 그녀는 눈물이 참 많은 소녀.

그때부터 태무랑은 매일같이 소아상에게 얼굴을 내어준 채 많은 얘기를 나누었다. 아니, 주로 소아상이 말하고 그는 듣는 편이었다.

소아상은 십오 세였다. 수줍음을 많이 타는 성격이지만 태무랑을 친오빠 이상 마치 한 몸인 양 따르고 염려해 주었다. 아마도 이런 처절한 환경이 두 사람을 핏줄보다 가까운 사이로 만들어주었을 것이다.

그렇게 두 사람은 보름 동안 지옥 밑바닥에서 서로를 의지하며 보냈다. 그동안만큼은 고통과 절망을 어느 정도 잊을 수 있었다. 그리고 희망도 조금쯤은 가슴에 품을 수 있게 되었다.

"잊지 않았죠? 무랑 오라버니."

소아상은 지난 보름 동안 백 번도 넘게 했던 말을 또다시 반복해서 물었다.

"알고 있다."

"말해보세요."

그녀는 벽돌을 빼내면 제일 먼저 손을 뻗어 태무랑의 얼굴을 만지작거리고, 다시 벽돌을 메울 때까지 그의 얼굴에서 손을 떼지 않았다.

"우리가 이곳에서 살아 나가게 되면 매년 중추절에 북경성(北京城) 용천사(龍泉寺)에서 기다린다."

"언제까지나."

"그래, 언제까지나."

태무랑은 자세를 똑바로 하고 자신의 얼굴에서 소아상의 손을 떼어냈다.

"상아, 네 얼굴을 한 번 만져 보자."

"네."

소아상은 환한 표정으로 구멍 속으로 얼굴을 집어넣을 듯이 바짝 갖다 댔다.

태무랑은 소아상의 얼굴을 처음 만져 보았다. 그녀의 얼굴,

특히 뺨은 너무 부드러워서 아기 얼굴을 만지는 듯했다. 그리고 작은 입술과 긴 속눈썹, 턱을 만지자 그녀는 간지럽다면서 목을 움츠리며 키득거렸다.

이런 지옥에서라도 두 사람이 얼굴을 마주 보고 서로를 만지고 있으면 아주 작지만, 몹시 행복했다.

"내 얼굴을 기억할 수 있겠느냐?"

"아뇨."

태무랑의 물음에 소아상이 고개를 살래살래 저었다.

"너무 어두워서 무랑 오라버니의 얼굴을 한 번도 본 적이 없어요."

태무랑은 그것을 모르고 있었다. 자신은 눈이 밝아져서 소아상의 얼굴을 볼 수 있으나 그녀는 그렇지 못하다는 사실을 이제야 깨달았다.

"그렇다면 어떻게 내 얼굴을 알아보지?"

소아상은 얼굴을 태무랑의 손에 맡긴 채 미소 지었다. 그녀의 미소가 태무랑의 손끝에 느껴졌다.

"만져 보면 알아요. 무랑 오라버니의 잘생긴 얼굴은, 제 손가락 끝에 생생하게 기억되어 있으니까요."

"하하, 그런가?"

태무랑은 이곳에 갇힌 지 다섯 달 만에 처음으로 해맑은 소리로 웃었다.

第五章

초인탄생 (超人誕生)

그르릉!

옥령의 음부를 걷어차고 피곤죽이 되도록 두들겨 맞은 지 딱 한 달이 지난 날, 삼장로가 석실에 들어와 아무 말도 하지 않고 태무랑을 끌어냈다.

태무랑은 팔다리가 쇠사슬에 묶인 채 두 명의 남의고수에게 끌려 나가면서 여태까지 한 번도 느껴보지 못했던 짙은 예감을 느꼈다.

그가 석실에서 끌려 나갈 때는 팔다리를 쇠사슬로 묶지 않았었다.

그런데 지금은 뭔가 다르다. 그러므로 이것은 연무장에 끌려가는 게 아닐 것이다.

'이것은 필경 단유천이 내게 심법이라는 것을 가르치라고 한 것과 연관이 있을 것이다.'

대부분 불길한 예감은 적중하는 법이다. 그리고 그는 어쩌면 자신이 다시는 석실로 돌아오지 못할지도 모른다는 예감을 더불어 느꼈다.

발밑이 푹 꺼지면서 끝없이 추락하는 느낌이 들었다.

딱 한 번의 탈출 기회를 노리면서 절치부심하고 있었는데, 이렇게 맥없이 끌려가는 신세가 되면서 모든 게 무산되다니 눈앞이 캄캄해졌다.

석실을 나서 소아상이 갇혀 있는 석실 앞을 지날 때 태무랑은 힐끗 석문을 쳐다보았다.

이제 태무랑을 보지 못하게 될 소아상이 어떻게 이 지옥에서 견딜 수 있을지 걱정이 앞섰다.

'상아……'

소리쳐 부르고 싶은 마음을 그는 간신히 눌러 참았다.

태무랑이 예상했던 대로 삼장로가 그를 끌고 간 곳은 연무장이 아니었다.

그리고 거기에는 정말 지옥의 불길이 그를 기다리고 있었다.

삼장로는 여느 때하고는 달리 남의고수를 시키지 않고 자신이 직접 태무랑의 몸 몇 군데 부위를 손가락으로 세심하게 눌렀다.

왼쪽 어깨의 쇄골 부위와 턱, 목덜미, 팔꿈치, 옆구리 다섯 군데를 누르니까 태무랑은 꼼짝도 할 수가 없게 되었다.

석실에서 남의고수가 태무랑에게 액체를 강제로 먹일 때에는 쇄골 부위와 턱, 목덜미 세 군데만 제압했었는데 삼장로는 두 군데를 더 눌렀다.

태무랑은 그 수법이 자신을 더욱 확실하게 움직이지 못하게 하려는 의도며 방법이라고 생각했다.

그가 끌려온 곳은 언제나 갔었던 돌계단 위 철문 밖이 아니라, 그 옆에 아래로 길게 뻗은, 그러니까 더욱 지하로 깊이 내려가는 돌계단을 타고 한참이나 내려온 지하 석실이었다.

부글부글.

지금 태무랑 앞에는 커다랗고 둥근 하나의 통이 있고, 그 안에서 괴이한 액체가 들끓고 있었는데 희한하게도 김이 조금도 나지 않았다.

보통 목욕을 하는 욕통보다 두 배 정도 큰 통이며, 전체를 무쇠로 만들었다.

통 주위에는 다섯 명의 남의고수가 둥글게 원을 형성한 채 우뚝 서 있고, 태무랑을 붙잡고 있는 남의고수까지 여섯 명이다.

그리고 그 옆에 삼장로가 서 있다. 평상시보다 훨씬 삼엄하고 엄숙한 분위기다.

 하지만 태무랑은 다른 곳을 볼 여유가 없었다. 그는 통 속에서 들끓고 있는 액체를 뚫어지게 주시했다.

 삼장로는 십중팔구 태무랑을 저 통 속의 액체에 집어넣으려는 의도인 듯했다.

 저렇게 들끓고 있는 액체 속에 태무랑을 집어넣으면 필경 순식간에 익어버리고 말 것이다.

 '으으… 미친놈…….'

 태무랑은 턱을 덜덜 떨었다. 두려움 때문이 아니다. 너무 기가 막히기 때문에 분노가 치밀어서다.

 이런 식으로 허무하게 죽으려고 석실에서 그토록 벌레처럼 꿈틀거리며 목숨을 연명한 것이 아니었다.

 한시바삐 주둔지 둔경으로 돌아가서 그리운 어머니와 동생들이 어떻게 되었는지 확인을 해야만 한다.

 이후 단유천과 옥령, 삼장로를 비롯한 단금맹우, 아니, 단살척배들을 찾아내서 한 명씩 가장 잔인한 방법으로 죽여 복수를 하는 것이 태무랑의 필생의 숙원이다.

 그런데 이 찢어 죽일 삼장로는 태무랑을 이따위 어이없는 방법으로 익혀 죽이려고 하는 것이다.

 태무랑은 오른쪽에 서 있는 삼장로를 보려고 눈동자를 굴렸으나 보이지 않았다.

 그가 어떤 표정을 짓고 있는지 확인하려는 것이지만 그마저도 여의치 않았다.

 태무랑은 눈을 부릅뜨고 다시 통 속에서 끓고 있는 액체에 시선을 주었다.

 부글부글.

 액체는 다섯 가지 색을 띠고 있었다. 검고, 푸르고, 붉으며, 희고, 누런 금색이다.

 그런데 중심 색은 금색이다. 금색이 가장 짙고 또 많았다. 그리고 끓어서 기포가 퍽퍽 터질 때마다 기이한 향기가 풍겼다.

 사람을 익혀 죽일 액체에서 나는 냄새라고는 생각할 수 없을 만큼 달콤하고 은은한 난향(蘭香) 같은 것이 태무랑의 코를 자극했다.

 "집어넣어라."

 그때 삼장로가 나직한 어조로 명령했다.

 순간 태무랑은 그의 목소리에서 무엇인가를 감지했다. 목소리에는 극도의 긴장과 기대가 뒤섞여 있었다.

 그것은 절대로 태무랑을 죽이려는 자의 목소리가 아니었다. 그렇다면 이것은 삼장로가 지금까지 추진해 온 소위 '금강불괴 계획'의 일환인 것이 분명하다.

 삼장로는 태무랑이 운공조식을 하게 될 때까지 기다릴 수가 없는 상황에 처했다.

 이 통 속에서 끓고 있는 액체는 삼장로의 필생의 역작(力作)이라고 할 수 있다.

태무랑뿐만 아니라 그동안 삼장로가 이십여 명의 무완룡에게 실시했던 수많은 갖가지 방법들의 정화(精華)만을 엄격하고도 치밀하게 골라서 연구한 끝에 이 통 속의 액체가 완성된 것이다.
　태무랑을 이 액체 속에 담글 때 삼장로가 그에게 가르쳐 준 무림 최고라는 심법을 운공조식하게 되면 더할 나위 없이 금상첨화겠지만, 아둔한 태무랑을 언제까지나 기다릴 수만은 없었다.
　삼장로를 더욱 서두르게 만든 사람은 옥령이었다. 도대체 무슨 일인지는 모르지만 그녀는 아직도 잘 움직이지 못하고 병석에 누워 있었다.
　그런 상태에서도 태무랑을 갈가리 찢어 죽이겠다며 이를 바득바득 갈고 있는 것이다.
　삼장로가 아무리 설득해도 만우난회(萬牛難回)였다. 그녀는 금강불괴고 뭐고 자신이 거동만 하게 되면 그 길로 태무랑을 찢어 죽이겠다고 벼르는 중이었다.
　거기에 대공 단유천까지 합세를 해서 옥령이 나으면 함께 태무랑을 찢어 죽이자고 맞장구를 치고 있다. 그는 옥령의 말이라면 무조건 들어주는 위인이다.
　그런 급박한 상황이기 때문에 삼장로는 서둘러 이 최후의 계획을 실행에 옮겨야만 했다.
　이윽고 남의고수가 태무랑을 번쩍 들어 몇 개의 계단을 밟고 올라가 통 위로 들어 올렸다.

 그 순간 태무랑은 운공조식을 시작했다. 그것이 그가 할 수 있는 유일한 발악이었다.

 남의고수가 삼장로를 쳐다보았다. 삼장로는 극도로 긴장한 표정을 지으며 천천히 고개를 끄덕였다.

 순간 남의고수의 손에서 태무랑이 벗어나 하강하더니 액체 속으로 떨어졌다.

 태무랑처럼 큰 물체가 빠졌는데도 희한하게 한 방울의 액체도 튀지 않았다.

 꼼짝도 할 수 없는 태무랑은 통 속 밑바닥에 옆으로 누운 자세로 빠르게 가라앉았다.

 첫 번째로 일어난 일은 통 속에 들어가자마자 태무랑이 입고 있는 옷이 순식간에 녹아버린 일이다.

 그런데 괴이한 일이다. 당연히 온몸이 순식간에 익어버릴 것이라고 여겼었는데 추호도 뜨겁지 않았다.

 그게 아니면 너무 뜨거워서 뜨거움을 느끼지 못하는 것일지도 모른다.

 어쨌든 그가 할 수 있는 일은 눈을 뜨지 않는 것과 숨을 쉬지 않는 것, 그리고 운공조식을 하는 것뿐이었다.

 그런데 전혀 예상하지 못했던 일이 생겼다. 눈이 감기지 않는 것이다.

 아무리 혼신의 힘을 기울여서 눈을 감으려고 해도 마치 누군가 눈을 위아래에서 힘껏 잡아당기고 있는 것처럼 꼼짝도 하지 않았다.

'으으으……'

삼장로가 평소 때보다 두 군데 혈도를 더 점한 데에는 이유가 있었다.

눈을 감지 못하게 하려는 의도였다. 게다가 또 무슨 일이 벌어질는지 예측조차 할 수가 없다.

이렇게 격탕하는 액체 속에서 눈을 뜨고 있으면 어찌 될 것인지 길게 생각하지 않아도 뻔한 일이다.

그런데 이상했다. 아무렇지도 않았다. 지금의 상태는 마치 강이나 호수에서 헤엄을 칠 때 물속에서 눈을 뜨고 있는 것이나 별반 다르지 않았다.

눈도 아프지 않았고, 여러 가지 액체들이 띠를 이룬 채 회전하고 있는 광경이 생생하게 보였다.

고통스럽지 않다면 그것으로 됐다. 구태여 눈을 감으려고 버둥거릴 필요는 없다고 생각했다.

태무랑은 통 바닥에 가라앉은 상태에서 자신이 할 수 있는 유일한 행동, 운공조식을 멈추지 않으려고 기를 썼다.

"……"

약간의 시간이 흘렀을 때 몸에서 어떤 느낌이 일어났다.

무엇인가 살갗을 뚫고 몸속으로 들어오고 있었다. 그 느낌은 마치 몹시 가느다란 침 수천 개가 한꺼번에 온몸을 뚫고 들어오는 듯한 것이었다.

처음에는 따끔따끔했다. 그러나 그것은 오래지 않아서 온 몸의 살을 한꺼번에 아주 조금씩 저며내는 듯한 처절한 고통으로 변했다.

'크으으……'

옆으로 누운 자세인 그가 볼 수 있는 자신의 유일한 신체 부위는 팔뚝과 손이었다.

그런데 통 속의 액체 중에서 금색을 제외한 모든 액체들이 그의 살 속으로 파고들어 오고 있는 중이었다.

아니, 살이 아니라 모공(毛孔)이었다.

그러더니 체내로 파고든 액체들이 그가 운공조식을 하고 있는 것에 편승하여 기경팔맥을 따라서 전신을 주천(周天)하기 시작했다.

'우, 운공조식을 멈춰야 한다……!'

그러나 멈춰지지 않았다. 괴이한 일이다. 그의 의지하고는 달리 체내로 침입한 액체들이 전신 혈맥을 따라 주천하면서 그의 삼백육십 곳 혈도에 숨어 있는 신비한 기운하고 융합하고 있었다.

더구나 그 고통은 내장을 도막도막 자르고 뼈를 깎아내는 엄청난 것이었다.

태무랑의 몸 바깥과 안에서 동시에 괴이한 일이 벌어지면서 그는 이 지옥 같은 곳에 끌려와서 겪었던 모든 고통을 합친 것보다 더 처절한 고통에 몸부림쳐야만 했다.

그리고는 최후의 고통이 찾아들었다. 더 이상 숨을 참지 못하게 된 것이다.

폐와 심장이 터지기 직전이 되었을 때 그는 마침내 코의 빗장을 열었다.

그러자 기다렸다는 듯이 액체가 코를 통해서 밀려들어 와 식도와 위장으로 콸콸 쏟아져 내려갔다.

'크윽… 큭……'

그러면서 그는 마침내 천천히 정신을 잃기 시작했다.

아니, 그는 자신이 죽어간다고 생각했다. 정신을 잃는 것과 죽는 것은 엄연히 다르다.

여태껏 셀 수도 없을 만큼 많이 정신을 잃어봤지만, 지금 느끼고 있는 이 느낌은 전혀 생소하다.

이것은 죽는 것이 분명했다.

그리고 그는 죽었다.

"죽다니… 실패란 말인가?"

삼장로는 참담한 표정으로 태무랑을 굽어보면서 뇌까렸다.

태무랑은 통 옆 돌바닥에 알몸으로 눕혀져 있었다. 하지만 그의 몸은 조금도 젖지 않았다. 그가 들어 있던 통 속의 액체가 물이 아니기 때문이다.

그래서 삼장로는 태무랑이 죽었다는 사실이 잘 믿어지지 않는 것이다.

그의 계산대로라면 죽을 이유가 없는 것이다. 그러나 눈앞의 태무랑은 분명히 죽어 있었다.

몇 번이나 확인했지만 심장은 뛰지 않았으며 맥도 잡히지 않았고 숨도 쉬지 않고 있다.

물에 빠져서 죽은 것, 즉 익사가 아닌 것만은 분명하다. 태무랑의 몸이 젖지 않은 것만 봐도 알 수 있다.

그런데 태무랑의 몸이 변해 있었다. 살색이 아니라 금가루를 탄 물을 발라놓은 것처럼 온몸이 금색이었다. 마치 금부처를 보는 것 같았다.

그는 눈을 부릅뜨고 있었는데, 눈도 금색이다. 흰자위도 동공도 모두 금색으로 변한 상태다.

삼장로는 계단을 올라가서 통 속을 들여다보았다. 태무랑을 통 속에 넣기 전에 확인했을 때보다 액체가 절반으로 줄어들어 있었다.

그렇다는 것은 액체가 태무랑의 체내로 흡수됐다는 뜻이다.

액체는 모두 다섯 가지였다. 다섯 개는 오행(五行)의 원천지기(源泉之氣)에 따라서 다섯 가지 색이며, 그것들은 태무랑의 체내로 흡수되고, 나중에 금색이 태무랑의 몸 바깥을 도포(塗

布)하는 것이 원래의 계획이다. 거기까지는 성공이다.

그다음에는 오행원천지기가 혈맥을 타고 전신으로 퍼지면서 뼈와 내장, 살 속으로 스며들고, 체외(體外)의 금색과 상호작용하여 몸 전체를 강철보다 단단하게 만드는 것이다.

그런데 태무랑이 죽어버렸다. 그리고 삼장로는 그가 어째서 죽었는지 이유를 알지 못한다. 그 이유를 알아내려면 방법은 하나뿐이다.

해부를 해보는 것이다.

삼장로는 잘 벼려진 단도의 끝을 돌침상에 반듯한 자세로 누워 있는 태무랑의 목에서 반 뼘쯤 아래에 조심스럽게 갖다 댔다.

이어서 단도에 약간 힘을 주었다.

스으.

뾰족한 칼날은 거침없이 살 속으로 파고들었다.

삼장로의 얼굴에 실망하는 표정이 흐릿하게 떠올랐다.

비록 태무랑이 죽었더라도 어쩌면 몸이 금강불괴가 되지 않았을까 하는 기대를 하고 있었던 것이다.

이어서 삼장로는 태무랑을 목 아래에서부터 배꼽까지 일직선으로 깊숙이 단숨에 그어 내렸다. 그것으로 살과 뼈가 한꺼번에 잘라졌다.

그리고는 양쪽 손가락을 갈라진 단면 사이로 쑤셔 넣고 양쪽으로 힘껏 잡아당겼다.

우드득!

"……!"

그 순간 삼장로는 눈을 크게 뜨며 놀랐다. 그리고 동시에 태무랑이 왜 죽었는지 이유를 깨달았다.

살과 뼈가 갈라진 안쪽이 온통 금색이었다. 체내에 스며들었을 것이라고 짐작했던 오행원천지기는 보이지 않고 뼈와 살, 그리고 심장과 내장들이 모조리 금색으로 뒤덮여 있었다.

원래 계획은 오행원천지기가 체내에서 뼈와 살, 내장으로 스며들고 금색이 피부를 도포하는 것이었는데, 오행원천지기는 보이지 않고 금색이 체내로 스며들어 버린 것이다.

그랬으니 금색이 혈류(血流)의 흐름을 멈추게 하고 심장이나 간, 그 밖의 장기들의 기능을 정지시킨 것이다.

탁!

삼장로는 한동안 태무랑을 굽어보다가 단도를 내려놓았다.

사인(死因)을 알아냈으니 이제는 방법을 찾아야 한다. 태무랑 같은 좋은 재목이 죽은 것은 실망스럽지만, 이것이 '금강불괴 계획'으로 한 걸음 더 바짝 다가서는 계기가 되었으므로 위로가 되었다.

삼장로는 돌아서며 명령했다.

"시체는 늘 하던 대로 처리하라."

남의고수는 시체를 안고 석실을 나와서 그 옆의 다른 석실로 들어가더니 돌침상 위에 태무랑을 눕혀놓고 나왔다.

이제 남의고수가 할 일은 시체 처리를 전담하고 있는 자에게 태무랑의 시체를 처리하라고 연락하면 된다.

석실 돌침상 위에는 죽은 태무랑만 혼자 덩그렇게 누워 있었다.

목 반 뼘 아래에서부터 배꼽까지 일직선으로 흉측하게 갈라진 모습이다.

그런데 그때 괴이한 일이 벌어지기 시작했다. 세 치 이상 벌어져 길게 갈라졌던 상처가 놀랍게도 느릿하게 오므라들고 있는 것이었다.

스으으.

그러더니 다섯 호흡 정도의 시간이 흐르자 갈라졌던 상처는 서로 맞닿았다. 그곳에는 단도로 갈랐던 긴 자국만 남아 있을 뿐이다.

스스스스.

그런데 그 자국마저도 사라지고 있었다. 마른 모래에 긴 선을 긋고 바람이 불면 그 선이 사라지듯이, 그렇게 점차 사라지고 있었다.

그리고는 다시 다섯 호흡쯤 지났을 때 그곳에는 아무것도 남지 않았다. 애당초 칼로 가르지 않은 것처럼 아무런 흔적도 없었다.
 그러나 태무랑은 깨어나지 않았다.
 그때 석문이 열리고 한 명의 흑의인이 안으로 들어섰다.
 그는 갖고 들어온 올이 굵은 갈포(葛布:칡의 섬유로 짠 베)로 만든 커다란 자루에 능숙한 솜씨로 태무랑을 집어넣었다.
 그리고는 자루를 가뿐하게 어깨에 메고 석실을 나갔다.

*　　*　　*

 우두두두.
 미인의 눈썹 같은 초승달만이 야공에 떠 있는 칠흑처럼 어두운 밤에 한 대의 이두마차가 관도를 질주하고 있다.
 마차의 마부석에는 두툼한 녹사의(綠簑衣:비옷)를 입고 어깨에는 한 자루 검을 멘 한 명의 장한이 말고삐를 움켜잡은 채 전방을 주시하고 있었다.
 마차는 최초에 출발한 곳에서 이미 삼백여 리 이상 달려가고 있는 중이다.
 중간에 지친 말을 튼튼한 말로 바꾸기 위해서 한 차례 멈춘 것을 제외하면 마차는 한순간도 멈추지 않았다.
 이윽고 마차는 관도 가 어느 산기슭을 휘돌아가는 지점에서 정지했다.
 마부석의 장한은 잠시 쉴 법도 한데 즉시 뛰어내려 마차의

문을 열고 들어가더니 곧 어떤 길쭉하고 묵직한 물체를 안고 내려 어깨에 걸쳤다. 그 물체는 갈포로 만든 하나의 자루였다.

장한은 자루를 메고 즉시 산기슭으로 들어가더니 곧장 산을 오르기 시작했다.

장한의 움직임은 날렵하기 이를 데 없다. 나무들이 밀생한 산속을 능숙하게 내달리는데 한줄기 바람처럼 빠르다.

중간에 두리번거리지도 않고 산을 오르는 것으로 미루어 이곳 지리를 잘 알고 있는 듯했다.

그는 오래지 않아서 산꼭대기에 이르렀다. 그곳은 크고 작은 바위가 군데군데 흩어져 있는 그리 넓지 않은 아담한 공터였다.

그는 곧장 공터의 한쪽 가장자리로 달려가서 낭떠러지 끄트머리에 멈추었다. 그곳은 관도의 반대편이었다.

휘이이—

장한의 발아래에서 세찬 강풍이 회오리치듯이 몰아쳤지만 그는 끄떡도 하지 않았다. 입고 있는 녹사의 자락만 거세게 펄럭일 뿐이다.

그는 묵묵히 발아래를 굽어보았으나 중간에 짙은 구름이 층층이 깔려 있어서 바닥은 보이지 않았다.

하지만 장한은 낭떠러지 깊이가 무려 이백여 장에 이르고 그 아래에서는 깊고 거대한 강이 흐르고 있다는 사실을 잘 알고 있었다.

 그는 이미 이 일을 이십여 차례 계속하고 있었기 때문이다.

 잠시 아래를 굽어보던 그는 어깨에 메고 있던 자루를 두 손으로 잡아 머리 위로 들어 올리더니 일말의 거리낌도 없이 낭떠러지 아래를 향해 집어 던졌다.

 휙!

 갈포 자루에 싸인 물체는 일직선의 궤적을 그리며 쏜살같이 하강하다가 곧 구름 속으로 사라져 버렸다.

 장한은 잠시 구름을 굽어보다가 몸을 돌려 왔던 길을 되돌아 달리기 시작했다.

 휘이이—

 산꼭대기 정상에는 아무 일도 없었다는 듯 세찬 바람이 휘몰아쳤다.

* * *

 끼이익… 끼익……

 한 척의 작은 고깃배가 장강(長江)의 깊고 푸른 물살을 헤치면서 나아가고 있다.

 고깃배에는 부자지간으로 보이는 노인과 중년인이 타고 있으며 중년인이 부지런히 노를 젓고 있었다.

 두 사람은 오늘 아침 날씨가 어느 때보다도 좋다느니, 어제 저녁에 쳐둔 그물에 물고기가 많이 잡혀 있으면 손녀에게 예쁜 옷 한 벌 사줘야겠다느니, 웃음을 섞어가면서 두런두런 대화를 나누었다.

"어이구! 아버님! 그물이 묵직합니다!"

"허허헛! 그러게 말이다! 잘하면 양아(良兒)에게 옷 한 벌 사줄 수 있을 것 같구나!"

그물을 쳐두었던 위치에 이르러서 부자가 함께 그물을 당겨 올리다가 여느 때와는 달리 매우 묵직함을 느끼고는 만면에 미소를 환하게 떠올렸다.

쿵!

어렵사리 그물을 배 위에 얹자 작은 배가 크게 요동을 쳤다.

"아… 들아, 저게 무엇이냐?"

그물 속에는 몇 마리 물고기가 펄떡거리고 있었으나 노인과 중년인의 시선은 하나의 큼직한 갈색의 물체에 고정되어 있었다.

"글… 쎄요. 뭔지 모르겠군요."

부자는 바짝 긴장하여 조심스럽게 그물을 펼치고 갈포 자루를 뒤집어서 그 안에 있는 것을 바닥에 떨어뜨렸다.

쿵!

그 순간 부자는 혼비백산하여 비명을 지르면서 뒤로 물러나며 주저앉고 말았다.

"으악!"

"와악!"

바닥에는 벌거벗은 한 남자가 반듯하게 누워 있었다. 그러니 순박한 어부 부자가 기절초풍을 한 것이다.

"으으으… 시체를 건지다니……."

두 사람은 사색이 되어 몸을 떨면서 꼼짝도 하지 못했다.

그러나 잠시 후 두 사람은 뭔가 이상하다는 표정을 지으며 조심스럽게 시체를 쳐다보았다.

시체의 온몸이 금색으로 빛나고 있었기 때문이다. 얼굴은 물론이고 머리카락마저도 금색이다. 마치 금을 녹인 금물에 담갔다가 꺼낸 것 같았다.

더구나 더 이상한 일은, 시체가 눈을 부릅뜨고 있는데 두 눈 또한 금색이라는 사실이다.

"맙소사… 그물에 금광인(金光人)이 올라오다니……. 이게 무슨 조화란 말인가?"

노인의 얼굴에 놀라움이 가득 떠올랐다. 그 놀라움은 시체를 건졌다는 사실 때문이 아니라 시체가 금광인이라는 사실 때문이었다.

독실한 불가인(佛家人)인 노인은 혹시 금광인이 부처의 현신(現身)일지도 모른다는 생각이 얼핏 들었다.

"나무관세음보살……."

노인이 경건하게 금광인을 향해 무릎을 꿇고 합장하자 중년인은 움찔 놀라더니 그 역시 급히 무릎을 꿇고 불호를 외웠다.

  노인과 중년인 부자가 살고 있는 어촌은 장강 강가에 은빛으로 빛나는 백사장이 넓게 펼쳐진 끝자락에 울창한 해송림을 등지고 위치해 있다.
  굽이쳐 흐르는 장강과 해송림이 한 폭의 풍경화 같다고 해서 붙여진 마을 이름인 가송촌(佳松村)은 안휘성(安徽省) 남쪽 장강 변에 위치해 있다.
  서둘러 집으로 돌아온 노인과 중년인은 아무도 모르게 금광인을 집 안으로 모시고 들어갔다.
  이후 그들 가족은 이불을 펴고 금광인을 그 위에 조심스럽게 눕히고는 다른 방에 모여서 가족회의를 했다. 가족이라고 해봐야 노인 부자와 며느리, 손녀 네 명이 전부다.
  이들 가족이 심각하고도 진지하게 갑론을박 회의를 진행하고 있을 때, 건넌방에 모셔둔 금광인에게서는 어떤 모종의 변화가 일어나기 시작했다.

  금광인, 즉 태무랑의 체내에서는 신비하고도 괴이한 일이 벌어지고 있는 중이었다.
  삼장로에 의해서 다섯 달 동안 그에게 강제로 먹여진 이름 모를 액체의 종류는 열두 가지에 달했다.

더구나 그 액체들 각각은 적게는 수십 개에서 많게는 백여 개 이상의 약재를 혼합해서 조제한 것들이다.

그리고 태무랑은 얼굴을 비롯한 몸 전체에 액체인지 금속을 녹인 것인지 모를 물을 바른 것이 두 차례, 또한 괴상한 액체가 담긴 통 속에 온몸이 담가졌던 것이 역시 두 차례였다.

뿐인가. 단유천과 옥령, 단금맹우 앞에 끌려가서 흠씬 두들겨 맞은 매는 수십만 대에 달할 것이다.

대저 뼈와 살로 이루어진 인간의 몸에 그토록 많은 시험과 위해(危害)가 가해지고서도 목숨이 붙어 있기를 바란다는 것은 기적이라는 말을 우롱하는 것이다.

본디 인간이란 연약하기 짝이 없는 존재다. 잠시 동안만 숨을 쉬지 못해도 죽고, 며칠만 물을 마시지 못해도 죽으며, 단 한 대의 매를 잘못 맞아도 즉사할 수가 있다.

그러나 그 모든 것을 극복하는 인간이 존재한다.

바로 초인(超人)이다.

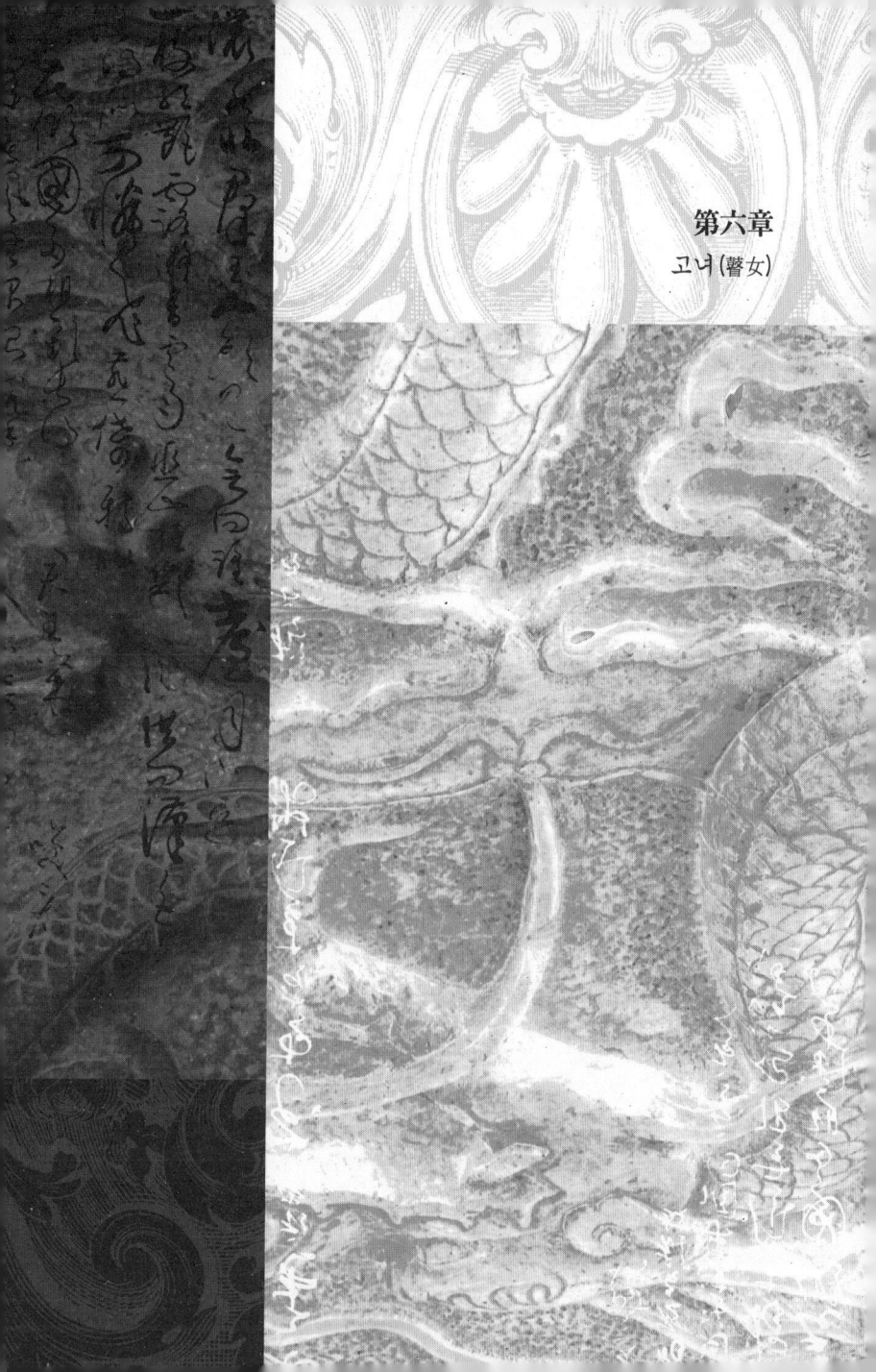

第六章
고녀(瞽女)

 태무랑의 체내에서 지금 무슨 일이 벌어지고 있는지 설명할 수 있는 사람은 천하에 단 한 명도 없을 것이다.
 태무랑을 이 지경으로 만들어놓은 삼장로라고 해도 절대 모를 터이다.
 아니, 설혹 그가 태무랑의 몸을 완전히 해부해서 조각조각 까발려 놓는다고 해도 인간의 눈을 갖고 있는 이상 태무랑의 몸속에서 벌어졌으며 또 현재 일어나고 있는 일에 대해서는 백분지 일조차 가늠할 수 없을 것이 분명하다.
 어제 정오 무렵에 태무랑은 죽었었다.
 그날, 태무랑을 그 괴이한 액체가 들끓고 있는 통 속에 집어넣고 초조하게 기다리던 삼장로는 반 다경(半茶更) 후에 그를 다시 꺼냈다.

그리고 조심스럽게 확인해 본 결과 태무랑이 죽었다는 사실을 깨닫고 큰 충격을 받았다.

호흡이 멈췄고, 맥박도 뛰지 않았으며, 살아 있다는 그 어떤 징후도 감지되지 않았다.

깐깐하고 세심하기로는 자신이 속한 조직 내에서 따라올 자가 없는 삼장로가 열 번, 스무 번을 거듭 확인했어도 태무랑은 분명히 숨이 끊어졌었다.

태무랑에게 다른 의미에서 친자식보다 더 공을 들였던 삼장로는 하늘이 무너지는 절망감을 맛보아야만 했다.

그 순간만큼 자신이 천하제일의 의술을 지녔다는 사실이 수치스러웠던 적은 일찍이 없었다.

그리고 그는 깨달았다. 만약 태무랑이 통 속에 잠겼을 때 운공조식만 했다면 금강불괴가 성공했을 것이라는 사실을.

하지만 천하제일의 의술을 지닌 그조차도 간과한 사실이 있었다.

그동안 태무랑에게 복용시킨 이십여 가지의 약들이 그의 체내에서 어떤 신묘한 작용을 일으켰으며, 마지막으로 통 속에 넣은 것이 결정적인 작용을 했다는 사실을.

삼장로는 '금강불괴 계획'을 포기하지 않고 다시 시도하겠지만, 그런 오묘한 사실을 모르는 한 결코 성공하지 못할 터이다.

            *   *   *

 태무랑은 마지막 정신을 잃기 직전까지도 운공조식을 하고 있었다.
 급박함을 느끼고 운공조식을 그만두려고 했으나 어찌 된 일인지 뜻대로 되지 않고 운공조식이 계속 진행됐었다.
 사실 그것은 물레방아의 원리 같은 것이다. 무학(武學)에서 그런 일은 절정원리(絶頂原理)라고 해서 극히 드물게 일어나는 현상이며, 수차운공(水車運功) 혹은 십자목운공(十字木運功)이라고도 한다.
 '수차'란 물레방아를 뜻하며, '십자목'은 물레방아 굴대에 십자꼴로 박는 방아공이를 가리킨다.
 즉, 처음에 물레방아를 돌리는 것은 사람의 손이지만, 그다음부터는 물의 힘으로 돌아가는 원리다.
 태무랑은 통 속에 들어가기 전에 운공조식을 시작했다가 통 속에 들어간 직후에 멈추려고 했으나, 그의 체내로 쏟아져 들어온 액체들이 그의 기경팔맥 삼백육십 군데에 축적되어 있던 신비한 기운과 상호작용을 일으켜서 운공조식을 계속 진행시켰던 것이다.
 말하자면 그것들이 물레방아를 돌려주는 물의 역할을 해

준 것이다.
 그토록 신비한 현상이기 때문에 무림의 일각에서는 그것을 조화신행(造化神行)이라고도 부른다.
 그 정도로 수차운공은 아직 밝혀지지 않은 무궁무진한 신능(神能)을 지니고 있었다.
 만약 태무랑이 실행하는 운공조식이었다면 삼장로가 알아차리지 못했을 리가 없다.
 그러나 제아무리 천하제일의 의술을 지닌 삼장로라고 해도 수차운공을 간파할 수는 없었다.
 그것은 인간의 손을 벗어난 신의 영역이므로······.

 스으으······.
 남루하지만 깨끗한 이불 위에 반듯한 자세로 누워 있는 금광인 태무랑의 몸에서 어떤 미약한 음향이 흘러나왔다.
 그의 온몸을 도색한 것처럼 뒤덮었던 금색이 천천히 사라지기 시작했다.
 아니, 금색이 그의 살 속으로 스며들고 있는 것이다. 눈 한 번 깜빡할 사이에 금색은 그의 몸속으로 완전히 스며들어 원래의 살결을 되찾았다.
 그게 아니다. 원래의 살결이 아니라 티 한 점 없는 은은한 구릿빛 살결로 변했다. 그것은 마치 그의 몸이 환골탈태(換骨奪胎)한 듯한 모습이다.

그런데 길게 늘어진 머리카락도 구릿빛이다. 은은하게 빛을 발하는 머리카락은 신비한 기운마저 흘려내고 있었다.

하지만 커다랗게 뜨고 있는 두 눈은 원래의 흑백이 뚜렷한 눈으로 되돌아가 있었다.

깜빡.

그때 여태까지 부릅떠져 있던 태무랑의 눈이 한차례 깜빡거리더니 스르르 감겼다.

"후우······."

이어서 입이 약간 벌어지며 긴 한숨이 토해졌다.

그때 방문이 열리고 이 집 가족인 노인과 중년인, 며느리, 손녀가 조심스럽게 안으로 들어왔다.

"앗!"

"허엇?"

그러나 그들은 금광인이었던 태무랑의 모습이 보통 사람으로 변한 것을 발견하고 소스라치게 놀랐다.

"나무관세음보살······. 부처께서 어이해 사람의 모습으로 변했단 말인가······."

크게 놀란 노인이 급히 무릎을 꿇고 머리를 바닥에 조아리며 불호를 외우자 다른 가족들도 일제히 따라서 했다.

그때 그들의 머리 위에서 조용하면서도 웅혼한 목소리가 들렸다.

"당신들은 누구요?"

움찔 놀란 가족들은 멍한 표정으로 고개를 들다가 기절초풍하고 말았다.

부처님께서 일어나 그들을 향해 가부좌의 자세를 취하고 있는 것이 아닌가.

당신들이 누구냐는 부처님의 하문을 곧이곧대로 들은 노인 가족은 한 사람씩 더없이 공손하게 자신들을 소개하고 무엇을 하는 사람들인지도 설명했다.

노인의 이름은 장상곤(張尙坤)이고 육십삼 세며, 아들과 십사 세 손녀, 며느리와 네 식구가 함께 살고 있다.

이들 가족은 집 근처의 조그만 땅뙈기를 텃밭으로 일구고, 노인과 아들이 강에서 물고기를 잡아 생활하는 전형적인 하층민이다.

자신들의 소개를 마친 장상곤 노인 가족은 나란히 앉아서 물끄러미 태무랑을 바라보았다.

가부좌를 틀고 꼿꼿하게 앉아 있는 태무랑의 모습은 자못 위엄이 넘치고 신비롭게 보였다.

비록 금색은 사라졌으나 온몸은 물론 머리카락마저 은은한 구릿빛이 감돌고 있기 때문이다.

노인 장상곤과 아들이 태무랑의 얼굴을 조심스럽게 바라보면서 감탄을 하는 것과는 달리, 며느리와 손녀는 다른 것을 보면서 감탄하고 있었다.

모녀의 시선이 고정되어 있는 곳은 태무랑의 사타구니다.

부처님 앞에서 불경스러운 행동인 줄 알지만, 모녀는 그곳에서 도저히 시선을 뗄 수가 없었다.

 하지만 엄마와 딸이 감탄하는 이유는 각기 달랐다.

 '어쩜… 부처님이시라 그것도 엄청나셔.'

 '아아… 부처님께선 다리가 세 개구나.'

 장 노인의 며느리가 소박하지만 정성껏 차려준 식사를 맛있게 먹고 난 태무랑은 방 한가운데 앉아서 천천히 자신의 몸을 살펴보았다.

 벌거벗은 그를 위해 장 노인의 아들이 낡았지만 깨끗하게 세탁한 자신의 옷을 한 벌 내주었다.

 태무랑은 상의를 벗고 자신의 팔과 배, 가슴, 어깨 부위를 골고루 유심히 살펴보았다.

 그는 예전 흑풍창기병 시절에 싸움터에서 크고 작은 상처들을 무수히 많이 입었었다. 그뿐 아니라 지옥에서 단유천과 옥령, 단금맹우 일곱 명에게 두들겨 맞은 상처들은 그보다 몇 배나 더 많았다.

 그런데 지금은 몸이 티 한 점 없이 깨끗했다. 그 많던 흉터들은 모조리 사라졌으며, 태어날 때부터 지니고 있던 점 같은 것도 흔적조차 없이 사라져 있었다.

 더구나 피부가 예전의 살결이 아닌 은은한 구릿빛을 발하고 있었다. 뿐만 아니라 머리카락도 예전의 검은색이 아닌 구릿빛으로 변했다.

자신의 몸을 꼼꼼하게 살피고 난 이후에 다시 한동안 깊은 생각에 잠겼던 태무랑은 결국 한 가지 결론을 내렸다.

삼장로가 자신에게 행한 그 모든 것들 때문에 이런 현상이 일어나고 있는 것이라는 결론이다.

그중에서도 특히 마지막 날에, 오색과 금색의 액체들이 뒤섞여서 끓고 있는 통 속에 그를 집어넣었던 행위가 결정적인 역할을 했을 것이라는 추측이 들었다.

어떻게 해서인지는 모른다. 다만 왜인지는 미루어 짐작할 수가 있다.

이윽고 그는 운공조식을 하기 위해서 가부좌의 자세를 잡고 눈을 감았다.

"……!"

그러나 그는 곧 의아하고도 놀라는 표정을 지으면서 번쩍 눈을 떴다. 체내에서 운공조식이 진행되고 있는 것을 감지한 것이다.

그가 운공조식을 하지도 않았는데 어째서 이런 일이 일어날 수 있는 것인지 실로 불가해했다.

그런데 잠시 체내의 운공조식을 살피던 그는 뭔가 다르다는 것을 깨달았다.

원래 그가 운공조식을 하면 기경팔맥 삼백육십 군데에 저장되어 있는 기운들이 한꺼번에 쏟아져 나와서 노도처럼 도도하게 전신을 주천했었다.

그런데 지금 이 운공조식은 무척이나 잔잔한 강물처럼 유유히 흐르고 있다.

너무 잔잔해서 고여 있는 듯하다. 하지만 흐르고 있는 기운의 양은 똑같다. 단지 기운이 거칠게 흐르고 잔잔하게 흐른다는 차이만 있을 뿐이다.

그가 일으키지도 않은 운공조식이 저절로 운공이 되고 있다니, 이런 현상은 예전에는 없었던 것이다.

결국 그는 또 두 가지 사실을 유추해 냈다.. 지옥에서의 마지막 날, 그가 통 속에 들어갈 때 시작했던 운공조식이 지금까지도 이어지고 있다는 것.

그로 인해서 죽지 않았다는 것이다.

하지만 또 다른 의문이 생겼다. 그가 죽지 않았다면 삼장로가 포기하고 그를 강물에 내다 버릴 이유가 없지 않은가.

그래서 또 한 가지 억측을 해보았다. 그는 그 통 속에서 겉으로는 죽은 것처럼 보였으나 속으로는 죽지 않았을 것이라는 얼토당토않은 사실이다. 하지만 지금으로서는 그것만이 유일한 해답이었다.

삼장로가 얼마나 치밀한 위인인가. 그가 포기할 정도였다면 태무랑은 어디로 보나 완전히 죽었다는 말이다.

생각할수록 기이할 뿐이다. 그리고 그 현상이 바로 자신의 체내에서 벌어지고 있다는 사실이 또한 신기하기도 했다.

그러나 두려움은 없다. 이미 삶 따위는 일찌감치 포기했던 그인데 대저 무엇이 두렵겠는가.

그는 잠시 생각을 정리하고 나서 운공조식을 해볼까 하다가 그만두었다.

저절로 운공조식되는 것과 그 스스로 일으키는 운공조식이 무엇이 다른가. 또한 어떤 현상이 벌어질까, 시험해 보고 싶은 마음이 들었으나 다음 기회로 미루었다. 지금은 적당한 시기가 아니라고 생각한 것이다.

태무랑은 장 노인네 집에서 하룻밤을 묵고 다음날 아침에 길을 떠났다.

장 노인에게 이곳이 어디쯤인지, 그리고 지금이 며칠인지 물어서 알게 되었으며, 허름하지만 깨끗하게 빨아놓은 아들의 옷을 한 벌 얻어 입었다.

흑풍창기병대가 타타르의 혈랑전대에게 전멸당한 후 동남쪽으로 도주하던 태무랑은 닷새 후 어느 야산에서 완전히 탈진한 상태로 정신을 잃었었다.

거기에서 얼마나 혼절해 있었는지, 또한 그곳에서 누군가에 의해 그 지옥 같은 곳으로 옮겨지는 데 얼마나 걸렸는지는 알 수가 없다.

하지만 그가 혼절한 날이 춘삼월 여드레 날이었던 것은 똑똑히 기억하고 있었다.

장 노인의 말에 의하면 지금이 추구월(秋九月) 열하루 날이라고 하니까, 태무랑은 혼절한 이후 장장 백팔십여 일, 즉 반년여 만에 세상으로 나온 것이다.

혼절한 이후 지옥 같은 곳으로 잡혀가는 데 얼마나 걸렸는지, 그리고 그곳에서 강에 버려지고 나서 얼마나 지나 장 노인의 그물에 걸렸는지는 알 수 없지만, 둘을 합쳐 아무리 길게 잡아봐야 열흘 안팎일 터이다.

어쨌든 중요한 것은, 태무랑의 인생 중에서 백팔십여 일을 강탈당했다는 것이고, 그 백팔십여 일 동안 그는 처절한 지옥을 경험했다는 사실이다.

"으드득! 개 같은 연놈들······!"

대공 단유천과 옥령, 그리고 단금맹우가 저절로 떠올라서 태무랑은 이빨이 부러지도록 이를 갈며 씹어뱉었다.

그는 변했다. 예전의 순수하면서도 우직할 정도로 용맹하기만 했던 흑풍창기병 태무랑이 아니다.

지금은 무간지옥(無間地獄)에서 살아 나온 염마왕(閻魔王)인 것이다.

언젠가는 기필코 무간지옥으로 되돌아가서 그를 괴롭혔던 자들을 모조리 처참하게 죽여 버리고, 그곳을 잿더미로 만들어 버릴 것이라고 맹세를 거듭했다.

장 노인 집을 출발한 그는 장강을 거슬러서 관도를 걸어가고 있는 중이었다.

자신이 강물에 떠내려온 것이라 여기고 장강을 거슬러 오르면서 의심 갈 만한 곳을 살펴보려는 의도다.

이른 아침나절에 장 노인 가족이 사는 가송촌을 출발한 태무량은 정오 무렵에 어느 강가에 이르러 나무 그늘 아래에서 강을 향해 잠시 앉았다.

한 오십여 리쯤 온 것 같은데, 여기까지 오는 도중에 그가 발견한 곳은 강가에 삼십여 호가 모여 사는 작은 어촌 마을뿐이었다.

그 지옥 같은 장소가 쉽사리 발견될 것이라고는 생각하지 않았으나, 오십여 리를 오는 동안 작은 어촌 하나만 보게 되자 조금 마음이 초조해졌다.

그가 지금 바라보고 있는 장강의 유속(流速)은 매우 완만해서 사람이 걷는 속도와 비슷한 듯했다.

그는 이곳까지 걸어오는 데 반나절 정도 걸렸다. 이 근처에서 그가 강에 버려졌다고 해도 장 노인네 가송촌까지 떠내려가는 데 반나절쯤 걸렸을 것이다.

그는 자신이 장강에 반나절이나 떠내려왔다는 사실이 믿어지지가 않았다.

어떻게 사람이 반나절씩이나 물속에 있으면서도 죽지 않을 수가 있단 말인가.

그렇지만 장 노인의 말에 의하면, 그물에 걸린 그를 건져 올렸을 때 그는 숨을 쉬지 않았고 맥도 뛰지 않았었다고 했다. 즉, 죽어 있었다는 말이다.

그리고 온몸이 금으로 도색을 한 것처럼 온통 금색이었다고도 했다.

어쩌면 그것은 그가 삼장로에 의해서 빠뜨려진 통 속의 여러 액체 중에서 주종을 이루었던 금색 액체하고 깊은 연관이 있을 듯했다.

결론적으로 말하자면, 그는 죽었었는데 그때는 온몸이 금색이었다.

그런데 지금은 다시 소생했으며 피부색이 구릿빛이 됐다. 하지만 금색도 구릿빛도 그의 본래의 살결은 아니다.

그가 죽은 상태였다면 반나절이 아니라 한나절, 아니, 며칠이라도 물속을 떠내려갈 수 있었을 터이다.

하지만 그가 마지막으로 통 속에 던져졌던 날이 언제였는지 정확하게 모르기 때문에 얼마 동안이나 장강을 떠내려왔는지 가늠조차 할 수도 없다.

자신의 몸이 금색이었다가 구릿빛이 되고, 죽었다가 살아났다는 사실이 지금으로선 조금도 실감이 나지 않는다.

그러나 장 노인이 거짓말을 했을 리 없다. 그것은 필경 사실일 것이다.

'어쨌든 장강을 더 거슬러 올라가면서 잘 살펴보자.'

그는 메고 있던 괴나리봇짐을 내려놓고 낡은 헝겊으로 싼

고녀(瞽女) 133

작은 꾸러미를 풀었다.

거기에는 장 노인의 며느리가 정성스럽게 싸준 몇 가지 요깃거리가 담겨 있었다.

비록 보잘것없는 만두나 찐 밥, 생선 말린 것 따위지만 태무랑에겐 어느 진수성찬보다 훌륭했다. 장 노인 가족의 정성이 가득 담겨 있기 때문이다.

장 노인은 길을 떠나는 태무랑의 손에 슬며시 닷 냥을 쥐어 주었다.

닷 냥이라면 물고기 백 마리 이상을 잡아서 팔아야 만질 수 있는 큰돈이다.

태무랑은 장 노인네 형편을 알기에 받을 수 없다고 한사코 사양했으나 그들이 모두 꿇어 엎드려 애원하는 통에 끝내는 받을 수밖에 없었다. 그들은 그것을 부처님에게 하는 보시(普施)라고 철석같이 믿었다.

태무랑이 장 노인네 집을 출발해서 한동안 걷다가 무심코 뒤돌아보니 그들은 그때까지도 마을 어귀에 그를 향해 나란히 무릎을 꿇고 있었다.

그런데 장 노인과 아들은 머리를 조아리고 있었는데, 며느리와 손녀는 고개를 들고 태무랑을 빤히 주시하고 있었다.

그녀들이 태무랑의 궁둥이 아래쪽을 보고 있었다는 사실을 그는 죽을 때까지도 모를 것이다.

"자, 또 가보자."

그는 요깃거리 절반을 남겨 괴나리봇짐에 싸서 어깨에 메고 일어서며 관도 쪽으로 몸을 돌렸다.

쉬리리리.

그때 어디선가 이상한 음향이 들렸다. 그것은 몹시 작은 소린데 마치 처마 끝을 스쳐 가는 바람 소리 같았다.

그 순간 그는 전방 허공에서 뭔가 반짝이는 작은 물체가 날아오는 것을 발견했다.

얼핏 보기에는 금빛 풍뎅이 같았다. 그런데 그것이 놀랍도록 빠른 속도로 곧장 태무랑의 얼굴을 향해 쏘아오는 것이 아닌가.

쉬리리리.

그 이상한 소리는 금빛 풍뎅이에게서 나는 것이었다.

피하려고 했으나 이미 늦었다고 판단한 그는 급히 상체를 숙이면서 왼팔로 얼굴을 가렸다.

꽉!

다음 순간 왼팔 바깥쪽 팔뚝이 화끈했다. 그는 순간적으로 금빛 풍뎅이가 그곳에 적중된 것이라고 생각했다.

그는 즉시 왼쪽 팔을 들어 팔뚝을 살펴보았다. 그런데 거기에 있는 것은 금빛 풍뎅이가 아니라 금빛 나비였다.

아니, 더 자세히 보니까 금빛은 맞지만 살아서 움직이는 나비가 아니었다. 나비 모양을 본뜬 매우 납작한 쇠붙이 같은 것이었다.

얼핏 보면 진짜 나비라고 착각할 정도로 머리며 더듬이, 날개까지 정교하기 짝이 없었다.

그런데 금빛 나비 모양 쇠붙이의 가장자리가 지독하게 예리해서 파르스름한 예기가 흩뿌려지고 있었다.

이것은 금빛 나비 모양의 암기로 무림에서는 금호접(金胡蝶)이라고 불린다.

하지만 태무랑은 암기나 무림에 대해서 전혀 모르고 나비 모양의 암기가 있다는 사실조차도 모르고 있다.

그런데 금호접의 한쪽 날개 전체가 태무랑의 팔뚝에 꽂혀 있는 상태다.

어른 손바닥 절반 크기의 금호접이고, 양쪽 날개가 금호접의 거의 대부분을 차지하고 있으니까, 네 치 이상의 깊이로 살 속에 꽂혔다. 그 정도면 필경 뼈를 다쳤을 것이다.

하지만 태무랑은 처음에 금호접이 팔뚝에 꽂혔을 때 화끈한 느낌을 받았을 뿐 지금은 조금도 아프지 않았다.

슥—

그는 즉시 금호접을 뽑은 후 상처를 살피려고 왼쪽 소매를 걷어 올렸다.

팔뚝에는 예리한 칼로 벤 듯한 두 치 길이의 상처가 세로로 나 있었다. 그리고 몇 방울의 피가 상처 아래쪽으로 흐르고 있었다.

그런데 바로 그때 놀라운 일이 일어났다.

스으으……

그가 쳐다보고 있는 사이에 상처가 점점 사라지기 시작하더니 눈을 한 번 깜빡이고 나자 감쪽같이 사라져 버리는 것이 아닌가.

'도대체 이것은……!'

태무랑은 눈을 크게 뜨면서 놀랐다. 착각인가 싶어서 다시 자세히 살펴봤으나 어디에도 상처는 보이지 않았다.

단지 상처가 났던 곳에 몇 방울의 피만 맺혀 있어서 방금 전까지 그곳에 상처가 있었다는 사실을 증명하고 있었다.

'이럴 수가…….'

태무랑은 방금 자신의 눈으로 생생하게 보고서도 그 사실이 도무지 믿어지지 않았다.

하지만 그는 곧 짚이는 바가 있었다. 바로 삼장로가 그를 시험 대상으로 삼았던 소위 '금강불괴 계획'이 떠올랐다.

자세한 내용은 모르지만, 태무랑은 금강불괴란 도검이나 무기가 몸을 베지도 찌르지도 못하고 튕겨지는 것이라는 정도로 알고 있었다.

그런데 이것은 베이거나 찔리기는 하지만 잠시 후에 상처가 아물어 버린다. 다시 말하자면 '금강불괴 계획'이 절반만 성공한 것이다.

설명은 길었지만 태무랑이 팔뚝에서 금호접을 뽑고 상처가 아물기까지 걸린 시간은 두 호흡 정도에 불과했다.

"악적! 네놈도 사내라면 더 이상 도망치지 마라!"

그때 어디선가 서릿발 같은 여자의 호통 소리가 터졌다.

"……"

금호접과 팔뚝의 상처가 사라진 것에 신경을 곤두세우고 있던 태무랑은 정신이 번쩍 들었다.

누군가 자신에게 금호접을 발출했으며, 방금 그 목소리는 그 사람일 것이라는 생각이 들었다.

그가 금호접이 날아온 방향으로 시선을 주자 그곳에서 한 명의 여자가 이쪽으로 달려오고 있는 것이 보였다.

태무랑이 있는 곳은 강변이며, 그곳에서 관도까지 칠팔 장 거리는 아무런 장애물이 없는 초지고, 그다음에 관도가 있으며 그 너머가 숲이었다.

그러므로 여자는 아마도 숲에서 뛰쳐나와 이쪽으로 쏘아 오고 있는 것 같았다.

태무랑이 있는 곳에서 숲까지의 거리는 대략 십 장이 훨씬 넘는 것 같은데 그곳에서 금호접을 발출하여 그를 맞히다니 대단한 솜씨였다.

만약 태무랑이 다급히 팔을 들어 올리지 않았으면 금호접은 그의 미간에 세로로 꽂혔을 것이다.

태무랑은 금호접을 왼손으로 옮겨서 손이 다치지 않게 납작한 부분을 잡은 후에 오른손으로는 본능적으로 방어의 자세를 취하면서 그 자리에 우뚝 서서 여자가 가까이 오기를 기다렸다.

 여자는 아래위 먹처럼 검은 흑의경장을 입었으며, 오른쪽 어깨에는 한 자루 검을 메고, 양쪽 허리에는 역시 검은색의 어린아이 머리 반만 한 크기의 가죽 주머니를 차고 있는 모습이다.

 그런데 태무랑이 처음에 흑의녀를 발견한 것은 관도 부근이었는데 눈 한 번 깜빡이는 사이에 사오 장 근처까지 쇄도하고 있었다.

 그녀가 발끝으로 한 차례 땅을 박찰 때마다 이삼 장씩 쑥쑥 화살처럼 빠르게 쏘아오는 모습이다.

 태무랑은 흑의녀가 무림인이 틀림없을 것이라고 짐작했다. 하지만 필시 좋은 사람은 아닐 것이라고 생각했다.

 좋은 심성을 갖고 있는 사람이라면 낯선 사람에게 무턱대고 금호접 같은 것을 발출해서 맞히지 않을 것이며, 대뜸 '악적'이니 뭐니 욕하지도 않을 것이기 때문이다.

 자신이 원하지도 않았는데 알지도 못하는 곳으로 끌려가서 반년 동안 이루 헤아릴 수 없을 정도로 극심한 고통을 겪었던 태무랑이다.

 그러므로 그의 가슴속에는 자신에게 조금이라도 해를 입히는 자들에 대해서는 절대 용서하지 않겠다는 각오가 새겨져 있는 상태였다.

 그래서 그는 쏘아오고 있는 흑의녀에게 단단히 따져서 따끔하게 혼쭐을 내줄 생각이었다. 그녀가 필경 사람을 잘못 보고 무턱대고 공격을 했기 때문이다.

휘이이—

그런데 흑의녀는 이 장까지 쇄도하고 있으면서도 전혀 속도를 줄이지 않았다. 마치 태무랑하고 정면으로 부딪치기라도 하려는 의도인 듯했다.

차앙!

그 순간 한줄기 맑은 쇳소리가 허공을 울리며 흑의녀 어깨의 검이 뽑혔다.

"죽어랏!"

흑의녀는 태무랑의 일 장 반 전면에서 둥실 허공으로 솟구쳐 올랐다가 급전직하 그를 향해 내리꽂히며 맹렬하게 수중의 검을 휘둘렀다.

"헛!"

태무랑은 움찔 놀랐다. 흑의녀가 다짜고짜 공격할 줄은 예상하지 못했기 때문이다.

"멈추시오!"

그는 자신을 향해 쏜살같이 하강하고 있는 흑의녀를 향해 손을 뻗으며 우렁차게 외쳤다.

쐐애액!

그러나 돌아온 대답은 그의 정수리를 향해 쾌속한 속도로 그어 내리는 검뿐이었다.

그대로 있다가는 팔뚝이 잘라지고 정수리가 쪼개질 것이 분명하다.

이런 상황이 될 줄은 예상하지 못했던 태무랑은 마음이 다급해졌다.

단유천이나 옥령 등에게 원수를 갚기도 전에 비명횡사하고 말 것 같은 위기감이 엄습했다.

순간 그는 다급히 옆으로 몸을 날렸다.

패액!

찰나 흑의녀의 검이 그의 귀를 스치면서 싸늘한 검풍이 뺨에 확 끼쳐 왔다.

땅바닥을 데구루루 구르던 그는 벌컥 화가 치밀었다. 흑의녀가 일언반구 말도 없이 무조건 사람을 핍박하는 것이 단유천이나 옥령을 닮았다는 생각이 들었다.

'이년! 죽여 버리겠다!'

그는 속에서 활화산처럼 들끓는 분노를 주체하지 못하고 벌떡 튕겨 일어났다.

일검이 실패한 흑의녀는 태무랑의 면전에 내려서고 있었는데, 발이 채 땅에 닿기도 전에 재차 두 번째 공격을 퍼부었다.

쌔액!

이번에는 땅에 쓰러졌다가 튕기듯 일어나고 있는 태무랑의 목을 노리고 수평으로 검이 베어오는데, 새파란 칼날에 허공이 진저리를 치며 파공음을 터뜨린다.

첫 번째 공격이 채 끝나기도 전에 그대로 두 번째 공격으로 이어지는 절묘한 수법이다.

 통상적으로 초식이란 하나의 동작이 끝나고 나서 다음 동작으로 이어지게 마련이다.

 그런데 흑의녀의 공격은 마치 첫 번째와 두 번째가 하나인 것처럼 매끄럽게 이어지고 있었다. 그것은 실전 경험이 그만큼 풍부하다는 뜻이었다.

 일어서다가 자신의 왼쪽에서 목을 노리고 베어오는 검을 발견한 태무랑은 흠칫 놀랐다.

 그는 흑의녀의 첫 번째 공격을 피해서 땅바닥에 굴렀다가 재빨리 일어난 것뿐인데, 어느새 두 번째 공격이 쇄도하고 있었다.

 흑의녀의 공격이 끊어짐없이 재빨리 이어진다는 것이고, 반면에 태무랑으로서는 반격할 틈이 없다는 뜻이었다.

 그제야 흑의녀의 한쪽 발이 막 땅에 닿고 있으며, 검은 태무랑의 목에서 왼쪽으로 불과 한 자 거리에 있다.

 일순간 그는 당황했다. 어떻게 해야 좋을지 갈피를 잡지 못했다.

 방금 전에 흑의녀를 찢어 죽이겠다고 울분을 터뜨렸는데, 그것과 현실은 엄연한 차이가 있었다.

 찰나를 백으로 쪼갠 순간, 태무랑의 뇌리를 번갯불처럼 스치는 생각이 있었다.

'이것은 맹목적으로 두들겨 맞아야 하는 개새끼와 개년의 유희가 아니다! 마음껏 반격해도 된다!'

지옥의 연무장에서는 자칫 반격이라도 하는 날에는 태무랑의 제삿날이었다. 하지만 지금은 아니다.

휙!

다음 순간 그의 머리가 오른쪽으로 번개같이 꺾였다. 사람의 머리가 어떻게 저렇게 많이 꺾일 수 있을까, 저러면 목이 부러지지 않을까, 할 정도로 완전히 꺾였다.

하지만 그것은 그가 그렇게 하려고 의도한 것이 아니라 검이 왼쪽에서 목을 노리고 수평으로 베어오니까 반사적으로 몸이 반응을 한 것이다.

단지 개새끼와 개년과의 일방적으로 맞아야 하는 유희가 아니라고만 생각했을 뿐인데 몸이 재빨리 주인의 뜻을 알아차린 것이다.

쉬이익!

흑의녀의 검이 태무랑의 왼쪽 귀와 뺨을 저밀 듯이 아슬아슬하게 스치고 지나가며 머리카락 몇 올이 잘라져서 허공에 날렸다.

그에게 삼 년여 동안 전쟁터에서 다져진 실력이 있다고 해도 흑의녀에겐 조금도 통하지 않는다. 전쟁터와 무림은 분명히 엄청난 차이가 있다.

지금 흑의녀의 공격에 그를 반응하게 만드는 것은 단유천과 옥령이 훈련시킨 결과였다.

그들은 태무랑을 단순하게 갖고 논 것에 불과하지만, 태무랑은 그로 인해서 반년여 동안 혹독한 수련을 치렀다.

그리고 이젠 더 이상 맞지 않아도 된다는 사실 하나가 그를 새롭게 태어나도록 하는 것이다.

그러나 그는 흑의녀의 공격을 피하고만 있을 뿐 아직 이렇다 할 반격의 기회를 찾지는 못하고 있었다. 그러기 위해서는 그도 약간의 실전 경험이 필요할 것 같았다.

'좋아! 한번 놀아보자, 이년!'

울컥 짓눌려 있던 근성이라는 놈까지 덩달아 피어올랐다.

그는 순진무구한 사람이었다. 그가 알고 있는 것이라곤, 자신만 바라보고 있는 부양가족을 먹여 살려야만 한다는 것, 그러려면 전쟁에서 살아남아야 한다는 것, 그러기 위해서는 무조건 적을 죽여야 한다는 분명한 사실뿐이었다.

그의 순진무구한 성격이 처음으로 변한 것은 삼 년여 동안의 전쟁 경험이다. 거기에서 그는 잔인함을 배웠다.

그의 성격이 두 번째로 변한 것은 지옥에서다. 그곳에서 그는 짓밟힌 자의 분노를 배웠다.

이제 잔인함과 분노는 그의 유일한 재산이다.

지금 상황은 삼 년여 동안의 전쟁이나, 반년여의 지옥 생활하고 별반 다르지 않다.

그때도 그랬듯이 지금의 그는 살아야 한다. 피맺힌 복수를 하기 위해서.

슈슈슈슉!

태무랑의 머리가 아직 오른쪽으로 꺾여 있을 때 흑의녀의 세 번째 공격은 벌써 시작되고 있었다.

이번에는 두 발이 완전히 땅에 내려선 그녀가 상체를 앞으로 쓰러뜨릴 듯이 전진하면서 태무랑의 상체 여러 곳을 노리고 현란하게 검첨을 떨치듯 찔러오고 있었다.

휘익! 휙! 휙!

검첨에 눈이 달린 듯 태무랑의 목과 가슴, 복부를 노리고 현란하고도 빠르게 찔러왔다.

태무랑은 뒤로 물러나면서 미친 듯이 상체를 전후좌우로 흔들었다.

얼핏 보기에는 당황해서 어쩔 줄 모르는 행동 같지만, 사실 그것은 흑의녀의 무수히 찔러오는 공격을 간발의 차이로 모두 피해내고 있는 것이다.

단지 지옥의 연무장에서의 훈련을 실전으로 옮기고 있는 과정이기 때문에 동작이 매끄럽지 못한 것이다.

흑의녀의 아미가 상큼 치켜떠졌다. 갸름하며 희고 뽀얀 얼굴에 유난히 크고 서글서글한 두 눈에는 지독한 살기가 담겨 있었다.

그녀는 태무랑이 베어질 듯 베어질 듯, 찔릴 듯 찔릴 듯하면서 자신의 공격을 모조리 피하자 은근히 화가 치밀었다.

더구나 그녀와 태무랑의 거리는 서너 걸음밖에 되지 않는데도 그를 죽이지 못하자 가일층 바짝 접근하면서 숨 쉴 틈 없는 공격을 퍼부었다.

흑의녀의 대여섯 차례의 무지막지한 공격을 피하는 동안 태무랑은 빠르게 '실전'이라는 것을 학습하고 있었다.

그가 뒤로 물러나는 것은 흑의녀의 검을 피하려는 것도 있지만, 뒤쪽에 나무들이 여러 그루 좁은 간격으로 서 있는 것을 아까 봐두었던 이유도 있다.

흑의녀를 나무들 속으로 끌어들여서 행동반경을 좁히려는 의도인 것이다.

결국 그의 의도대로 흑의녀는 나무들이 밀생한 곳 안으로 유인되어 들어왔다.

그리고 그즈음 태무랑의 학습은 약간의 성취를 이루기 시작했다. 또한 흑의녀의 검초식에 대한 분석도 어느 정도 마무리되었다.

흑의녀는 단유천과 옥령에 비해서 현저한 차이가 있다. 그녀는 아마 옥령하고 일대일로 싸우게 되면 불과 이, 삼 초식 안에 제압되고 말 정도의 실력이었다.

과연 나무들 틈새로 들어온 흑의녀의 동작은 눈에 띄게 굼떠졌다.

나무들 때문에 동작이 큰 베기는 하지 못하고 찌르기만 하기 시작했다.

쉬쉬쉭!

태무랑은 흑의녀의 소나기 같은 찌르기 공격을 나무를 엄폐물 삼아서 요리조리 피했다.

그녀에 대한 분석이 끝났다고 해도 그녀가 쥐고 있는 검 때문에 아직 접근하는 것은 무리였다.

태무랑 손에 뭐라도 무기가 될 만한 것이 쥐어져 있으면 상황은 조금쯤 달라졌겠지만, 지금은 맨손이다.

그렇다면 흑의녀의 검을 한순간만이라도 무용지물로 만들 필요가 있다.

과연 찌르기로 별다른 효과를 거두지 못한 흑의녀는 초조한 표정을 짓더니 한순간 기회를 발견하고 눈을 번뜩이면서 태무랑의 오른쪽 어깨를 노리고 위에서 아래로 비스듬히 검을 베어왔다. 통째로 몸통을 자르겠다는 악랄한 공격이다.

쐐액!

하지만 그것은 태무랑이 그렇게 하도록 유인한 것이다. 그녀의 검을 잠깐 동안만이라도 무용지물로 만들기 위해서.

다음 순간 태무랑은 재빨리 그 자리에 주저앉듯이 무릎을 굽히고 웅크렸다.

팍!

흑의녀의 검이 그의 머리를 아슬아슬하게 스쳐 지나 한 그루 아름드리나무에 박혔다.

그녀의 검에는 공력이 실려 있기 때문에 아름드리나무라

고 해도 단번에 자를 것이다.

하지만 그로 인해서 찰나지간 검의 속도가 현저하게 떨어질 것이다.

과연 검이 나무를 자르는 동안 그녀가 멈칫했다.

순간 잔뜩 쪼그린 채 웅크려 있던 태무랑은 두 발로 힘껏 땅을 박차면서 개구리가 튀어 오르듯이 그녀를 향해 돌진해 갔다.

흑의녀의 얼굴에 놀라움과 당황함이 떠올랐다.

퍽!

"윽!"

태무랑의 머리가 흑의녀의 가슴을 있는 힘껏 들이받았.

흑의녀의 검은 아직도 아름드리나무를 자르고 있는 중이었기 때문에 검파를 잡고 있는 그녀는 태무랑이 머리로 가슴을 들이받았어도 뒤로 밀려나지 못했다.

다음 순간 태무랑의 오른 주먹이 그녀의 옆구리로 거세게 파고들었다.

뻑!

"허억!"

흑의녀의 두 눈이 부릅떠지고 커다랗게 벌어진 입에서 고통스러운 신음이 터졌다.

태무랑은 자신의 주먹이 흑의녀의 늑골을 파고들며 갈비뼈를 부러뜨리는 느낌을 받았다.

그 순간 흑의녀의 검이 아름드리나무를 다 잘랐다. 그렇지만 태무랑은 개의치 않았다. 그의 왼 주먹이 그녀의 턱에 작렬하고 있었기 때문이다.

쩍!

"아악!"

턱뼈가 박살 나서 처절한 비명을 지르는 그녀의 상체가 뒤로 확 젖혀지면서 두 발이 허공으로 떠올랐다.

태무랑은 먹이를 발견한 맹호처럼 저돌적으로 그녀를 향해 재차 돌진했다.

그는 지금 이 순간 자신의 두 눈이 금빛으로 물들어 은은한 금광이 폭사되고 있다는 사실을 모르고 있었다.

어쨌든 흑의녀는 무림인이다.

그런데도 태무랑이 그녀에게 공격을 가할 수 있는 힘은 어디에서 기인하는 것일까.

그 이유는 간단하면서도 참으로 심오하다. 현재 그의 체내에서는 수차운공이 계속되고 있기 때문이다.

그 자신은 운공조식을 하고 있지 않지만, 수차운공이 그가 깨어 있을 때나 자고 있을 때에도 끊임없이 운공조식을 하고 있는 것이다.

그 지옥에서의 마지막 날에 삼장로에 의해서 통 속에 던져졌을 때 시작됐던 수차운공이 아직도 여전히 지속되고 있는 것이다. 그러나 태무랑은 그 사실을 까맣게 모르고 있다.

그러므로 수차운공이 지속되고 있는 한 그는 구태여 일부러 체내의 신비한 기운을 끌어올릴 필요가 없다. 단지 동작을 취하기만 하면 되는 것이다.

상체가 뒤로 젖혀진 자세로 날아가던 흑의녀의 왼손이 허리춤에 차고 있던 검은 가죽 주머니 속으로 들어갔다가 나오더니 태무랑을 향해서 세차게 뿌려졌다.

파아아—!

순간 여러 색깔의 번뜩이는 작은 물체들이 태무랑을 향해서 부챗살처럼 펼쳐지며 쏜살같이 쏘아왔다.

그것들은 여러 가지 모양과 색깔의 암기 십여 개였다. 그중에는 아까 태무랑의 팔뚝에 꽂혔던 금호접도 두어 개쯤 섞여 있었다.

태무랑은 그림자처럼 바짝 흑의녀를 뒤쫓고 있는 중이기 때문에 그것들을 피할 여유가 없었다. 단지 얼굴을 급히 숙이면서 왼팔을 들어 눈을 가렸을 뿐이다.

파파파팍!

십여 개의 암기들이 하나도 빗나가지 않고 그의 상체에 빼곡하게 적중되었다.

고개를 숙이고 눈을 가렸기 때문에 얼굴과 목은 무사했으나 어깨와 가슴, 복부에 십여 개의 각양각색 암기들이 모조리 꽂혔다.

날아가던 흑의녀는 암기들이 태무랑에게 모조리 적중된

것을 소리만 듣고도 확인하고는 다급한 중에도 일순 안도의 표정을 지었다.

그녀의 암기술은 무림의 일각에서는 제법 알아주는 실력이다. 더구나 급소만 맞히기 때문에 암기에 맞은 상대는 즉시 죽거나 제압되게 마련이다.

그래서 그녀는 이것으로써 태무랑을 완전히 제압하는 발판이 마련됐다고 생각했다.

쿵!

"윽……!"

그녀는 어깨와 등을 둔탁하게 부딪치면서 땅에 떨어졌다. 그런데 부러진 갈비뼈 때문에 숨이 콱 막혀서 자신도 모르게 신음이 터져 나왔다.

하지만 이 정도는 참아야 한다. 치료를 하는 것은 저 악적을 죽인 다음에 해도 늦지 않다고 생각하고 입술을 깨물며 상체를 일으켰다.

십여 개의 암기에 급소가 적중된 태무랑은 아무 데나 땅바닥에 뒹굴게 될 테니까 제압하거나 죽이는 것은 여반장(如反掌)처럼 쉬운 일이라고 여겼다.

쿵!

"흑!"

그런데 상체를 반쯤 일으키고 있던 흑의녀는 태무랑이 자신의 몸 위로 찍어 누르듯이 덮치는 바람에 뒷머리와 등을 땅에 심하게 부딪치면서 다시 쓰러지고 말았다.

"끄으……."

조금 전하고는 비교도 할 수 없을 정도의 극심한 통증이 옆구리에서 전해져 왔다.

부러진 갈비뼈의 날카로운 뼛조각이 내장이나 살을 마구 찌르는 것 같았다.

그때까지도 그녀는 암기에 적중되어 혼절을 했거나 무기력해진 태무랑이 우연히 자신의 몸 위에 엎어진 것이라고만 생각했다.

그래서 지금 그녀의 온몸을 쪼갤 것만 같은 이 고통을 잠시 견뎌낸 후에 태무랑을 밀쳐 내기만 하면 된다고 여겼다.

"이년!"

그런데 그녀의 바로 얼굴 위에서 상처 입은 맹수가 으르렁거리는 듯한 호통이 터졌다.

"……."

그녀는 눈을 깜빡거렸다. 불신의 표정이 그녀의 얼굴에 파도처럼 번졌다.

한두 개도 아니고 십여 개의 암기를 모조리 급소에 맞고도 어떻게 이럴 수가 있는 것인지 순간적으로 이해가 되지 않았다.

위잉!

그때 뭔가 묵직한 물체가 허공을 가르며 바람을 일으키는 음향이 들렸다.

뻐걱!

"악!"

태무랑의 주먹이 마치 쇠망치처럼 그녀의 관자놀이에 무지막지하게 작렬한 것이다. 그 순간 관자놀이의 뼈가 움푹 함몰되었다.

그것이 시작이다. 직후 태무랑의 양쪽 주먹이 소나기처럼 그녀의 얼굴과 상체에 무지막지하게 쏟아졌다.

뻑뻑뻑뻑! 퍽퍽퍽퍽!

흑의녀는 처음 서너 대를 맞을 때까지는 얼굴이 박살 나는 듯한 엄청난 고통을 느꼈으나 그 이후부터는 점점 아무런 고통을 느끼지 못하게 되었다.

그녀가 할 수 있는 일은 단지 공력을 일으켜서 몸을 보호하려고 애쓰는 것뿐이었다. 그렇게 해서라도 뼈가 부러지고 박살 나는 것을 막으려는 것이다.

얼굴과 몸뚱이가 남의 것 같고, 거기에 물을 흠뻑 먹은 두 개의 솜뭉치가 쉴 새 없이 쏟아지고 있다는 아련한 느낌뿐이다.

태무랑은 쓰러져 있는 흑의녀의 가슴에 올라타서 두 무릎으로 그녀의 어깨를 짓눌러 양팔을 사용하지 못하도록 하고는 미친 듯이 그녀의 얼굴과 상체를 짓이기고 있었다.

퍽퍽퍽퍽퍽!

힘이 실린 그의 주먹질은 흑의녀의 얼굴과 상체를 묵사발로 만들어놓기에 충분했다.
 입술이고 뺨이고 눈이고 어깨, 가슴이 마구 살이 찢어져서 살점과 함께 피가 튀었다.
 어느 순간부터 태무랑의 눈에 흑의녀의 얼굴이 개년 옥령의 모습으로 보이기 시작했다.
 "이년아! 내가 너에게 무엇을 잘못했느냐?"
 퍼퍼퍼퍼퍽!
 "벌레도 밟으면 꿈틀거리는 법이다, 이 개년아!"
 뻐뻐뻐뻐뻑!
 "무방비 상태에서 두들겨 맞는 기분이 어떠냐, 이년아?"
 태무랑은 속에 담고 있던 울분을 악을 쓰듯이 토해내면서 주먹질을 쉬지 않았다.
 거기에 더 이상 흑의녀는 없었다. 있다면 푸줏간에서 잘게 다진 고깃덩이가 있을 뿐이다.
 흑의녀는 아스라이 꺼져 가는 정신 속에서 어렴풋이 한 가지 사실을 깨달았다.
 '이 남자는… 내가 쫓는… 색마(色魔)가 아니었구나……. 목소리가 전혀 달라…….'
 퍼퍼퍼퍼퍽!
 "으아아아—! 옥령, 이 개년아! 죽어라! 죽엇!"
 태무랑은 이성을 잃었다. 지금 그가 느끼고 있는 것은 오직 하나, 통쾌함뿐이다. 옥령을 짓이겨서 죽이고 있다는 착각에 빠진 것이다.

그때 태무량의 상체 곳곳 급소에 깊숙이 꽂혀 있던 십여 개의 암기가 하나둘씩 솟아올랐다.

그것은 마치 못 먹는 음식을 입이 뱉어내는 것처럼, 몸이 암기들을 뱉어내는 듯한 광경이었다.

두 호흡 사이에 십여 개의 암기는 모두 땅에 떨어지고, 암기가 꽂혔던 부위는 말끔하게 복원되었다. 그렇다. '복원'이라는 말밖에는 설명할 도리가 없는 현상이었다.

이윽고 태무량은 주먹질을 멈추었다. 미친 듯이 소나기 같은 주먹질을 했는데도 숨결이 추호도 거칠어지지 않고 평소와 다름이 없었다.

그는 두 눈에서 아까보다 훨씬 강해진 금광을 줄기줄기 뿜으면서 이를 드러내고 흑의녀, 아니, 핏덩이를 쏘아보았다.

그 잠깐 동안에 그는 그녀가 옥령이 아니라는 사실을 깨달았다.

하지만 그렇다고 분노가 사라진 것은 아니다. 죄없는 사람을 불문곡직 잡아가거나 핍박하는 연놈들은 세상에서 깡그리 사라져야 한다는 생각에는 절대 변함이 없다.

그런 점에서 흑의녀도 예외가 아니고, 앞으로 그의 눈에 띄게 될 연놈들도 예외가 아닐 터이다.

문득 그는 흑의녀의 오른손에 쥐어져 있는 검을 발견하고 그쪽으로 손을 뻗었다.

이제 마지막으로 흑의녀를 백 도막, 천 도막으로 난도질을 해주려는 것이다.

"어이, 형씨. 이제 그만 그 고녀(瞽女)를 내게 넘기는 게 어떻겠나?"

"……!"

그런데 바로 그때 태무랑의 등 뒤에서 누군가의 나직한 목소리가 들렸다.

단지 목소리만 들었는데도 목소리의 주인이 교활하고 사악할 것이라는 생각이 반사적으로 들었다.

그런데 뒤에서 말한 사내는 흑의녀를 '고녀' 라고 했다. 고녀는 맹인 여자를 가리키는 말이다.

푹!

"끅!"

태무랑이 재빨리 뒤돌아보려고 할 때 등 한복판이 화끈하면서 무언가 차가운 것이 몸속으로 깊숙이 파고드는 것이 느껴졌다.

투둑.

그리고 그 차가운 물체의 끝이 태무랑의 가슴 한복판을 뚫고 한 뼘가량 튀어나왔다.

태무랑은 자신의 가슴을 뚫고 나온 한 자루 검의 검첨에서 방울방울 피가 흘러내리고 있는 것을 굽어보았다.

쑤욱.

그러더니 검이 사라졌다. 등 뒤의 사내가 검을 뽑은 것이다.

퍽!

"저리 비켜라!"

이어서 태무랑은 발길질에 의해서 옆으로 나뒹굴었다.

땅바닥에 처박히면서 태무랑의 뇌리를 가득 채우는 생각은 단 한 가지였다.

정말 이 세상에는 단유천이나 옥령 같은 찢어 죽일 연놈들이 많다는 사실이다.

'크크큭… 이 갈리도록 더러운 세상이로군…….'

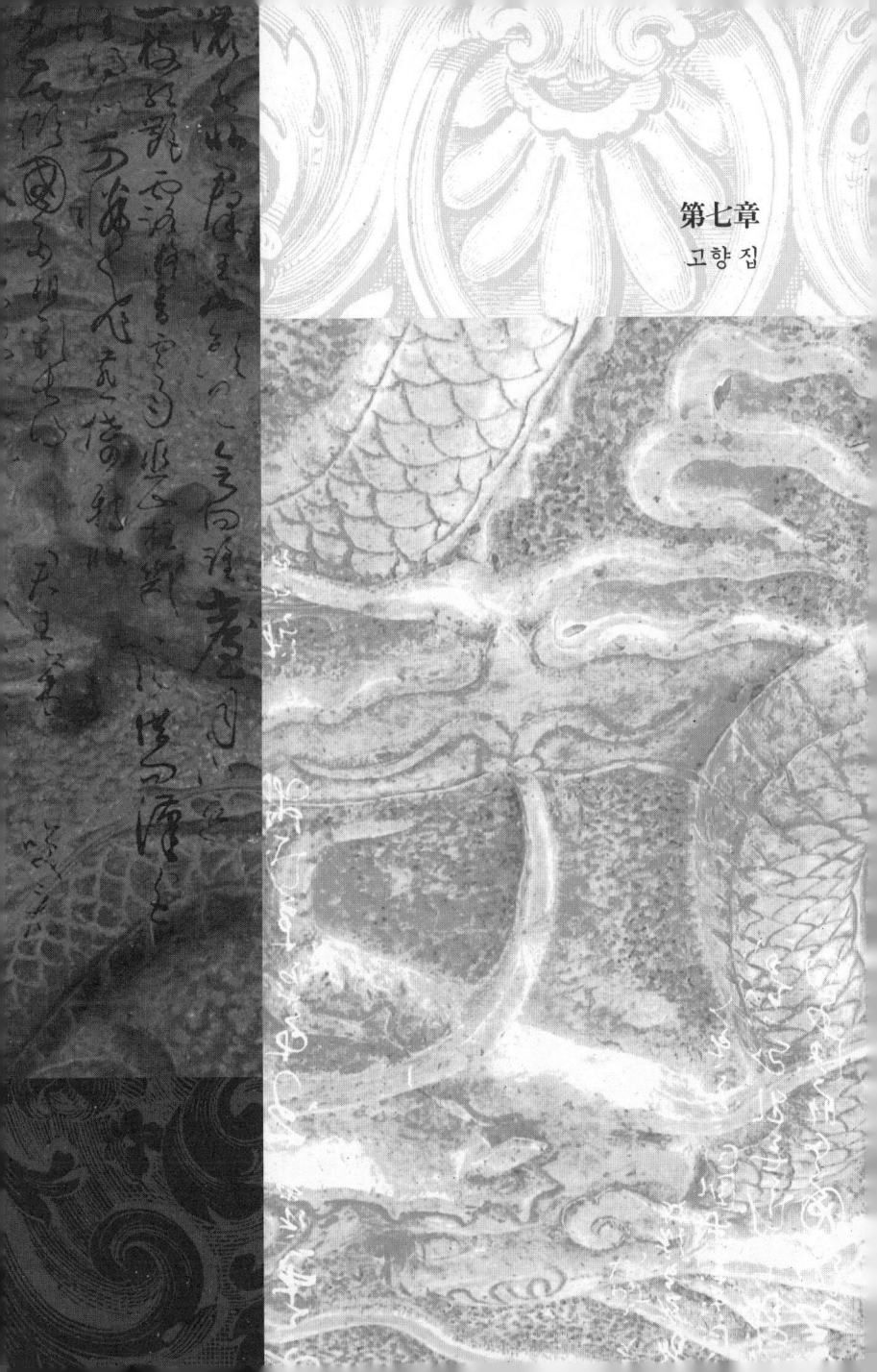

第七章
고향집

 태무랑의 등 한복판에 검을 관통시킨 사내는 한옆으로 나자빠진 그에게는 눈길조차 주지 않았다.
 사내는 온전한 상태가 아니었다. 몸의 몇 군데에 상처를 입은 모습이었다.
 옆구리와 어깨, 허벅지의 검에 찔린 상처는 제법 깊었으며, 등에는 금호접 하나가 깊숙이 꽂혀 있는데 손이 닿지 않아서 뽑지 못한 상태다.
 조금 전까지만 해도 사내는 흑의녀에게 처절하게 쫓기던 몸이었다. 물론 그의 몸에 난 상처들은 모두 흑의녀가 만들어 준 것이다.

사내는 흑의녀에 비해서 한 수 아래의 실력이다. 그런데 오늘 정말 재수없게도 흑의녀에게 걸려서 생을 마감하는 줄만 알았었다.

누구든지 그녀에게 걸려들면 끈끈한 거미줄에 걸린 벌레처럼 꼼짝 못한 채 버둥거리다가 목숨을 바쳐야만 한다.

조금 전에 사내는 흑의녀에게서 죽기 살기로 도망치다가 우연히 강변에서 쉬고 있는 태무랑을 발견했다.

그 순간 그의 머리에 교활한 계교가 떠올랐다. 그는 뒷모습을 보인 채 앉아 있는 태무랑에게 기척없이 똑바로 다가가다가 그의 삼 장 전쯤에서 방향을 바꿔 전혀 다른 곳으로 가서 몸을 숨기고 곧 벌어질 사태를 지켜보았다.

그런 줄도 모르고 태무랑은 요기를 하면서 강을 바라보며 생각에 잠겨 있었다.

사내의 계교는 간단했다. 흑의녀의 추적술은 일절(一絶)이지만 그녀에겐 치명적인 맹점이 있다. 바로 장님이라는 사실이었다. 그래서 그것을 이용하자는 것이었다.

그녀는 장님인 대신 청각이 극도로 발달해서 사내가 도주하면서 남기는 흐릿한 소리를 곧장 추적해 오고 있는 중이니까 그 연장선상에 있는 태무랑을 사내라고 오인하고 공격할 것이 분명하다.

사내는 흑의녀가 태무랑을 공격하는 틈을 노려서 그녀를 암습하거나 그게 여의치 않으면 멀리 도망칠 계획이었다.

그런데 어찌 된 일인지 시골 촌놈 같은 행색의 태무랑이 흑의녀를 아예 곤죽으로 만들어 버린 것이다.

"흐흐흐… 지독한 사냥꾼 혈적화(血迹花) 네년이 내 수중에 떨어질 줄은 하늘도 몰랐을 것이다."

사내는 늘어져 있는 흑의녀 혈적화의 몸 위에 다리를 벌리고 우뚝 서서 굽어보며 득의하게 웃었다.

"케헤헤, 이런 절호의 기회를 모른 체한다면 청풍서생(淸風書生)이라는 별호를 내버려야겠지."

사내는 스스로를 청풍서생이라고 칭했으나 사실 무림에서는 그를 음풍서생(淫風書生)이라고 부른다. 별호가 말해주듯이 그는 더러운 색광(色狂)이다.

사내 음풍서생은 몸을 굽히더니 서둘러서 혈적화의 옷을 벗기기 시작했다. 마음이 급한지 옷이 잘 벗겨지지 않으니까 거칠게 찢어발겼다.

혈적화는 곧 벌거벗은 몸이 되었다. 눈부시도록 희고 뽀얀, 그리고 농염한 육체가 드러났다.

"으흐흐… 기가 막힌 몸뚱이다."

음풍서생의 감탄이 아니더라도 혈적화는 실로 멋진 몸뚱이를 갖고 있었다.

음풍서생은 입이 귀에 걸릴 정도로 좋아하며 허둥지둥 자신의 옷을 벗었다.

혈적화는 죽었는지 미동조차 하지 않았다. 얼굴은 마치 수

박이 박살 난 것처럼 짓뭉개진 모습이다.

그러나 음풍서생은 혈적화의 얼굴이 짓뭉개졌든 어쨌든 조금도 상관하지 않았다.

그는 원래 여자라고 하면 무조건 겁탈을 하는 것으로 알려져 있다. 나이가 들었든 못생겼든 치마만 두르고 있으면 전혀 상관하지 않는다.

그런 그가 혈적화의 얼굴이 짓뭉개졌다고 해서 이런 천재일우의 기회를 마다하겠는가.

그 시간에 태무랑은 하늘을 향해 똑바로 누운 자세로 눈을 감고 있었다.

그는 자신이 죽어가고 있는 것이라고 생각했다. 가슴을 만근 무게의 바위가 짓누르고 있는 듯한 느낌이 들었다.

자신의 몸에 상처가 생기면 아문다는 사실을 알고는 있었지만, 등과 가슴을 관통당한 상처는 그런 것과는 다를 것이라는 생각이 들었다.

삼장로가 태무랑을 금강불괴로 만들려고 했으나 그것은 절반의 성공이었다.

아니, 절반도 되지 못했다. 금강불괴는 도검이 몸에 상처를 입히지 못하고 튀어 나간다는데, 그는 도검이 튀기는커녕 베고 찔리고 관통당하는 상황이다.

몸에 난 상처가 저절로 아문다고 하지만 금강불괴하고는 거리가 멀다.

'빌어먹을……. 이대로 죽을 수는 없다, 절대로!'

태무랑은 눈을 번쩍 부릅뜨고 어금니를 악물었다. 죽지 않으려면 무슨 짓이라도 해야 할 것 같았다.

하지만 지금으로선 그가 할 수 있는 일은 아무것도 없다. 그는 지옥에 있을 때처럼 지금의 자신이 너무 무기력하다는 생각이 들었다.

그때 번뜩 스치는 생각이 있었다.

'운공조식을 해보자.'

그것만이 유일하게 그가 할 수 있는 일이다.

그런데 운공조식을 하려고 하다가 문득 그는 이상한 느낌이 들었다.

가슴에 얹혀 있던 만 근 바위의 무게가 빠르게 사라지고 있는 것이었다.

무심코 손을 들어 가슴을 만져 보았다. 손끝에 찢어진 옷이 만져졌다.

그런데 그 속으로 당연히 만져져야 할 가슴 한복판의 상처가 만져지지 않았다.

'설마 이것도?'

움찔 놀란 그는 부스스 상체를 일으켰다. 그런데도 가슴이나 등에는 추호도 통증이 느껴지지 않았다. 단지 뻐근한 느낌만 아련하게 전해질 뿐이다.

'아물었다!'

기쁨보다는 오싹하는 전율이 엄습했다. 자신이 마치 괴물이라도 된 듯한 기분이 들었다.

그러나 괴물이면 어떤가. 다시 살아났지 않은가. 그것이면 족하다.

그는 또 한 가지 사실을 깨달았다. 체내에서 저절로 운공조식이 진행되고 있을 때 상처를 입으면 저절로 치료되고 복원된다는 사실이다.

그는 음풍서생에게 검에 관통당한 상처뿐만 아니라 흑의녀의 암기 십여 개에게 꽂힌 상처들도 모두 깨끗이 아물었다는 사실을 깨달았다.

그는 힐끗 사내 음풍서생 쪽을 쳐다보았다. 그자는 막 아랫도리를 벌거벗은 상태에서 혈적화의 알몸 위로 엎드리고 있는 중이었다.

음풍서생은 연신 징그러운 웃음을 흘리면서 혈적화의 다리를 활짝 벌리고 자신의 하체를 바짝 갖다 댔다.

"크흐흐… 내가 혈적화를 겁간했다는 소문이 퍼지면 많은 놈들이 나를 달리 볼 것이다."

그는 조준을 끝내고 마지막 자세를 취했다. 이제 허리에 약간의 힘만 주면 삽입될 것이고 바야흐로 그때부터 무릉도원이 시작될 것이다.

푸욱!

그리고 드디어 삽입했다.

"아아……."

탄성이 저절로 흘러나왔다. 그런데 왠지 느낌이 달랐다. 아랫도리에 묵직하면서도 짜르르한 쾌감이 와야 하는데 어찌된 일인지 등과 가슴이 찌르르했다. 삽입은 삽입인데 이상한 삽입이다.

"어……?"

자신의 가슴을 굽어보던 그는 어이없다는 표정을 지으며 눈을 크게 떴다.

자신의 가슴 한복판으로 피가 흠뻑 묻은 새빨간 검첨 하나가 한 뼘쯤 튀어나와 있는 것을 발견했기 때문이다.

그것은 조금 전에 그가 태무랑을 찌른 것과 똑같은 상황이었다.

"으으으…… 이게 도대체……."

그는 일그러진 얼굴로 두리번거리다가 옆에 쓰러져 있어야 할 태무랑이 보이지 않는 것을 깨달았다.

하지만 믿어지지 않았다. 그놈은 분명히 검으로 등과 가슴을 관통시켰는데 어찌 살아날 수 있단 말인가.

음풍서생 뒤에는 태무랑이 우뚝 서서 오른손으로 잡은 검을 비스듬히 아래로 쭉 뻗어 음풍서생의 등을 깊숙이 찌르고 있었다.

그 검은 혈적화의 검이다. 음풍서생은 삽입에 정신이 팔려 있어서 태무랑이 혈적화의 손에서 검을 집어드는 것조차 알아차리지 못했다.

"끄으으… 누… 구냐……?"

음풍서생은 엉거주춤 일어섰다. 일어나고 싶어서가 아니라 그의 등을 관통한 검이 그를 일으키고 있었기 때문이다. 일어나지 않으려고 버틴다면 검이 찔린 부위부터 몸이 위쪽으로 두 동강 날 판국이다.

"돌아서라."

그때 검이 쑥 뽑히더니 태무랑의 나직하지만 이를 가는 듯한 목소리가 들렸다.

"으으으……. 사, 살려다오… 제발……."

음풍서생은 가슴 한복판에서 피가 콸콸 쏟아지는 것을 두 손으로 틀어막고서 돌아섰다.

그런데 과연 그의 눈앞에는 죽었어야 할 태무랑이 우뚝 서 있는 것이 아닌가. 그는 귀신을 본 듯 사색이 되어 태무랑에게 애원했다.

"제발… 목숨만……."

그러다가 그는 움찔 놀랐다. 태무랑의 두 눈이 은은한 금빛으로 물들었고, 또한 부융한 금광이 뿜어지고 있는 것을 발견했기 때문이다.

싸늘하게 음풍서생을 쏘아보고 있는 태무랑의 마음속에는 이 순간 한 가지 사실이 정립되고 있었다.

천하에는 단 두 가지 종류의 인간이 있다.

살 가치가 있는 인간과 살아서 타인에게 피해를 끼치는 인간이다.

음풍서생은 후자에 속한다, 그것도 아주 저질의.

앞으로 내 손에 그런 자들이 걸리면 가차없이 죽여 버리겠다라고 그는 다짐했다.

슥—

태무랑은 오른손의 검을 들어 올렸다. 그는 지옥에서 배운 무극칠절검을 처음으로 사람, 아니, 버러지를 상대로 전개해 볼 생각이다.

"으으으… 제발……."

음풍서생은 두 손을 앞으로 내밀어 미친 듯이 비벼대면서 빌어댔다. 가슴에서는 여전히 콸콸 피가 쏟아졌다.

태무랑은 지옥의 그 연무장에서 자신의 모습이 저러지 않았을까 하는 생각이 들었다.

스파앗—!

순간 그의 검이 허공을 새파랗게 가르며 음풍서생을 향해 번개처럼 빠르게 그어졌다.

파파파팍!

여섯 개의 비늘 같은 반짝이는 검린(劍鱗)이 검에서 쏟아져 나가 음풍서생을 휩쓸었다.

비명도 없었다. 단지 음풍서생은 목이 잘리고, 양팔과 양다리가 잘렸으며, 음경이 뎅겅 잘라졌다.

무극칠절검의 육절(六絶)이다. 옥령도 사절밖에 전개하지 못하는 것을 태무랑은 두들겨 맞으면서 육절을 완성했다.

옥령하고는 달리 단유천은 무극칠절검을 칠절까지 전개했다. 다만 마지막 칠절은 조금 서둘렀으나 태무랑은 그것을 보고 완벽하게 익혔다.

음풍서생의 잘린 수급과 양팔과 양다리와 음경이 몸에서 분리되어 흩어졌다가 우수수 땅에 떨어졌다.

태무랑은 여러 개의 고깃덩이가 된 음풍서생을 잠시 지켜보다가 시선을 혈적화에게 옮겼다.

그녀는 바지와 속곳이 벗겨지고 두 다리를 활짝 벌린 자세로 늘어뜨린 채 꼼짝도 하지 않았다. 그러나 태무랑은 죽었는지 확인하는 것도 귀찮았다.

만약 운이 좋아서 살아난다고 해도 평생 짓이겨진 얼굴로 살아가야 할 것이다.

하지만 태무랑은 그녀에게 추호의 동정심도 갖지 않았다. 오히려 그녀의 몸을 난도질하지 않은 것을 자비를 베푼 것이라고 여겼다.

마땅한 벌을 내린 것이다. 사람을 업신여기고 핍박한 것에 대한 벌이다.

태무랑은 혈적화의 검을 갖고 미련없이 그곳을 떠났다.

*　　　*　　　*

두 달 후, 동짓달(십일월) 열사흘 날 늦은 오후.
 거리 전체에 붉은 황토 흙먼지가 풀풀 날리는 중원의 서북단 감숙성(甘肅省) 중녕현(中寧縣) 초입에 한 사람이 들어서고 있었다.
 먼 길을 쉬지 않고 왔는지 온몸에 황토 흙먼지를 뽀얗게 뒤집어쓴 청년이다.
 오른쪽 어깨에는 검인지 막대기인지 모를 길쭉한 물건 하나를 헝겊으로 둘둘 말아서 메고 있다.
 긴 장발을 뒤에서 하나로 질끈 묶고 구멍 난 신발 밖으로 몇 개의 발가락이 나온 모습이다.
 신발만 낡은 것이 아니라 입고 있는 옷도 무릎과 어깨에 구멍이 났으며 몹시 낡아서 건드리기만 해도 부서질 듯 의리폐천(衣履弊穿)의 형편없는 몰골이었다.
 북방의 겨울은 중원하고는 사뭇 다르다. 가을 중반이면 얼음이 얼기 시작하고, 지금 같은 초겨울에 옷 밖으로 잠시 살을 내놓으면 동상에 걸리기 십상이다.
 그런데도 청년은 여름에나 입을 얇은 홑옷을 입고도 아무렇지도 않은 듯했다.
 그러나 흙먼지가 부옇게 덮인 청년의 눈빛은 깊숙이 가라앉은 채 가벼이 일렁이고 있었다.
 그것은 마치 용암 밑바닥에서 불길이 이글거리는 듯한 모습이었다.

 청년은 거리 어느 곳에도 눈길 한 번 주지 않고 정면을 주시한 채 똑바로 걸어 현 내로 들어갔다.

 이각 후에 청년이 도착하여 걸음을 멈춘 곳은 한 채의 거대한 대장원 전문 앞이다.
 전문은 활짝 열려 있고 양쪽에 번뜩이는 군복을 입은 군사 십여 명이 장창을 쥐고 당당한 모습으로 지키고 서 있었다.
 청년은 전문 위의 현판을 올려다보았다.

 ―서북군중녕위소(西北軍中寧衛所).

 서북 이천여 리에 이르는 국경 지대를 관할하는 곳을 서북총군부(西北總軍府)라고 하며, 십만 군사를 지휘한다.
 서북총군부 예하에는 열여덟 군데의 위소(衛所)가 있으며 각각 오천육백여 명의 군사를 거느리는데, 이곳은 그들 중 한 곳이었다.
 탁탁탁.
 현판에서 시선을 거둔 청년은 느릿한 동작으로 옷과 얼굴의 흙먼지를 털어내기 시작했다. 추호도 서두름이 없는 태연한 행동이다.
 이어서 드러난 모습은 낡은 갈의(葛衣)를 입은 태무랑이다.

그가 입고 있는 갈의는 장강에서 그를 건져 올렸던 가송촌 장 노인의 아들 옷이다.

그는 거침없이 성큼성큼 전문을 향해서 걸어갔다.

처척!

"멈춰라!"

군사들이 기다렸다는 듯이 창을 뻗어 태무랑을 가로막으며 우렁차게 외쳤다.

태무랑은 조용하지만 힘있게 입을 열었다.

"나는 흑풍창기병 태무랑이오."

좁은 창의 세로로 가로막힌 쇠창살 사이로 으스름한 달빛이 비치고 있다.

그 아래 더러운 짚더미 위에 태무랑이 책상다리로 앉아서 허리를 꼿꼿하게 펴고 있다.

두 시진 전에 그는 이곳 서북군중녕위소의 최고 우두머리인 위지휘(衛指揮) 앞에 끌려갔었다.

태무랑은 수백 명의 군사들이 에워싼 그 자리에서 위지휘에게 문초를 당했다.

구사일생 간신히 목숨을 건져 여덟 달 만에 귀환한 그에게 문초라니, 가당치도 않은 일이다.

그런데 그 자리에서 그는 새로운 사실 하나를 알았다. 흑풍창기병대는 전멸했으며, 살아서 본대에 돌아온 사람은 태무랑이 처음이자 유일하다는 것이다.

그가 알기로는 그 당시에 생존자가 십오륙 명이었다. 그렇다면 아무도 살아남지 못했다는 뜻이다.

그런데 그 생존자들이 도주하는 것을 본 목격자가 있었다는 것이다.

흑풍창기병대가 전멸을 하고 소수의 생존자가 있다면 귀대(歸隊)해야 하는 것이 맞다. 하지만 태무랑에게는 피치 못할 사정이 있어서 귀환하지 못했었다.

그런데 문초 내용이 실로 어이없었다. 태무랑더러 군탈(軍脫:탈영)을 했다는 것이다.

그래서 그는 절대 군탈을 하지 않았다고 항변하며 그동안 자신이 겪은 일들을 소상히 설명했다.

그랬더니 돌아온 것은 또 다른 문초였다. 그렇다면 태무랑이 갇혀 있었다는 곳이 어디며 무엇을 하는 곳인지, 그리고 왜 끌려갔는지를 말하라는 것이다.

그가 그것을 알고 있었으면 이곳으로 오지 않고 그 지옥 같은 곳으로 먼저 쳐들어갔을 것이다.

태무랑은 대답을 하지 못했다. 아니, 할 수가 없었다.

결국 문초는 중단됐고 그는 이곳 군옥(軍獄)에 감금되는 신세가 돼버렸다.

위지휘는 자리를 뜨면서 한마디를 던졌었다. 태무랑의 일은 숙고(熟考) 후 내일 아침에 결정을 내리겠다고 말이다.

그래서 그는 한 가닥 희망을 품고 군옥 안에서 묵묵히 내일 아침이 되기를 기다리고 있는 것이었다.

창을 통해 스며든 달빛이 앉아 있는 태무랑을 비추었다.

두 달 전, 그는 음풍서생을 죽인 후 계속 장강을 따라 서쪽으로 향하면서 단유천과 옥령, 그리고 단금맹우 일곱 명에 대해서 만나는 사람마다 붙잡고 물어보았었다.

그러나 돌아오는 대답은 한결같이 그런 사람들을 모른다는 것이었다.

혹시 무림인이면 알 수 있지 않을까 해서 무림인처럼 보이는 사람이 있으면 더욱 기를 쓰고 따라가서 물어봤으나 역시 돌아온 대답은 마찬가지였다.

태무랑은 단유천과 옥령, 단금맹우가 매우 유명한 존재들이라고 생각했었는데 뜻밖에도 그들에 대해서 아는 사람은 아무도 없었다.

그래서 결국 그는 단유천 등을 찾는 것을 뒤로 미루고 이후 이곳 중녕현으로 발길을 돌렸었다.

이곳에는 그의 모든 것이라고 할 수 있는 군적(軍籍)과 가족이 있다.

그는 서북군중녕위소에 자신이 복귀한 사실을 알린 후에 한시바삐 가족을 만나고 싶었다.

그런데 어이없게도 군탈이라는 누명을 쓰고 군옥에 갇혀 버린 신세가 된 것이다.

그때 문득 오래전 군대 시절의 동료 누군가가 했던 말이 뇌리를 스쳤다.

"잘 들어둬라. 만약 누군가 군옥에 끌려갔는데 혹시 상부에서 '숙고 후 결정'이라는 말을 하면 그 말이 곧 '처형'이라는 뜻이다."

순간 태무랑은 움찔 가볍게 몸을 떨었다.
"처형이라고? 내가?"
그의 메마른 입술 사이로 짓씹는 듯한 중얼거림이 흘러나왔다. 그는 단지 죽을힘을 다해 살아서 귀환한 것밖에 없는데 처형이라니, 이런 말도 되지 않는 경우가 어디에 있단 말인가.
그렇지만 그 동료의 말은 지금도 귓전에 쟁쟁하다. '숙고 후의 결정'은 처형이 분명하다.

서북군중녕위소 군옥 창의 쇠창살을 뜯어내고 탈출한 태무랑은 그 길로 한시도 쉬지 않고 다시 서북쪽으로 달리기 시작했다.
중녕현에서 서북쪽으로 육십여 리쯤 가다 보면 산수하(山水河)라는 강이 나온다.
그 강을 건너 다시 하류 쪽으로 십여 리쯤 내려가면 산수하가 황하(黃河)로 흘러드는 야트막한 언덕에 태무랑이 그토록 그리워하는 가족이 살고 있는 집이 있다.

버적버적.

그는 얼기 시작한 산수하에 뛰어들어 살얼음을 부수듯 깨면서 강을 건넜다.

하지만 조금도 추위를 느끼지 않았다. 오히려 시원하다는 느낌이다.

다음날 동이 부옇게 터올 무렵에 그는 마침내 꿈에도 그리던 고향 집에 도착했다.

그때부터 눈이 내리기 시작했다.

고향 집이 가까워지자 그의 걸음은 점점 더 빨라져서 마치 두 발이 허공에 떠 있는 듯했다.

그리고 그는 고향 집 사립문을 박차고 달려들어 가면서 목이 터지도록 그리운 이름을 외쳤다.

"어머니ㅡ!"

사박사박.

구멍 난 신발을 신은 한 쌍의 발이 수북이 눈 쌓인 언덕을 휘청거리면서 오르고 있다.

완만한 경사의 언덕으로 발자국이 점점이 이어졌으나 펑펑 내리는 함박눈에 덮여서 곧 사라졌다.

이윽고 구멍 난 신발이 걸음을 멈추었다. 그 앞에는 지상에서 약간 불룩하게 솟은 흙더미가 있었는데, 그곳에도 눈이 수북이 쌓여 있었다.

"어머니… 현아……."

구멍 난 신발의 주인 태무랑은 흙더미 앞에 서서 어머니와 남동생의 이름을 흐느끼듯 불렀다.

그나마 가장 가까운 이웃인 오 리쯤 떨어진 곳에 사는 예전 동료 가족의 말에 의하면, 흑풍창기병대가 전멸했다는 소문이 퍼지고 나서 한 달쯤 후에 일단의 군사들이 태무랑네 집에 들이닥쳤다고 한다.

군사들은 태무랑이 군탈을 했다는 청천벽력 같은 소식을 전하면서 가족들이 그동안 경작했던 십단보의 전답과 살고 있던 집, 그리고 춘궁기(春窮期:보릿고개)를 버티려고 저장해 둔 약간의 곡식마저도 깡그리 몰수해 갔다는 것이다.

어머니와 두 동생에겐 태무랑이 군탈을 했다는 소식도 청천벽력 같은데, 전답과 집, 곡식마저 몰수당한 것은 하늘이 무너지는 절망이었을 것이다.

흑풍창기병대가 전멸하고 한 달 후라면 사월 중순으로, 한창 밭에 봄채소를 파종할 시기다.

또한 사월은 춘궁기가 최고조에 이르는 시기이기도 하다.

전해에 추수한 곡식으로 근근이 겨울을 나고, 이듬해 봄에 봄채소를 수확하여 그것을 마을에 내다 팔아 끼니를 이으면서 초여름 보리가 수확될 때까지 견뎌야만 하는 것이

춘궁기다.

그런 시기에 전답은 물론 집과 약간의 곡식마저 모조리 강탈당하고 쫓겨났으니, 그것은 굶어 죽으라는 것이나 다름이 없는 일이다.

어머니와 두 동생은 집 근처의 다 쓰러져 가는 폐허를 임시 거처로 삼았다고 한다.

처음 몇 번은 이웃 아낙이 드문드문 약간의 곡식을 갖다 주어 태무랑네 가족은 어떻게든 끼니를 해결할 수 있었다.

그러나 이웃 역시 무서리 같은 춘궁기를 견뎌야 하기 때문에 언제까지나 태무랑네 가족을 돌볼 수는 없는 처지라서 자연히 도움의 손길이 끊어졌다.

이웃 아낙이 어쩌다가 먹을 것을 들고 찾아가 보면 태무랑네 가족은 나무껍질이나 풀뿌리로 연명하면서도 폐허를 떠나지 않고 있었다.

어머니의 믿음은 절실하고도 확고했다.

"내 아들 무랑은 반드시 돌아온다"라는 것이었다.

그래서 집 근처를 떠나지 못하고 그곳에서 굶주린 배를 쓸어안은 채 굶주림과 추위에 떨면서 아들을, 오빠와 형을 기다렸던 것이다.

이웃 아낙은 밭일로 너무 바빠서 한동안 뜸하다가 달포쯤 지나 태무랑네 가족이 살고 있는 폐허를 찾아갔다가 그만 그 자리에 엎드려 통곡을 하고 말았다.

태무랑 어머니와 남동생이 앙상하게 뼈만 남은 모습으로 차가운 흙바닥에 서로 꼭 부둥켜안은 채 싸늘하게 죽어 있었기 때문이다.

굶어 죽은 것이다.

죽음 중에서도 가장 원통하고 절통한 것이 굶어 죽는 것이라고 했다.

이웃 아낙은 어머니와 남동생의 시신을 수습하여 바로 이곳, 지금 태무랑이 서 있는 곳에 묻어주었다.

이후 이웃 아낙은 태무랑의 누이동생 태화연을 찾으려고 여기저기 수소문을 한 끝에 그녀가 어느 낯선 소금장수의 손에 이끌려 마을을 떠나는 모습을 봤다는 마을 사람의 말을 듣게 되었다.

쿵!

태무랑은 무너지듯 그 자리에서 무릎을 꿇었다.

그리고 상체를 앞으로 기울여 두 팔로 흙더미를 끌어안았다.

이 속에 태무랑을 기다리다가 굶어 죽은 어머니와 남동생이 서로 부둥켜안은 채 앙상한 모습으로 누워 있다.

이 차디찬 흙 속에서는 이제 더 이상 굶주리지 않아도 될 터이다.

반드시 큰아들이 돌아올 것이라는 어머니의 믿음은 끝내 지켜지지 못했다.

큰아들이 번쩍이는 군복을 입은 모습을 대견하게 바라보시던 어머니는 이제 큰아들의 모습을 다시는 보지 못한다.

이렇게 초라한 모습으로 돌아온 큰아들의 모습조차도.

"끄으으……."

흙더미에 엎드린 태무랑에게서 심장을 쥐어짜는 소리가 흘러나왔다.

"끄으으……. 어머니… 현아……."

왈칵 그의 입과 코에서 피가 쏟아져서 흙더미를 덮은 새하얀 눈을 새빨갛게 물들였다.

어머니와 남동생이 죽다니, 이것이 도저히 현실이라고 여겨지지 않았다.

어쩌면 그는 흑풍창기병대가 전멸한 후에 필사의 도주를 하다가 쓰러져서 혼절하고는 아직도 깨어나지 못한 채 꿈을 꾸고 있는 것인지도 모른다.

아아… 차라리 이것이 꿈이었으면 좋으련만…….

그러나 그의 뺨에 떨어졌다가 녹아내리는 눈송이의 차가움은 이것이 엄연한 현실이라고 말한다.

어머니와 두 동생이 굶주림으로 죽어가고 있을 때, 태무랑은 지옥에서 매를 맞으며 죽어가고 있었다.

이 가족의 운명은 어이해 이토록 참담한 것인지…….

태무랑은 어머니와 남동생 태도현(太到賢)이 묻힌 흙더미에 엎드려서 사흘 밤낮을 보낸 후 나흘째 이른 아침에 그곳을 떠났다.

눈이 그친 흙더미 위에는 점점이 새빨간 피가 흩뿌려져 있었다. 그가 토해낸 핏덩이다.

태무랑은 그 길로 마을에 내려가서 누이동생 태화연을 마지막으로 보았다는 사람을 찾아갔다.

그 사람에게 태화연을 데려간 소금장수에 대한 것과 용모, 특징 따위를 알아내고는 마을을 떠났다.

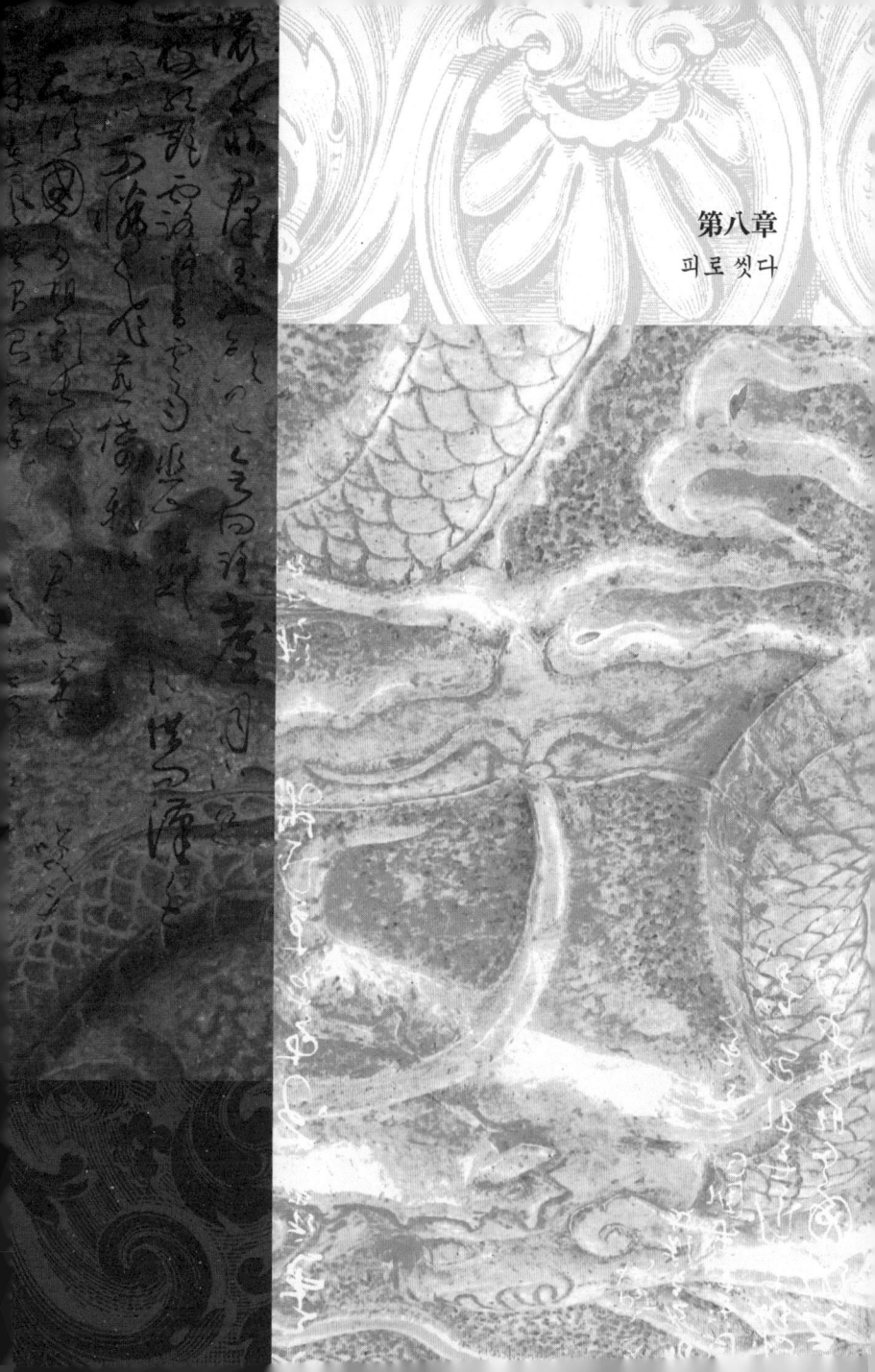

第八章
피로 씻다

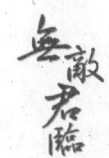

  그날 저녁 석양 무렵에 태무랑은 다시 중녕현으로 들어서고 있었다.
  북적이는 거리 한복판을 묵직하게 걸어가는 그를 발견한 사람들은 두려운 표정을 지으며 슬금슬금 피했다.
  다 떨어진 남루한 옷을 입은 건장한 체구의 태무랑이 장발을 흩날리면서 걸어가고 있기 때문이 아니다.
  그렇다고 해서 굳게 악다문 입과 양 뺨이 움푹 들어간 초췌한 모습 때문도 아니다.
  바로 그의 두 눈에서 이글거리면서 뿜어지고 있는 은은한 금광 때문이다.

아니, 금광에는 아주 흐릿하게 핏빛도 섞여 있었다. 그 핏빛은 아마도 그의 한(恨)이리라.
이윽고 그가 걸음을 멈춘 곳은 서북군중녕위소의 거대한 전문 앞이다.
그는 우선 이곳에서 어머니와 남동생의 죽음에 대한 죄를 물을 생각이었다.
전문 안을 쏘아보는 그의 두 눈에서 뿜어지는 금광과 혈광이 아까보다 더 짙어졌다.
저벅저벅.
그는 어깨를 활짝 펴고 두 팔을 늘어뜨린 채 성큼성큼 전문을 향해 걸어갔다.
여기까지 지니고 왔던 흑의녀 혈적화의 검은 사흘 전에 이곳 군옥에 감금되면서 뺏겼기에 지금은 맨손이다.
현재 그는 자신에게 어떤 능력이 있으며 어느 정도의 실력을 지니고 있는지 제대로 모르고 있었다.
하지만 자신을 가로막는 자는 누구든지 부숴 버리겠다는 분명한 각오를 품고 있었다.
"멈춰라!"
예의 전문 양쪽을 지키는 십여 명의 군사 중 두 명이 창을 뻗으며 태무랑을 가로막았다.
슥―
태무랑이 창을 향해 오른손을 뻗었다.

척!

그의 손이 한 자루 창의 창날 바로 아래를 잡았다.

따딱!

"끅!"

"캑!"

다음 순간 창이 번뜩이는 듯하더니 창대가 그를 가로막은 두 명의 군사 어깨를 짧고 강하게 내려쳤다.

그들은 오른쪽 어깨를 감싸 잡으며 그대로 주저앉았다. 어깨가 박살 난 것이다.

"저놈!"

"막아라!"

나머지 칠팔 명의 군사가 놀라서 소리치며 태무랑의 뒤쪽으로 우르르 몰려들었다.

태무랑은 빙글 몸을 돌리면서 수중의 창대를 휘둘렀다.

쉬이익!

그의 손에서 펼쳐지고 있는 것은 개년 옥령이 가장 자랑하는 산화칠검이다. 다수를 상대할 때에는 제격이다.

검을 대신해서 창으로 전개했지만, 창은 추호도 보이지 않고 짧은 격타음과 비명 소리만 난무했다.

따따따따딱!

"크윽!"

"왁!"

칠팔 명의 군사는 한결같이 오른쪽 어깨를 강타당하고 와르르 무너졌다.

죽이고 싶은 마음이 굴뚝같았으나 이들도 알고 보면 태무랑과 같은 군사들이다. 동료인 것이다. 그는 살심을 참느라 어금니를 악물어야만 했다.

태무랑은 쓰러진 채 고통스러운 신음을 흘리는 군사들을 굽어보다가 그중 한 명의 허리춤에서 도 한 자루를 뽑아 들고 전문 안으로 걸어 들어갔다.

이제 그의 두 눈에서는 금광보다 혈광이 더욱 짙게 뿜어지고 있었다.

태무랑이 전문 안으로 서너 걸음 들어갔을 때 전문 밖의 비명 소리를 듣고 안쪽에서 수많은 군사들이 와르르 쏟아져 나왔다.

붉은 옷을 입고 검은 견폐(肩蔽:망토)를 두른 것으로 미루어 서북군중녕위소의 최정예를 뽐내는 저 유명한 홍위군(紅衛軍)이 분명하다.

홍위군은 삼백 명으로 이루어졌으며 서북군중녕위소의 최고 우두머리 위지휘의 명령을 집행하는 직속 기관이다.

태무랑이 일개 군사였던 시절에 죄를 지은 동료들이 홍위군에 의해서 끌려가는 광경을 몇 차례 본 적이 있었다. 그 동료들은 다시는 돌아오지 못했었다.

서북군 예하의 모든 군사들에게 홍위군은 경외와 두려움

의 대상이었다.

필경 어머니에게 태무랑의 군탈 소식을 전하고 전답과 집, 곡식을 몰수한 것도 이놈들 홍위군의 소행일 것이다.

"으드득! 죽인다!"

태무랑은 걸음을 멈추지 않고 성큼성큼 걸어 들어가며 이를 부드득 갈았다.

태무랑의 군탈과 전답 몰수를 결정한 것은 위지휘일 테고, 홍위군은 단지 그것을 집행했을 뿐이다.

하지만 개의 대가리와 손발은 한 몸이다. 개가 저지른 죄에 대한 벌은 개가 받는다.

그러므로 개의 몸뚱이에 붙은 것은 다 자른다. 그것이 태무랑의 응징이다.

태무랑은 오른손으로 도를 굳게 움켜잡으면서 속으로 십자섬광검의 초식을 생각하면서 계속 걸어 들어갔다.

도(刀)로 검법을 전개하는 것이 가능한지 어떨지에 대해서는 생각하고 싶지도 않다.

요리를 반드시 젓가락으로 먹어야 한다는 법은 없다. 부지깽이로 먹어도 배만 부르면 되지 않겠는가.

십자섬광검을 도로 전개해서 또 다른 변화가 생긴다면 그로써 족하다.

"웬 놈이냐?"

"멈춰라!"

서북군 중에서 가장 화려하고 멋진 복장을 자랑하는 홍위군들이 순식간에 태무랑을 포위하고 위압적으로 쩌렁쩌렁 호통을 쳤다.

 하지만 태무랑의 입에서 대답이 나올 리 없다. 대답을 한다면 곧 그의 손에 쥐어진 도가 하게 될 것이다.

 그때 문득 계속 성큼성큼 걸어 들어가고 있는 태무랑 전면을 가로막고 있는 홍위군들 뒤쪽 돌계단 위의 한 인물이 태무랑의 두 눈에서 뿜어지는 금혈광(金血光)을 발견하고 눈살을 찌푸렸다.

 그자는 홍위군의 우두머리인 홍위군장(紅衛軍長)이다. 그는 태무랑의 눈에서 뿜어지는 금혈광을 보고 뭔가 심상치 않음을 감지했다. 그럴 때의 결정은 한 가지뿐이다.

 "죽여라!"

 홍위군장의 입에서 우렁찬 명령이 떨어지자 기다렸다는 듯 포위하고 있던 홍위군들이 일제히 도와 창을 휘두르며 공격을 개시했다.

 쏴아아―!

 홍위군의 공격은 일사불란했다. 겹겹이 포위한 제일렬(第一列)이 도와 창을 베고 찔러오는 기세가 자못 거센 파도 같고 촘촘하게 짠 그물 같아서 빠져나갈 틈이라곤 없다. 언뜻 봐서는 그렇다는 것이다.

 슥―

태무랑이 걸음을 뚝 멈추면서 오른손의 도를 치켜들었다.
 자신을 향해서 마치 소나기처럼 쏟아지는 도와 창이 그의 눈에는 몹시 느리게 보였다.
 단유천과 옥령, 그리고 단금맹우들이 검초식으로 휘둘러 대던 목검에 비하면 이들의 공격은 그저 정지해 있는 것이나 다름이 없다.
 태무랑은 신비한 힘을 팽팽하게 주입시킨 도를 전방을 향해 오른쪽에서 왼쪽으로 비스듬히 그어갔다.
 키이잉!
 도가 괴이한 울음을 흘렸다. 그 소리가 태무랑의 귀에는 굶어 죽은 어머니와 남동생의 구슬픈 울음소리로 들렸다.
 그리고 도는 통곡의 춤을 춘다.
 파아악!
 도가 한 차례 번쩍 그어지면서 전면에서 맹렬히 공격해 오던 홍위군 세 명이 멈칫했다.
 가장 오른쪽의 홍위군은 머리가 비스듬히 통째로, 그 왼쪽의 홍위군은 목에서 어깨까지, 그다음은 어깨에서 옆구리까지 한꺼번에 잘려졌다.
 그 세 명의 몸이 미처 분리되기도 전에 태무랑은 슬쩍 방향을 바꿔 오른쪽으로 부딪쳐 갔다.
 스파아앗!
 키이잉!

지금 그의 도에서 펼쳐지는 것은 십자섬광검, 아니, 십자섬광도(十字閃光刀) 제일초식 비섬쾌다.

번개는 비가 올 때 하늘에서만 치는 것이 아니다. 골수까지 한이 맺힌 사내의 도에서도 뿜어진다.

파아악!

또다시 세 명의 홍위군이 한꺼번에 몸통이 잘려 그 자리에서 멈칫했다.

태무랑이 세 번째 먹잇감을 향해서 약간 오른쪽으로 몸을 틀며 재차 비섬쾌를 펼치고 있을 때에야 비로소 첫 번째 몸통이 잘렸던 세 명의 홍위군의 몸이 쩍 분리되면서 피가 확 뿜어졌다.

태무랑은 제자리에서 한두 걸음 혹은 반걸음씩 전후좌우로 움직이면서 도를 떨쳤다.

그가 휘두르는 도는 홍위군의 도와 창보다 최소한 스무 배 이상 빨랐다.

그 정도로 쾌속하면 홍위군들이 그 도를 피하거나 막을 방법은 전무하다.

키이잉!

굶어 죽은 어머니와 남동생이 계속 울고 있다. 배가 고프다고, 큰아들과 형이 너무도 그립다고 운다. 그리고 무덤 속에서 울고 있다.

그래서 태무랑은 도를 휘두르며 대답한다. 미안합니다. 용서하십시오, 어머니. 못난 아들은 이렇게밖에는 할 수가 없습니다. 현아, 이들을 죽일 테니 이들의 영혼을 할퀴고 찢어발겨라.

그러면 홍위군들은 끽소리도 지르지 못하고 앞다투어서 피를 뿌리며 거꾸러진다.

단지 세 호흡 정도가 흘렀을 뿐인데 태무랑은 이미 열다섯 명의 홍위군을 죽였다.

어느덧 홍위군들의 공격이 멈췄다. 그들 중에서 태무랑의 공격을 제대로 본 자는 아무도 없었다.

그저 앞선 동료들이 몸통이 잘라지면서 피를 뿌리며 쓰러지자 경악해서 부지중에 공격을 멈췄을 뿐이다.

키아앙!

홍위군들이 공격을 해오든 멈추든 한 번 시작된 태무랑의 공격은 멈추지 않았다.

그는 무인지경인 양 홍위군들에게 정면으로 부딪쳐 가면서 도를 휘둘렀다.

파아아악—!

파파아아—!

번쩍! 번쩍! 번갯불이 종횡으로 그어지면서 홍위군들의 몸이 마구 잘라졌다.

태무랑은 가만히 서 있는 허수아비들 사이를 이리저리 누비면서 마구 자르는 듯했다.

홍위군들이 세 번째 반응을 보였다. 주춤주춤 물러나기 시작했다. 비로소 공포를 느끼기 시작한 것이다.

시뻘건 피를 흠뻑 뒤집어쓴 태무랑의 모습은 악귀, 아니, 아수라(阿修羅)에 다름 아니다.

머리에서 발끝까지 온통 피범벅이고 휘두르는 도마저도 피에 적셔진 소름 끼치는 모습이다.

홍위군들은 착각에 빠진 듯했다. 죄를 지은 자신들이 한꺼번에 지옥에 떨어져서 아수라에게 응징을 당하고 있다는 착각이다.

돌계단 위에 서 있는 홍위군장은 넋이 달아난 얼굴이다. 눈은 커다랗게 떠졌고, 입은 주먹이 통째로 들어갈 만큼 쩍 벌어져 있다.

곤히 잠을 자다가 머리에 쇠망치를 호되게 얻어맞아도 지금 그가 느끼고 있는 충격보다는 덜할 것이다.

공격 명령을 내리고 불과 여섯 호흡쯤 지났을 뿐인데 장내는 아비규환으로 돌변했다.

수하들은 멍청이 서 있거나 주춤거리며 물러나고 있고, 아수라 하나가 번갯불을 번쩍번쩍 이리저리 그어대며 수하들의 몸통을 마구 자르고 있다.

"으으으……"

태무랑이 사십여 명의 홍위군을 죽였을 즈음에 홍위군장은 비로소 후드득 몸을 떨며 신음을 토해냈다.

"물러나지 마라! 일제히 공격하라! 놈은 혼자다! 죽여라! 물러서면 용서하지 않겠다!"

공포 뒤에 찾아오는 것은 절규다. 그는 주먹을 흔들며 고래 고래 악을 썼다.

태무랑은 쉬지 않고 도를 휘두르면서 하얀 이빨을 드러내고 악마처럼 웃었다.

"크크크… 그래야지. 한 놈도 남기지 않고 죽일 작정인데 일일이 찾아다니면서 죽이게 만들지 말고 어서 덤벼라."

어느덧 그의 도에서는 산화칠검이 전개되고 있었다. 옥령개 같은 년의 검법이다.

이놈들도 개놈이고, 그년도 개년이다. 세상천지에 온통 개 같은 것들뿐이다.

다수의 적을 상대로 싸울 때, 아니, 도륙할 때에는 산화칠검이 더 효과적이라는 사실을 태무랑은 방금 깨달았다.

그의 도는 더 이상 번갯불을 만들지 않고 꽃을 만들어내고 있었다.

도가 만들어내는 꽃 도화(刀花)가 허공에서 부챗살처럼 펼쳐지며 뿜어져 홍위군들의 얼굴과 목과 심장에 쑤셔 박히면서 피의 꽃 혈화(血花)를 뿜어낸다.

돌계단 위에서는 홍위군장이 바락바락 악을 쓰면서 공격하라고 명령을 내리고 있다.

한차례 파도 같은 공포가 휩쓸고 지난 후 홍위군들은 전의를 가다듬고 맹공격을 퍼붓기 시작했다.

피와 죽음이라는 것은 사람을 극도로 흥분시키는 법이다. 그것은 피아를 가리지 않는다.

태무랑이 원한과 복수에 미쳐서 날뛰면, 홍위군들은 분노와 생존을 위해서 발버둥을 친다.

이곳은 서북군중녕위소의 군청(軍廳)이 아니라 점점 지옥으로 변해가고 있는 피의 살육장이다.

반 시진에 걸쳐서 홍위군 백여 명을 주살한 태무랑에겐 한 가지가 변화가 있었다.

백여 명을 죽이는 동안 십자섬광검과 산화칠검, 무극칠절검을 학습하여 점점 실력이 나아지고 있다는 사실이다.

그는 실전에서 지금처럼 많은 자를 이토록 짧은 시간에 죽이기는 처음이다.

그는 단금맹우 일곱 명의 무공도 알고 있으나 위의 세 가지 검법에 비해 현저히 처지는 수준이라서 구태여 익힐 필요가 없다고 생각했다.

처음 그가 펼치는 검법들은 많이 어설픈데다 제대로 이어지지 않고 뚝뚝 끊어졌으나 지금은 단유천과 옥령이 봐도 감탄을 할 정도로 깔끔해졌다.

"내청(內廳) 안으로 물러나라!"

그때 홍위군장이 뒷걸음치면서 다급하게 명령하자 홍위군

들이 썰물처럼 돌계단 쪽으로 물러났다.

태무랑은 상대하고 있던 세 명의 홍위군 목을 잘라 허공에 날려 보내고는 돌계단 쪽을 쳐다보았다.

쿵!

돌계단 위에는 내청이 자리 잡고 있는데 방금 그 문이 육중하게 닫혔다.

태무랑은 서두르지 않고 그 자리에 서서 천천히 주위를 둘러보았다.

넓은 마당에는 홍위군 백여 명의 시체가 발 디딜 틈 없이 깔려 있었다.

단 한 구의 시체도 온전한 것이라곤 찾아볼 수 없었다. 모두 머리통이나 목이 잘라지거나 아니면 몸뚱이, 팔다리가 통째로 잘린 시체들뿐이다.

원래 십자섬광검이나 산화칠검, 무극칠절검은 상대의 급소를 노리는 검법이다.

그리고 태무랑은 충분히 느려터진 홍위군들의 급소만을 찌르거나 벨 능력이 있었다.

하지만 일부러 그렇게 하진 않았다. 머리통이나 목, 몸뚱이를 통째로 잘라서 뇌수와 내장, 피를 콸콸 쏟게 만들어야지만 이 들끓는 원한이 한 움큼이나마 가라앉을 것 같은 기분이 들었다.

문득 그는 힐끗 뒤돌아보았다. 거리 쪽 전문이 활짝 열려 있으며, 전문 밖을 지키고 있던 십여 명의 군사는 한 명도 보이지 않았다.

어깨가 박살 난 그들은 전문 안에서 벌어지는 치 떨리는 살육을 보고는 어느새 달아나 버린 것이다.

그리고 거리 건너편 두 군데 골목 어귀에 몇몇 사람들이 숨어서 이쪽을 쳐다보고 있었는데 모두들 공포에 질리고 경악하는 표정들이다.

쿵!

태무랑은 천천히 걸어가서 전문을 굳게 닫았다.

이제는 이 안에서 무슨 일이 벌어지는지 밖에서는 보지 못할 것이다.

그는 자신이 쥐고 있는 도를 들어서 살펴보았다. 피에 흠뻑 적셔진 도는 홍위군들의 무기와 한 차례도 부딪치지 않았으나 무수히 뼈와 살을 쪼개고 자르느라 칼날이 많이 무뎌져 있었다.

그는 도를 버리고 바닥에서 새 도를 하나 주워 들고 내청을 향해 성큼성큼 걸어갔다.

저벅저벅.

굳게 닫혀 있는 내청의 두꺼운 문을 어떻게 열 것인가에 대해서는 생각하지 않았다.

그는 문으로 곧장 걸어가던 동작 그대로 왼쪽 어깨로 문을 힘껏 부딪쳤다.

우지직!

순간 그의 몸과 함께 전문 복판이 쪼개지면서 안쪽으로 밀려들어 갔다.

"……!"

그 순간 그는 넓은 내청 맞은편에 오십여 명의 홍위군이 자신을 향해서 활시위를 팽팽하게 당기고 있는 광경을 발견하고 움찔했다.

화살을 쏠 것이라는 사실은 예상하지 못했으므로 거기에 대한 대비가 있을 리 없다.

타아앙!

그때 내청 대전 안을 떨어 울리는 음향과 함께 일제히 화살이 발사됐다.

그 순간 태무랑은 자신의 바로 앞에서 부서져 흩어지고 있는 문의 조각 하나를 잡았다. 마침 문고리가 있었으므로 잡기가 수월했다.

타앗!

이어서 부서진 문짝으로 앞을 가리고 발끝으로 힘껏 바닥을 박차면서 전방을 향해 질주했다.

타타타타탁!

문짝에 화살이 꽂히는 소리가 콩을 볶는 듯 요란했다.

태무랑은 오 장 거리의 대전을 단숨에 가로질러 화살을 쏜 홍위군들 코앞까지 쇄도했다.

그들이 두 번째 화살을 발사하기 전에 그들을 향해 문짝을 집어 던지면서 몸을 날렸다.

그가 지상에서 반 장 높이 허공으로 쏘아오는 것을 발견한 홍위군들은 다급히 활을 내던지고 도검을 집어들었다.

그러나 그들이 미처 자세를 잡기도 전에 태무랑의 도가 번뜩이며 허공을 갈랐다.

쐐애액!

바깥에 이어 내청에서의 두 번째 싸움, 아니, 살육이 시작되었다.

파파파팍!

홍위군들의 머리통이 쪼개지고, 목이 날아가고, 몸뚱이가 퍽퍽 절단되면서 피가 뿜어졌다.

"도망치지 마라! 끝까지 싸워라!"

그때 홍위군장의 다급한 외침이 터졌다.

도저히 태무랑의 상대가 되지 못한다고 판단한 홍위군들이 대전 복도나 낭하로 뿔뿔이 흩어져서 도망치기 시작하자 홍위군장이 악을 써대고 있었다.

"도망치는 놈들은 군율로 엄벌하겠다! 아니, 내 손으로 죽이겠다!"

"너는 내 손에 죽어라!"

태무랑이 쩌렁하게 호통을 치면서 달려오자 홍위군장은 깜짝 놀라더니 복도 쪽으로 구르듯이 도망쳤다. 수하들에게 도망치면 죽이겠다고 악을 쓰던 자가 수하들보다 더 빨리 도망치고 있었다.

전력으로 달리던 태무랑은 그때 한 가지 사실을 깨달았다.

자신의 달리는 속도가 무척 빠르다는 사실이다. 홍위군장이 죽을힘을 다해서 달리는 것보다 최소한 대여섯 배 이상 빠른 것 같았다.

그는 두 다리가 보이지 않을 정도로 죽을힘을 다해서 도망치는 홍위군장 옆에 나란히 달리면서 흰 이를 드러내며 잔인하게 웃었다.

"크흐흐……. 너는 전장에서 싸워본 적이 있느냐?"

"허억!"

"너 따위가 어찌 전장에서의 고통을 알겠느냐?"

"으으으……."

쉬익!

팍!

태무랑의 도가 홍위군장의 머리에서 사타구니까지 정확하게 일도양단했다.

몸통이 둘로 쪼개진 홍위군장은 달리던 속도 때문에 허공중에서 나뉘어져 피와 내장이 뿌려졌다.

태무랑이 멈춰서 둘러보자 대전 안에는 홍위군이 단 한 명도 보이지 않았다. 모조리 도망친 것이다.

그는 힐끗 계단을 쳐다보고는 즉시 그곳으로 달려갔다.

나흘 전 바로 이곳에서 위지휘는 태무랑에게 군탈이라는 죄명을 뒤집어씌웠었다.

그리고 나서 위지휘는 '숙고 후 결정'이라는 말을 남기고는 계단 위로 올라갔었다. 그러니 저 계단 위에 위지휘가 있을 것이다.

이층 어느 방문 앞에 다섯 명의 군사가 서 있었다. 그들은 홍위군보다 더 화려한 복장을 하고 있었다.

그래서 태무랑은 그들이 위지휘의 호위군사(護衛軍士)일 것이라고 판단했다. 그렇다면 저 방문 안쪽에 위지휘가 있을 것이다.

계단 위로 올라선 태무랑이 망설임없이 달려오자 호위군사들은 주춤거리며 뒤로 물러섰다.

그들은 조금 전에 바깥에서 태무랑이 어떻게 홍위군들을 도륙했는지를 창을 통해서 똑똑히 봤기 때문에 극도로 겁을 먹고 있었다.

그래도 위지휘를 호위해야 한다는 책임감으로 자리를 지키고 있었는데 막상 태무랑을 코앞에서 보게 되자 더 이상 책임감이고 나발이고 살아야겠다는 생각이 앞섰다.

태무랑은 도망치는 호위군사들을 뒤쫓지 않고 굳게 닫혀 있는 방문을 걷어찼다.

우지끈!

방문이 지푸라기처럼 쪼개져서 날아가자 태무랑은 안으로 성큼 들어섰다.
　그런데 넓고 화려한 집무실 안은 텅 비어 있었다. 어디에도 위지휘의 모습은 보이지 않았다.
　가볍게 눈살을 찌푸린 채 천천히 실내를 둘러보던 태무랑의 귀에 가느다란 숨소리가 똑똑하게 들렸다. 숨소리는 커다란 당궤(唐机:책상) 아래에서 들렸다.
　쉬익!
　쩌억!
　가볍게 휘두른 일도에 당궤가 정확하게 절반이 쪼개져서 좌우로 나뒹굴었다.
　그리고 그곳에 잔뜩 몸을 웅크린 채 엎드려 있는 화려한 복장의 위지휘의 모습이 드러났다.
　태무랑은 뚝뚝 핏물이 떨어지는 도를 비스듬히 바닥으로 향한 채 우뚝 서서 그를 불렀다.
　"위지휘."
　"으으으……."
　위지휘는 화들짝 놀라더니 부들부들 떨면서 간신히 일어섰다. 그런데 그의 아랫도리가 축축해지면서 바지 자락 사이로 누런 물이 흘러내렸다. 공포에 질린 나머지 오줌을 싸버린 것이다.
　태무랑의 얼굴이 보기 싫게 일그러졌다. 저런 자가 무려 오천육백 명의 군사들 생살여탈권을 쥐고 있는 위지휘라니 가증스럽기 짝이 없었다.

그는 이를 드러내고 두 눈에서는 금혈광을 뿌리면서 맹수처럼 으르렁거렸다.

"못난 놈아, 전장에서는 아무리 하급 군졸이라고 해도 너처럼 떨지 않는다."

"사, 살려주십시오… 제발……."

"위지휘, 내가 군탈이냐?"

태무랑의 물음에 위지휘는 이리저리 흔들리는 눈으로 태무랑을 쳐다보았다.

"으으… 누… 구십니까……?"

머리에서 발끝까지 피를 뒤집어쓴 태무랑을 그가 어떻게 알아보겠는가.

"흑풍창기병 태무랑이다. 내가 군탈이냐?"

"아, 아닙니다. 절대 아닙니다……. 제가 잘못했습니다. 제발……."

태무랑의 얼굴이 사납게 변했다.

이처럼 못난 자가 가족의 전답과 집, 곡식을 몰수해서 어머니와 남동생을 굶어 죽게 만들었다는 사실이 참으로 견딜 수가 없었다.

"너는 살 자격이 없다."

패애액!

이를 부드득 간 태무랑의 도가 위지휘를 향해 번갯불처럼 뿜어졌다.
파아악!
위지휘는 한꺼번에 목이 잘리고 팔다리가 잘라졌으나 조금도 고통을 느끼지 못했다.
위지휘의 수급은 바닥에 떨어져서 데구루루 구르더니 멈추었다. 그리고는 눈을 껌뻑거리면서 입을 더듬거렸다.
"끄으으……."
무슨 말인가 하려는 모양인데 말이 돼서 나오지는 않았다. 그는 자신이 죽었다는 사실을 여전히 모르고 있었다.

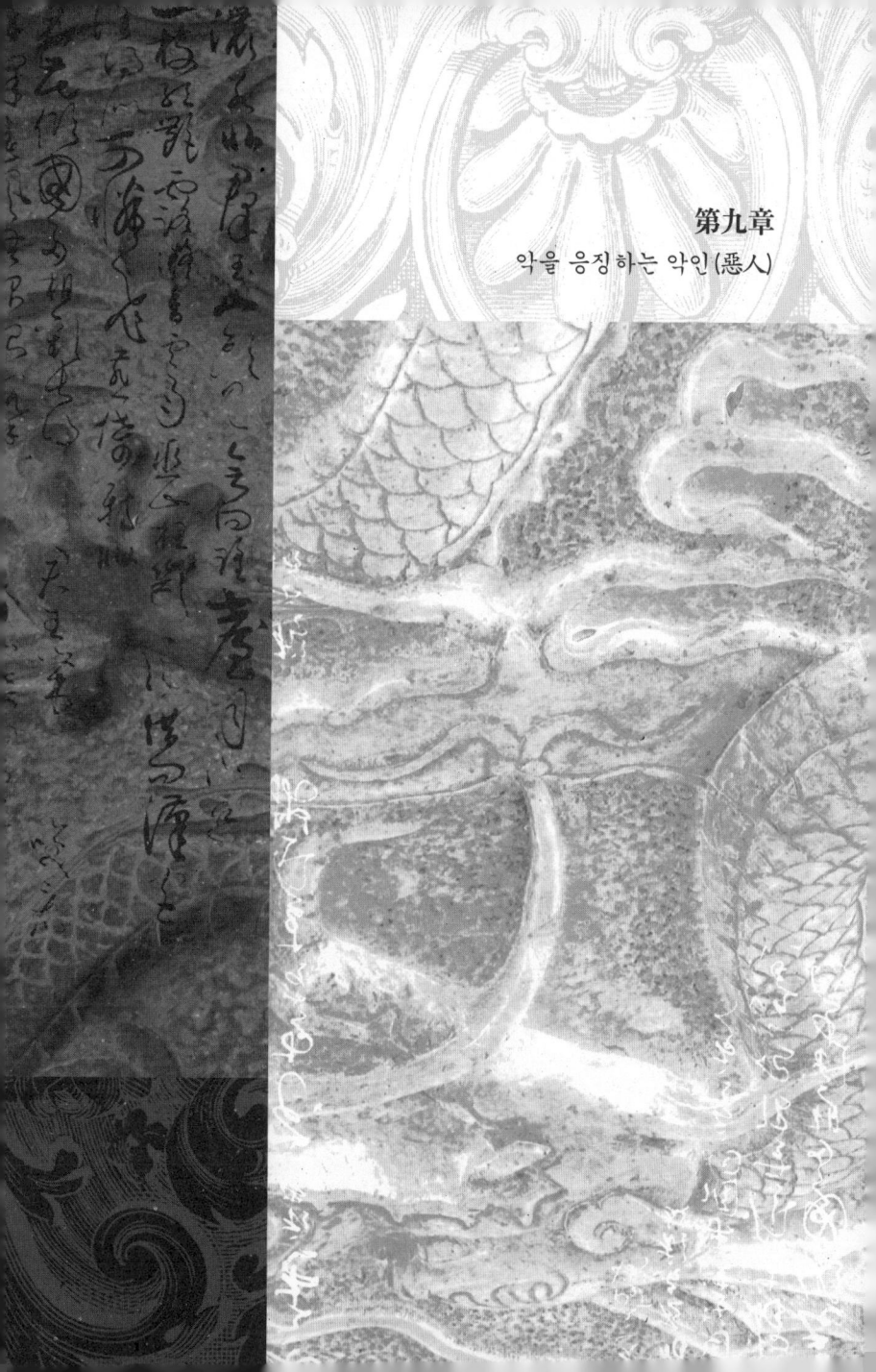

第九章

악을 응징하는 악인(惡人)

 태무랑은 감숙성의 중부 지역과 남쪽 지역 여섯 개 현을 두루 거쳤다가 지금은 장무현(長武縣)으로 가는 길이다.
 그가 여섯 개 현을 돌아다닌 이유는 오직 하나 누이동생을 찾기 위해서다.
 누이동생 태화연을 찾으려면 그녀를 데려갔다는 소금장수를 찾아야 하는데, 그의 행적을 좇아서 여섯 개 현을 돌아다녔던 것이다.
 태무랑이 소금장수에 대해서 알고 있는 것은 극히 적다.
 소금장수의 이름도 모른다. 단지 사람들이 그를 갈염부(葛鹽夫)라고 부른다는 것과 누런색의 양구(羊裘:양가죽 옷)를 입었다는 것, 그리고 한 필의 노새가 끄는 수레를 끌고 다닌다는 사실 정도만 알고 있을 뿐이다.

태무랑은 단유천과 옥령을 찾아가서 복수하는 것을 목적으로 정했으나, 그보다는 하나뿐인 혈육인 누이동생을 찾는 것이 우선이었다.

누이동생이 어딘가에 살아 있다는 사실을 알고 있으면서도 그녀를 내버려 두고 단유천과 옥령을 찾아 나선다면 아무 일도 손에 잡히지 않을 것이 분명하다.

그가 지금 장무현으로 가고 있는 이유는, 소금장수 갈염부가 나흘 전에 숭신현(崇信縣)에 왔다가 장무현으로 가는 것을 봤다는 사람을 만났기 때문이다.

갈염부가 누이동생 태화연을 데리고 간 것은 이미 여덟 달 전의 일이다.

그러므로 그는 아직까지도 태화연을 데리고 다니지는 않을 것이다.

하지만 그가 태화연을 어떻게 했는지에 대해서는 상상조차 되지 않는다. 이런 일을 당해본 적이 없기 때문이다. 별별 생각을 다 해보지만 좋은 결말은 하나도 없고 가슴만 답답해지기 일쑤다.

지금 태무랑은 나름대로 최대한 변장을 했다. 민가의 빨랫줄에 걸려 있는 허름한 옷 한 벌을 훔쳐서 입었으며, 낡은 방갓까지 깊숙이 눌러쓰고 있다. 그리고 도는 헝겊으로 싸서 어깨에 묶은 모습이다.

 평생 남의 것을 훔쳐 본 적이 없는 그는 옷 한 벌과 방갓 하나를 훔치고서 몹시 가책을 느꼈었다. 하지만 피치 못해 훔칠 수밖에 없었다.

 서북군중녕위소를 피로 씻고 위지휘를 죽였기 때문에 감숙성 곳곳에 그를 잡으라는 포고령(布告令)이 파다하게 내려진 상태였다.

 그가 위지휘를 죽인 지 오늘로써 열흘째다. 그가 거친 여섯 개 현에는 곳곳에 그의 용모와 이름 등, 신상 명세가 상세히 적힌 괘방(掛榜)이 붙어 있었다.

 현상금은 은자 삼십 냥이다. 그의 목숨 가치가 은자 삼십 냥인 것이다.

 그의 변장이 잘된 것인지 아니면 운이 좋았는지 지난 열흘 동안은 아무도 그를 알아본 사람이 없었다.

 그가 지금 걷고 있는 관도에는 제법 많은 사람들이 오가고 있었다.

 감숙성 동부 지역에서 섬서성의 관문인 장무현으로 가는 유일한 통로이기 때문이다.

 태무랑이 마지막으로 갈염부의 소식을 들었던 숭신현에서 이곳까지는 칠십여 리의 거리다.

 노새 한 마리가 소금을 가득 실은 무거운 수레를 끌고 하루 동안 갈 수 있는 거리를 대략 삼십여 리라고 했을 때, 나흘 전에 숭신현을 떠났으면 대략 백이십여 리를 갔을 것이라는 계산이 나온다.

그렇다면 갈염부는 지금쯤 장무현에 도착해서 소금을 팔고 있을 것이다.

마음이 급한 태무랑의 발걸음은 거의 뛰다시피 하고 있었다.

그러나 관도에 오가는 사람이 많아서 달리는 것이 쉽지가 않다.

더구나 전력으로 달리면 사람들 눈에 띄기 때문에 그것도 여의치가 않은 상황이다.

다음날 축시(丑時:새벽 2시) 무렵에 태무랑은 장무현에 도착했다.

장무현은 그가 거쳐 온 여섯 개 현하고는 비교할 수 없을 정도로 크고 번화했다.

태무랑과 가족은 중녕현 인근을 벗어나 본 적이 한 번도 없었다.

아버지가 살아 계실 때까지 그의 가족이 살았던 곳은 중녕현에서 남쪽으로 백여 리 거리의 해원현(海原縣) 남쪽의 마만산(馬萬山) 자락에 위치한 홍계촌(洪溪村)이라는 곳이었다.

그곳에서 화전을 일구며 약초도 캐서 해원현에 내다 팔며 근근이 일가족이 살아오다가 아버지가 돌연 병으로 돌아가시고 생계가 막막해지자 장남인 태무랑이 살길을 찾아 수소문 끝에 자원해서 군사가 됐던 것이다.

그러니 그와 가족은 해원현과 중녕현 백여 리 일대를 벗어나 본 적이 없는 것이다.

단지 군사가 된 태무랑만이 북쪽 만리장성 너머 산악 지대나 사막을 누벼봤을 뿐이다.

이른 시각이라서 장무현은 깊은 어둠에 잠겨 있었고, 거리는 텅 비어 아무도 다니지 않았다.

그러나 태무랑은 쉬지 않고 현 내를 이리저리 돌아다니면서 살펴보기를 게을리하지 않았다.

갈염부는 어딘가 집 안에서 자고 있더라도, 노새까지 방으로 데리고 들어가지는 않았을 것이라는 생각에서다. 그는 지금 노새나 소금을 실은 수레를 찾고 있는 것이다.

어쩌면 날이 밝아져서 거리에 사람들이 넘쳐 날 때보다 지금이 더 찾기 쉬울지도 모른다는 생각이 들었다.

그러나 태무랑은 장무현에 들어오고 나서 한 시진 동안 돌아다녔으나 노새는커녕 그 비슷한 것도 찾지 못했다.

꾸르륵.

그의 배에서는 계속 천둥소리가 나고 있었다. 그는 지금 허기가 극에 달해 있는 상태다.

지난 열흘 동안, 아니, 장강에서 그물에 걸린 그를 구해준 장 노인 집에서 밥다운 밥을 먹어본 이후 이삼 일에 한 끼 정도 얻어먹으면서 중녕현까지 왔었다.

서북군중녕위소를 피로 물들인 후에도 갈염부의 행적을 쫓아 남하하면서 동냥하듯 밥을 얻어먹었다. 어떤 곳에서는 장작을 패주기도 하고 허드렛일을 해주고 한 끼 밥을 얻어먹기도 했다.

그는 음식을 사 먹거나 객잔에서 편안하게 쉴 수 있는 돈이 없다. 돈이 없으면 먹지도 쉬지도 못한다. 그것이 현실이다.

그렇다고 그는 도둑질이나 강도짓을 할 생각은 눈곱만큼도 해본 적이 없다.

서북군중녕위소를 피로 물들이고 나서 위지휘의 방을 뒤져서 돈을 갖고 오는 방법도 있었으나, 태무랑은 그런 것은 추호도 생각하지 못했었다. 도둑질이기 때문이다. 그러나 지금은 그것이 조금 후회스럽다는 생각이 들었다.

지금 그는 피골상접한 몰골이다. 퀭하게 들어간 눈과 움푹 꺼진 양 뺨, 얼굴에 가죽만 씌워놓은 듯했다.

그나마 군사 시절에 잘 다져진 근육이 몸에 붙어 있는 탓에 아직도 버티고 있는 것이다.

저벅저벅.

달빛조차 흐릿한 어두운 밤길을 그는 주위를 두리번거리면서 흐느적흐느적 걸어가고 있었다.

"……!"

그때 문득 그는 등 뒤에서 무언가 흐릿한 기척을 느꼈다.

힐끗 뒤돌아보니 저만치 오륙 장 거리에서 누군가 검은 인영 하나가 따라오고 있었다.

그는 검은 인영이 자신하고는 전혀 무관한 사람일 것이라고 생각했다.

지금이 이른 새벽이라고 해도 이 길을 꼭 태무랑만 다니라는 법이 없기 때문이다.

그래서 그는 다시 앞을 보면서 걷다가 뚝 걸음을 멈추었다.

언제 나타났는지 앞쪽에서 두 명의 검은 인영이 마주 걸어오고 있는 것이 보였다.

태무랑이 뒤돌아보는 사이에 나타난 것이 분명했다.

순간 그는 앞쪽의 두 명과 뒤쪽의 한 명이 한패거리이며 자신에게 볼일이 있는 자들이라는 직감이 들었다.

'현상금을 노리는 자들이다.'

그에게 볼일이 있다면 그것뿐이다. 이들은 은자 삼십 냥 때문에 그의 목을 노리는 것이 분명하다.

힐끗 다시 뒤돌아보니 뒤쪽 오륙 장에서 따라오던 자가 어느새 삼 장까지 전력으로 달려오고 있었다.

그렇다면 다시 앞쪽을 확인할 필요도 없다. 앞쪽의 두 명도 이 순간에 덮쳐 오고 있을 것이기 때문이다.

태무랑은 더 생각할 것도 없이 즉시 어깨에 묶은 헝겊으로 싼 도를 풀었다.

차창!

아니, 미처 다 풀기도 전에 앞뒤에서 무기를 뽑는 소리가 새벽의 찬 공기를 뒤흔들었다.

쉬이익!

휘잉!

세 자루 무기가 날카롭게 밤공기를 가르며 태무랑의 온몸으로 쏟아졌다.

도에서 헝겊을 다 풀지 못한 태무랑은 대충 도파를 잡고 상체를 뒤틀면서 재빨리 앞뒤를 쳐다보았다.

새파랗게 번뜩이는 세 자루 대감도(大坎刀)의 칼날이 그의 머리와 목, 옆구리를 노리며 파고들고 있었다.

그러나 그는 피하지 않았다. 피하는 것은 이미 늦었으므로 오히려 빠른 반격으로 대신할 생각이다.

그의 손에 쥐어진 헝겊이 반쯤 풀린 도가 찰나지간에 번쩍 번쩍, 십자섬광검을 펼쳤다.

퍽! 퍽!

"끅!"

"캑!"

그의 도가 뒤쪽에서 공격하던 자의 정수리를 쪼개고 재차 흐르듯이 앞쪽의 다른 한 명의 얼굴을 옆으로 잘랐다.

꺼겅!

그러나 세 번째 인물의 대감도와 그의 도가 강하게 부딪치면서 그의 도가 절반으로 부러져 나갔다.

세 번째 인물이 놀라는 얼굴로 주춤, 한 걸음 물러날 때 태무랑은 그자를 바짝 따라붙으며 부러진 도를 목 한복판에 깊이 쑤셔 박았다.

푹!

"끄윽!"

태무랑은 눈 한 번 깜빡이는 동안에 현상금을 노리는 승냥이 세 마리를 저승으로 보내 버렸다.

이들 세 명은 현상금에 눈이 멀어서 실수를 범했다. 현상범 태무랑이 서북군중녕위소를 어떻게 만들었다는 사실을 과소평가한 것이다.

그리고 그 대가는 죽음으로 치렀다. 은자 삼십 냥에 세 명의 목숨이 날아갔다.

무표정하게 우두커니 선 태무랑은 죽어 있는 세 명의 장한을 쓸어보았다. 전혀 안면이 없는 얼굴들이다.

그는 부러진 도를 버리고 죽은 자의 대감도 하나를 집어들다가 멈칫했다.

그들 중에 한 명이 등에 바랑을 메고 있는 것이 눈에 띄었기 때문이다.

잠시 망설이는 듯하던 그는 한순간 재빨리 죽은 자들의 품속을 뒤지기 시작했다.

도둑질과 강도짓은 못하지만, 그를 죽이려고 했던 자들의 돈을 챙기는 것은 괜찮을 것이라는 생각이 들었다. 일종의 보상 심리가 작용한 탓이리라.

잠시 후에 태무랑의 손에는 구리돈 삼십 냥 정도가 쥐어져 있었다.

그리고 한 놈이 메고 있던 작은 바랑에서 약간의 건육과 곡식을 볶아서 빻은 가루를 담은 주머니를 찾아냈다.

"끄으윽… 끅……."

세 놈을 죽인 곳으로부터 삼백 장 이상 떨어진 어느 어두운 골목 안에 웅크려 앉은 태무랑은 건육과 곡식 가루를 허겁지겁 입속에 쑤셔 넣다가 목이 메어서 캑캑거렸다.

목이 메든 말든 무엇인가가 목구멍으로 넘어가니까 살 것 같았다.

담벼락 아래 웅크리고 앉은 그는 주먹으로 가슴을 쿵쿵 두드리며 눈을 부릅뜨고 입안의 것을 꾸역꾸역 삼키려고 용을 썼다.

푸르르.

그때 골목 안쪽에서 무슨 소리가 들렸다. 움찔 놀란 그는 씹는 것을 멈추고 조심스럽게 일어나 담에 붙어 천천히 다가가 보았다.

그리고 그곳 말뚝에 묶여 있는 어떤 짐승 한 마리를 발견하고 눈을 크게 떴다.

'노새!'

노새는 집 앞의 말뚝에 묶여 있고, 그 옆에는 빈 수레가 놓여 있었다.

태무랑은 수레를 자세히 살펴보았다. 수레 바닥 곳곳에 소금이 깔려 있었다.

손으로 만져 보니 버적버적했고, 손을 입으로 가져가서 혀에 대보니까 짜다.

소금이 분명하다. 그가 찾고 있는 노새가 끄는 소금수레가 거의 확실한 것 같았다.

소금은 귀하기 때문에 소금장수는 그리 흔하지 않다. 잘못 짚었을 수도 있으나 제대로 짚었을 확률이 더 크다.

심장이 두근두근 큰 소리를 내며 요동치기 시작했다.

그는 입안에 남아 있는 곡식 빻은 가루를 침을 섞어 마저 다 삼키고 쥐고 있던 구리돈과 건육을 품속에 잘 갈무리한 후 담 아래로 갔다.

담은 일 장 이상이라서 그의 키보다 절반 정도 더 높았다.

심호흡을 한 차례한 그는 발끝으로 힘껏 땅을 박차고 위로 솟구쳐 올랐다.

탁!

그것만으로 그의 몸이 담보다 더 높이 솟구쳐 오르는 바람에 그는 재빨리 손을 뻗어 담 꼭대기를 붙잡고 담 위로 가볍게 내려섰다. 이런 것은 지옥에서 나오기 전에는 없었던 능력이다.

 담 안쪽을 굽어보자 마당 한쪽에 뭔가 수북하게 쌓여 있고 그 위에 덮개가 덮여서 튼튼한 밧줄로 꽁꽁 묶여 있었다.

 소금인 듯했다. 그리고 마당 건너편에는 단층의 집이 가로와 세로로 붙어 있었다.

 이곳이 소금장수 갈염부의 집인지 아닌지는 모를 일이다. 하지만 그가 이곳에 있는 것은 분명한 듯했다.

 태무랑은 담에서 훌쩍 뛰어내렸다.

 삭!

 발끝에 힘을 줘서 뛰어내리자 마치 밤 고양이처럼 아무런 소리도 나지 않았다.

 휘익!

 그는 즉시 마당을 가로질러 집의 낭하로 뛰어올랐다.

 방이 여러 개 죽 이어서 붙어 있었으나 그는 망설이지 않고 오른쪽 맨 끝에 있는 방으로 기척없이 다가갔다. 오직 그 방에서만 사람의 기척, 즉 가볍게 코 고는 소리가 흘러나왔기 때문이다.

 문고리를 잡고 잡아당기자 문이 벌컥 열렸다. 그는 거침없이 안으로 들어가 다시 문을 닫았다.

 실내는 칠흑처럼 어두웠으나 그의 눈에는 대낮처럼 환하게 보였다.

 실내 왼쪽 벽면에 하나의 침상이 놓여 있고 그곳에 한 쌍의 남녀가 벌거벗은 모습으로 서로 뒤엉켜서 자고 있는 모습이 보였다.

사내는 삼십대 중반에 작달막한 체구인데 넙데데한 얼굴에 짧고 검은 수염을 길렀으며 개구리 같은 몸집이다.

사내는 여자의 투실투실한 젖가슴에 얼굴을 묻은 채 세상 모르고 잠에 취해 있었다.

여자는 헝클어진 머리카락을 한 이십대 후반이며 약간 퉁퉁한 몸집인데, 팔로 사내를 끌어안고 한쪽 발을 그의 몸 위에 얹은 채 입을 반쯤 벌린 채 자고 있었다.

이들 남녀는 지난밤에 한바탕 흐벅진 정사를 벌인 후에 그냥 잠이 든 모양이었다.

"……."

사내는 자신의 목에 쇠붙이의 차가운 감촉을 느끼고 부스스 눈을 떴다.

그는 눈을 껌뻑거리면서 눈동자만을 굴려 두리번거리다가 하나의 시커먼 물체가 침상 위에 우뚝 서 있는 것을 발견하고 소스라치게 놀라 상체를 벌떡 일으키며 놀란 외침을 터뜨렸다.

"허억!"

그러나 그의 상체를 일으키려는 시도는 무위로 그치고 말았다. 그의 목 왼쪽에 닿아 있던 쇠붙이, 즉 도의 날카로운 도첨에 목이 찔렸기 때문이다. 그의 찔린 목에서 피가 주르르

악을 응징하는 악인(惡人) 221

흘렸다.
 그 바람에 여자도 부스스 깼다가 역시 같은 물체를 발견하고 눈을 휘둥그렇게 뜨며 소리를 지르려고 했다.
 콱!
 "끅……."
 그러나 시커먼 물체, 즉 태무랑이 왼발을 뻗어 여자의 목을 가볍게 짓눌렀다.
 여자는 공포에 질린 표정으로 버둥거렸으나 만 근 바위에 눌린 듯이 꼼짝도 하지 못했다. 그녀가 몸부림치자 투실투실한 젖가슴이 마구 요동쳤다.
 태무랑은 그 상태로 잠시 묵묵히 있었다. 이들이 잠에서 완전히 깨어나서 지금이 어떤 상황인지 깨닫기를 기다리는 것이다. 진짜 공포를 알아야지만 일이 수월할 것이다.
 "으으… 도, 돈이라면… 저기… 전대에 있습니다……. 제발… 목숨만은……."
 사내는 옆눈으로 태무랑을 보려고 애쓰면서 살찐 몸을 푸들푸들 떨었다.
 "끄으… 끅……."
 목을 세게 눌렀는지 여자가 파득거리면서 얼굴이 하얗게 변해가자 태무랑은 발을 거두어들였다.
 여자는 경련을 일으켰다가 길게 숨을 내쉬고, 그다음에는 격렬하게 기침을 하더니 점차 안정을 되찾았다.

"누, 누구……."

슥—

겨우 정신을 차린 여자가 공포에 질린 얼굴로 흘낏거리면서 입을 떼자 태무랑이 슬쩍 왼발을 들었다.

"아……."

순간 여자는 자지러질 듯이 놀라 두 손으로 자신의 목을 감싸며 벌거벗은 몸을 움츠렸다.

태무랑은 사내의 목에 도를 겨눈 채 여자를 굽어보았다.

"이자의 이름이 무엇이냐?"

여자는 태무랑과 사내를 번갈아 쳐다보다가 기어드는 목소리로 겨우 입술을 뗐다.

"곽… 구(郭邱)……."

"이자의 별명이 갈염부냐?"

여자는 대답없이 고개를 크게 끄덕이고는 황망하게 두 손을 마구 저었다.

"저, 저는… 이자의 마누라가… 아, 아니에요… 저는 기녀일 뿐이에요……."

사내 곽구에게 닥친 불행의 불똥이 자신에게 튈까 봐 지레 겁을 먹은 것이다.

태무랑은 제대로 찾아왔다. 그는 이번에는 곽구를 굽어보며 물었다.

"중녕현 북쪽 산수하 강가의 오두막집에서 굶고 있는 열다

악을 응징하는 악인(惡人) 223

섯 살짜리 여자아이를 네가 데리고 왔느냐?'

곽구의 눈동자가 쉴 새 없이 굴렀다. 태무랑이 그 계집아이와 어떤 관계일까. 자신이 어떻게 대답해야 무사할 수 있을까. 그런 것을 궁리하는 듯했다.

슥—

"흑······!"

태무랑이 손에 약간의 힘을 주자 곽구의 목 살 속으로 반 치쯤 파고들어 있던 도가 옆으로 슬쩍 그어지면서 피가 주르르 흘렀다.

"그··· 여자아이··· 태화연이라는 아이를··· 이곳에··· 데리고 왔었어요······."

그런데 대답을 한 것은 뜻밖에도 여자다. 그녀의 얼굴에는 묘한 표정이 떠올라 있었다. 그리움 같기도 하고 안쓰러움 같기도 한 표정이다. 지금 같은 상황에는 어울리지 않는 표정이다.

"여··· 덟 달쯤 전에··· 이 사람이··· 화연이를 데리고 왔는데··· 너무 굶어서··· 피골이 상접하고··· 곧··· 죽을 것 같은 모습이었어요······."

그런데 여자가 갑자기 울기 시작했다. 공포의 눈물이 아니다. 그것은 슬픔의, 그리고 가련함의 눈물이다. 태무랑은 그런 눈물을 잘 안다. 그런 눈물은 가난하고 핍박받는 사람들의 전유물(專有物)이다.

곽구가 떨리는 목소리로 거들었다.

"그, 그래서 우리가… 목욕도 시키고… 새 옷도 입히고 잘 먹여주었습니다… 네……."

태무랑의 시선이 곽구와 여자를 번갈아 쳐다보았다. 그리고 그는 태화연에게 목욕을 시키고 새 옷을 입히고 잘 먹여준 사람이 여자라는 것을 깨달았다.

태무랑으로서는 뜻밖이었다. 그는 곽구를 쏘아보던 눈빛하고는 다른 눈빛으로 여자를 굽어보았다.

"저는… 혼자… 기루에서 일을 하는 몸이라… 외로워서 화연이를 동생처럼 여기면서 함께 살기를 원했는데……."

여자는 말끝을 흐리며 곽구를 힐끗 쳐다보았다.

"화연이 이곳에 온 지… 달포쯤 지났을 때 이… 작자가 다시 와서 어디론가 데려갔어요. 우리는… 저와 화연이는… 헤어지기 싫어서 서로 부둥켜안고… 울었는데… 이 작자가 끝내 그 아이를……."

그러면서 그날의 일이 생각나는지 여자는 얼굴을 무릎에 박고는 서럽게 하염없이 울었다.

태무랑은 곽구에게서 칼을 거두고 그가 옷을 입게 한 후에 입에 단단히 재갈을 물리고 두 손을 뒤로 돌려서 묶었다.

그가 곽구를 끌고 묵묵히 방을 나가려는데 여자가 조심스럽게 떨리는 목소리로 말했다.

"이제 보니 당신이… 무랑가(武郎哥)로군요……. 화연이와 어머니… 그리고 도현이의 자랑스러운 무랑가……. 그렇지요?"

무랑가.

그것은 누이동생과 남동생이 태무랑을 부르는 호칭이었다. 어떨 때는 어머니까지도 장난스럽게 그를 무랑가라고 부르기도 했었다.

태화연이 오라비에 대해서 말해주었다면, 그녀는 이 여자를 진심으로 따랐었나 보다. 아무에게나 쉽사리 마음을 열지 않는 그 아이가.

"왜 이제야 왔나요? 어머니와 도현이는… 굶어서……."

여자는 태무랑을 원망하듯 소리쳤지만 더 이상 말하지 못했다. 어머니와 남동생이 굶어서 죽었다는 말을 차마 할 수가 없었던 것이다. 그녀의 눈에서 잠시 멈추었던 눈물이 다시 쏟아졌다.

태무랑은 속에서 시커먼 슬픔이 솟구치는 것을 간신히 참으며 물끄러미 여자를 주시하다가 불쑥 물었다.

"그대 이름이 무엇이오?"

"황리(黃鸝)예요."

태무랑은 '꾀꼬리' 라는 뜻의 황리를 향해 그 자리에 무릎을 꿇고 큰절을 올렸다.

"화연이에게 잘 대해줘서 정말 고맙소."

이어서 벌떡 일어나 곽구를 끌고 방을 나갔다. 그의 등 뒤에서 여자의 안타까운 목소리가 들렸다.
"무랑가, 화연이를 찾으면… 한 번만 데려와 주세요. 그 아이가 너무 보고 싶어요……."
세상에는 좋은 사람이 더러 있다.
그러나 죽일 놈들이 더 많다.

강둑에 무릎을 꿇고 있는 곽구는 온몸을 사시나무 떨듯이 떨어대면서 눈물을 펑펑 흘리며 목숨을 구걸했다.
"으흐흑… 용서하십시오… 소인이 돈에 눈이 멀어서……. 살려만 주시면… 화연이를… 아가씨를… 꼭 찾아드리겠습니다……."
우뚝 서 있는 태무랑은 자신의 앞에서 수없이 머리를 조아리고 있는 곽구를 굽어보았다.
"그 아이를 찾아올 수 있느냐?"
"무, 물론입니다……. 꼭… 찾아오겠습니다… 크흐흑……."
"어떻게 찾아올 테냐?"
"네?"
곽구는 눈물범벅인 얼굴로 태무랑을 올려다보았다. 그의 얼굴에는 순간적으로 멍한 표정이 떠올랐다.
그 표정은 어떻게든 지금 이 순간만을 모면하기 위해서 태화연을 찾아오겠다고 말한 것이지, 실제로 찾아올 방법은 없다는 것을 말해주고 있었다.

 태무랑의 눈빛이 음울하게 변했다. 그는 곽구에게 태화연에 대한 이야기를 이미 다 들었다. 더 들을 것은 없다. 있다면 살려달라는 구차한 애걸뿐이다.

 곽구는 태화연을 은자 열 냥에 팔아넘겼다. 태무랑에게는 목숨보다 더 소중한 누이동생이 은자 열 냥의 값어치밖에 안 되었던 것이다.

 곽구는 어리고 예쁜 여자아이들만을 구하러 곳곳을 돌아다니는 화뢰상(花蕾商)이라고 불리는 자들에게 태화연을 팔았다고 한다.

 '화뢰'란 꽃봉오리라는 뜻이다. 곽구의 말에 의하면 화뢰상은 천하를 돌아다니면서 아직 채 피어나지 않은 꽃봉오리처럼 어리고 예쁜 여자아이들만 돈을 주고 사들인다고 했다.

 그래서 곽구 같은 떠돌이장사꾼들은 물건만 파는 것이 아니라 이 마을 저 마을 기웃거리면서 어리고 예쁜 화뢰들을 헐값에 사들이거나 납치까지도 서슴지 않는다는 것이다.

 곽구의 실토에 의하면, 그는 소금장수를 하면서 지금껏 이십여 명 가까운 화뢰들을 화뢰상에게 팔았다고 한다.

 "무… 사님… 살려만 주시면… 무슨 수를 써서라도… 아가씨를 찾아드리겠습니다요……. 제발 목숨만……."

 "그것 말고 더 할 말이 있느냐?"

 "네?"

"화뢰상에 대한 것 말이다."
"그것은 이미 소인이 아는 한 다 말씀드렸습니다요……."
슥—
태무랑은 오른손에 쥐고 있던 대감도를 치켜들었다.
"으으으……."
곽구의 얼굴이 새파랗게 질렸다.
이런 놈은 살아 있어봐야 사람들에게 해만 끼치고 피눈물만 흘리게 할 뿐이다.
이런 놈 하나가 죽으면 비록 미미하지만 그만큼 세상은 깨끗해질 것이다.
더 이상 애걸해야 소용이 없다는 것을 깨닫고 이성을 잃은 듯한 곽구가 흰 이를 드러내고 그르렁거렸다.
"으으……. 이 자식아! 네가 뭔데… 나를 죽이려는 것이냐? 너는 사람을 함부로 죽이는 살인마냐? 그렇다면 나보다 더 나쁜 놈이지 않느냐?"
태무랑의 두 눈에서 음울한 눈빛이 와르르 흘러나왔다.
"나는 악을 제거하는 악인(惡人)이 될 것이다."
"미… 친놈……."
태무랑은 치켜들었던 대감도를 그어 내렸다.
"사람들에게 도움이 되는 사람이 될 수 없다면 죽어서 도움이 돼라!"
팍!

"끅!"

 대감도는 곽구의 정수리에 세 치 깊이, 반 뼘 길이의 상처를 새겼다. 그를 죽이기 위해서는 검법 같은 것을 사용할 필요조차 없었다.

 태무랑은 숨이 끊어진 곽구의 시체를 강둑 아래로 차서 굴려 떨어뜨린 후에 그곳을 떠났다.

第十章

화뢰원(花蕾苑)

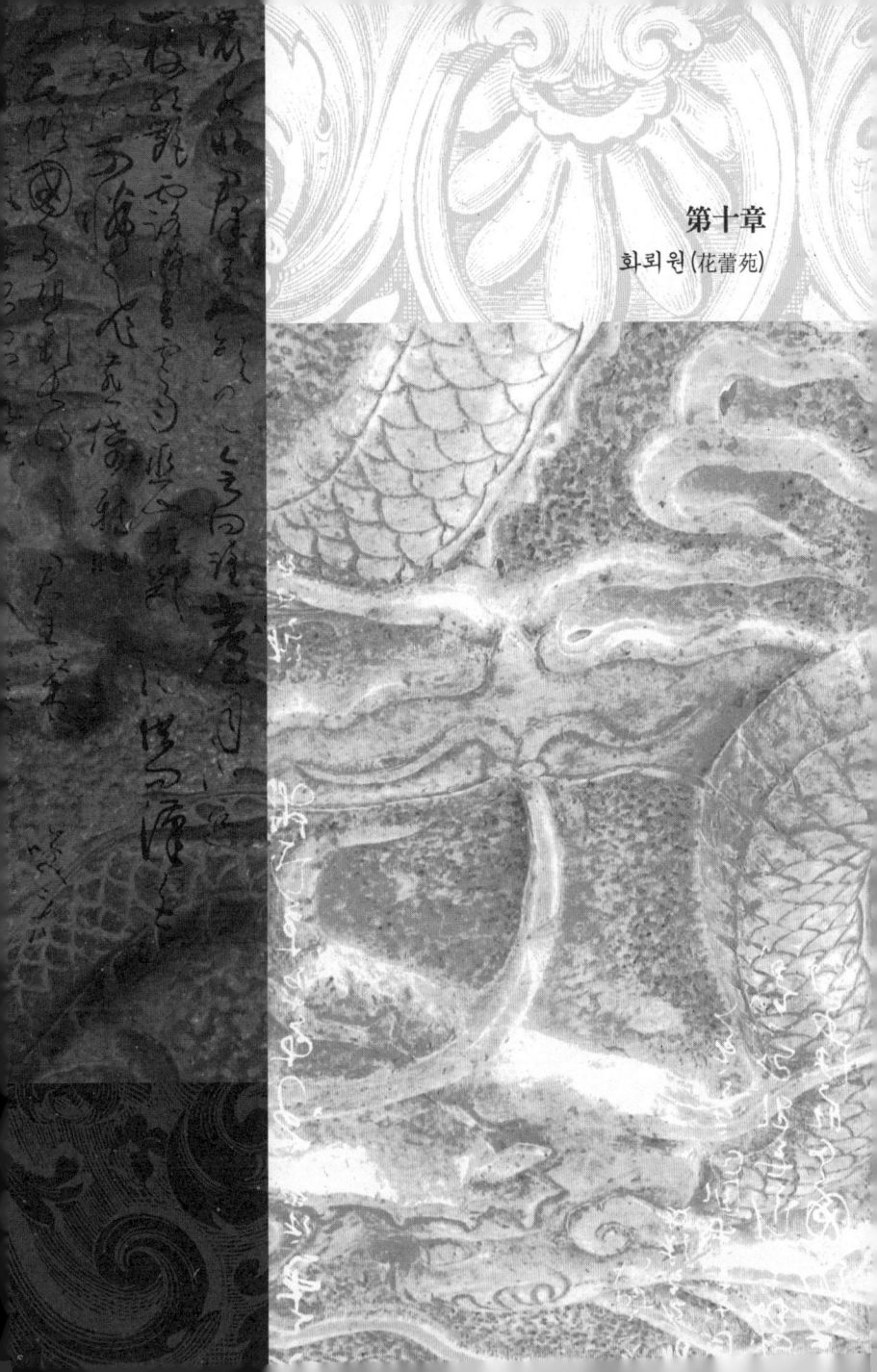

역조(歷朝)의 도읍 장안성(長安城).

어둑어둑 땅거미가 깔리고 있는 유시(酉時:저녁 6시) 무렵.

장안성에서 북쪽에 있는 위하(渭河) 쪽으로 뻗은 장춘로(長春路)에 남루한 옷차림에 너덜너덜한 폐립(敝笠:낡은 삿갓)을 깊이 눌러쓴 한 사내가 나타났다.

폐립 아래의 얼굴은 바로 태무량이다. 보름 전보다 눈과 양 뺨이 더 움푹 들어갔으며, 코밑과 입 주위에 파르라니 까칠한 수염이 자란 초췌하면서도 강퍅한 모습이다.

그는 곽구를 죽인 장무현에서 이곳 장안성까지 이백오십여 리 길을 오는 데 보름이나 걸렸다.

화뢰원(花蕾苑) 233

곧장 왔으면 사나흘 걸릴 테지만 화뢰상에 대해서 조사하고 추적을 하느라 보름이나 걸린 것이다.

아쉽게도 그는 화뢰상을 한 번도 직접 보지는 못했다. 다만 화뢰상을 봤다는 사람들의 말을 듣고 물어 물어서 장안성까지 오게 됐다.

그가 알아낸 바에 의하면 화뢰상은 세 명이 한 조(組)로 움직이면서, 두 필의 말이 끄는 사방이 꽉 막힌 검은색의 마차를 끌고 다니며, 세 명 모두 어깨에 도검을 지니고 있다고 했다.

또한 화뢰상은 벽촌이나 궁벽한 시골 마을로는 다니지 않고 현(縣) 이상의 큰 곳만 정기적으로 순회한다.

그리고 화뢰상은 직접 '화뢰'를 수집하지 않으며, 현 내의 고급 객잔에 며칠씩 투숙을 하고 있으면, 시골구석 곳곳을 누비고 다니는 여러 장사꾼들이 '화뢰'들을 구해와서 화뢰상에게 파는 것이다.

십오륙 세의 어리고 예쁜 '화뢰'는 상급으로 분류되어 은자 열 냥이고, 십칠 세 이상이면 중급으로 은자 일곱 냥, 너무 어리거나 미모가 떨어지면 하급으로 은자 닷 냥을 지급하는 것으로 알려져 있다.

화뢰상은 객잔에서 사나흘 동안 묵으면서 일정한 '화뢰'들을 수집하면 사방이 막힌 검은 마차에 태우고 홀연히 떠나는데 어디로 가는지는 모른다고 한다.

태무랑은 화뢰상을 만나려고 여러 현을 돌아다녔으나 모두 허탕만 쳤었다.

이후 그는 화뢰상의 검은 마차, 즉 흑마차(黑馬車)를 수소문하여 그것들이 한결같이 장안성으로 향했다는 사실을 알아내고 이곳으로 온 것이다.

그는 도착한 이후부터 이미 세 시진째 장안성 곳곳을 돌아다니고 있는 중이었다.

장안성이 아무리 넓다고 해도 세 시진 동안 돌아다니면 같은 곳을 서너 차례 이상 지나치게 된다.

그의 머릿속에는 이미 장안성 내의 지도가 상세하게 그려져 있는 상태다. 거미줄처럼 뻗고 갈라져 있는 거리뿐만 아니라, 어디에 무슨 장원과 건물들이 있는지 낱낱이 기억하고 있다. 그 정도로 다리품을 팔았다.

지금 이 장춘로도 세 번째 지나가고 있는 중이다. 물론 그가 찾고 있는 것은 흑마차다.

어디 한 군데 가만히 있는 것보다 이리저리 돌아다니면 흑마차를 발견할 가능성이 더 높다는 생각에서다.

거리는 사람들로 인산인해를 이루고 있었다. 태무랑은 걷는다기보다 사람들의 물결에 떠밀려가고 있었다.

그는 왼손에 낡은 헝겊으로 둘둘 감은 대감도를 움켜쥐고 다닌다.

도파는 따로 천으로 감싸서 언제든지 뽑을 수 있도록 해놓

화뢰원(花蕾苑) 235

았다.

지난번 현상금 사냥꾼들의 급습을 받았을 때 헝겊으로 꽁꽁 감싼 도를 푸느라 애를 먹었기 때문이다. 하지만 겉으로는 막대기나 길쭉한 물건쯤으로 보일 것이다.

물컹!

그때 태무랑의 오른팔 팔꿈치에 마주 오던 어떤 사람이 부딪쳤다.

그런데 팔꿈치로 부드러운 살덩이의 촉감이 전해졌다. 힐끗 굽어보니 자신의 팔꿈치가 어떤 여자의 젖가슴을 짓누르고 있었다.

그의 시선이 조금 위로 흘렀다. 놀란 듯한 여자의 얼굴과 시선이 마주쳤다.

그녀의 뒤쪽에서 사람들의 물결이 밀고 있기 때문에 그 상태로 잠시의 시간이 흘렀다.

"아! 미안해요……."

깜짝 놀란 여자가 얼굴을 붉히면서 태무랑의 팔꿈치에서 젖가슴을 떼려고 옆으로 몸을 비틀다가 이번에는 옆 사람하고 어깨가 부딪쳤다.

"소저, 괜찮으십니까?"

옆 사람이 정중하게 여자에게 물었다.

여자는 녹의경장을 입었으며 오른쪽 어깨에 한 자루 청강검을 메고 있었다.

십칠팔 세 정도의 나이며, 발그레 붉어진 얼굴이 복사꽃처럼 청초하고 아름다웠다.

 옆 사람은 이십대 중반의 청의경장을 입은 청년인데, 다부진 체구에 그 역시 검을 메고 있었다.

 녹의소녀는 옆의 청의청년을 쳐다보면서 대화를 하는 데 정신이 팔려서 마주 걸어오는 태무랑을 미처 발견하지 못하고 부딪친 모양이다.

 그녀는 태무랑의 폐립 아래에 차갑고도 무심하게 가라앉은 두 눈을 무심코 바라보고는 얼어붙은 듯 그의 눈에서 시선을 떼지 못했다.

 그녀는 생전 처음 보는 태무랑의 눈에서 분노와 슬픔, 원한 같은 것들을 한꺼번에 느꼈다.

 어떻게 사람의 눈이 그런 것들을 한꺼번에 담고 있을 수 있는지 의아했다.

 녹의소녀는 마치 번갯불이 자신의 눈을 뚫고 들어온 듯 꼼짝도 하지 못했다. 작살에 찔린 물고기의 모습이 지금 녹의소녀의 모습일 터이다.

 슥—

 태무랑은 녹의소녀에게서 시선을 거두고 가던 길을 계속 걸어가기 시작했다.

 그때 뒤에서 녹의소녀와 함께 있던 청의청년의 목소리가 들려왔다.

"소저, 아무래도 이곳 장춘로에는 화뢰원(花蕾苑)이 없는 것 같습니다."

태무랑은 재빨리 뒤돌아보았다. 녹의소녀와 청의청년은 이미 삼 장쯤 멀어지고 있었으며, 그가 지켜보고 있는 동안에도 더 멀어지고 있었다.

방금 청의청년이 말한 화뢰원은 필경 화뢰상하고 연관이 있을 것이다. 어쩌면 화뢰상들이 집결하는 장소가 화뢰원일지도 모른다.

그런데 어째서 녹의소녀와 청의청년이 화뢰원을 찾고 있는지 모를 일이다.

구르르르.

그때 태무랑은 오른쪽에서 육중한 무언가가 구르는 소리와 시커먼 물체가 지나가는 것을 동시에 감지하고 급히 그곳을 쳐다보았다.

'흑마차!'

옻칠을 한 듯 전체가 시커먼 마차 한 대가 거리 한복판으로 묵직하게 굴러가고 있었다.

악을 추격하고 응징하는 악인은 그림자처럼 흑마차의 뒤를 따라갔다.

태무랑은 골목 어귀 안쪽에서 밤이 깊어지기를 기다리고 있는 중이었다.

문득 그는 담 모퉁이로 고개를 살짝 내밀고 거리 맞은편에서 약간 오른쪽으로 치우쳐 있는 한 채의 장원 전문을 쳐다보았다.

 전문은 굳게 닫혀 있으며 전문 위에 걸린 현판에는 제월장(霽月莊)이라고 적혀 있었다.

 두 시진 전에 그가 뒤쫓아온 흑마차가 들어간 곳이 바로 저곳 제월장이다.

 그가 지켜보고 있는 두 시진 동안 두 대의 흑마차가 더 제월장 안으로 들어갔다.

 흑마차가 세 대씩이나 들어간 것으로 미루어 제월장은 화뢰원이 분명했다.

 그러나 한 번 들어간 흑마차들은 다시 나오지 않았으며, 사람도 나오지 않았다.

 마치 사람을 집어삼킨 괴물처럼 제월장의 전문은 굳게 닫힌 채 아무것도 토해내지 않았다.

 제월장은 겉으로는 평범한 장원처럼 보여서, 이곳이 어린 여자아이들을 사들이는 인신매매 소굴이라고는 아무도 상상하지 못할 것이다.

 제월장 전문 좌우로 뻗은 담의 길이가 각각 십여 장 정도인 것으로 미루어 그리 크지 않은 소규모 장원이다.

 태무랑은 밤이 이슥해져서 제월장 안의 사람들이 모두 잠들기를 기다리고 있는 중이었다. 행동을 하기에는 그편이 수

월하다고 판단했다.

그는 거리의 만두가게가 문을 닫기 전에 사가지고 온 만두꾸러미를 품속에서 꺼내 하나씩 입에 넣고 씹었다. 식어빠진 만두가 무슨 맛인지도 모른 채 씹어 삼키면서 시선은 여전히 제월장 전문에 고정되어 있었다.

보름 전에 현상금을 노리고 그를 공격했던 자들에게서 뺏은 구리돈 삼십 냥 중에서 마지막 남은 닷 푼을 만두를 사느라 다 썼다.

앞으로는 또다시 먹고 잘 일 때문에 고생을 하게 생겼으나 별로 걱정이 되지는 않았다.

태화연은 장무현의 기녀 황리와 한 달 동안 지내다가 일곱 달 전에 이곳에 끌려왔을 테니 모르긴 해도 제월장 안에는 없을 것이다.

하지만 저 안에 있는 누군가는 태화연이 어디로 갔는지 알고 있을 것이다. 그것을 알아내야만 한다.

탓!

자시(子時:밤 12시) 무렵. 태무랑은 골목 어귀에서 쏜살같이 튀어나와 전면의 제월장 담을 향해 전력으로 달려갔다.

오 장 정도를 질주하다가 담 일 장쯤 못 미친 곳에서 오른발끝으로 힘차게 땅을 박차고 비스듬히 허공으로 솟구쳐 올랐다.

담 높이는 일 장쯤인데 솟구친 높이는 일 장 반으로 반 장이나 더 솟았다. 아직 자신의 능력을 제대로 파악하지 못한 상태기 때문에 벌어진 계산 착오다.

또한 허공으로 비스듬히 솟구쳤기 때문에 담 위에 올라섰다가 장원 안을 살핀 후에 안쪽 적당한 곳으로 뛰어내리려던 계산도 빗나갔다.

그는 곧장 마당 한가운데로 하강하고 있었다. 재빨리 주위를 둘러보니 다행히 사람은 아무도 보이지 않았다. 만약 누군가 있었다면 내려서자마자 발각됐을 것이다.

삭!

무릎을 굽히고 상체를 웅크린 자세를 취하며 발끝으로 땅을 움켜잡는 듯한 동작을 하자 거의 아무 소리도 나지 않으면서 그는 땅에 내려섰다.

그 즉시 전방의 한 채의 전각 오른쪽 모퉁이를 향해 살쾡이처럼 민첩하게 쏘아갔다.

휘익!

그 전각은 전문에서 마당 건너편에 있는 첫 번째 전각이고 제월장 내에서 가장 컸다.

그런데 왼쪽 끝에 있는 방에 불이 켜져 있었다. 아직 잠들지 않은 자가 있다는 뜻이다.

태무랑은 그 전각을 그냥 지나쳐 벽을 따라 뒤쪽으로 향해 달려갔다.

전각 뒤에서 그는 걸음을 멈추었다. 그의 앞에는 아담한 정원이 펼쳐져 있고, 정원 건너에 한 채의 전각이, 그리고 정원 좌우에 두 채의 전각이 서로 마주 보고 있었다.

세 채의 전각에는 불이 켜진 곳이 없었다.

태무랑의 시선이 재빨리 주위를 살피다가 정원 오른쪽으로 향했다.

그곳에는 길이 전방을 향해 곧장 뻗어 있으며, 그 길은 전면에 보이는 전각 오른쪽 모퉁이로 돌아갔다.

그의 신형은 이미 그 길을 따라 바람처럼 달려가기 시작했다. 달리면서 아래를 보니까 마차 바퀴 자국이 선명하게 찍혀 있었다.

전각 오른쪽 모퉁이를 돌아서니 아담한 마당이 나타났고 전혀 색다른 풍경이 펼쳐졌다.

마당 왼쪽에는 다섯 대의 마차가 질서있게 세워져 있고, 그 옆은 마구간이다. 그리고 마당 너머에 한 채의 검측측한 단층 건물이 있었는데, 창이 하나도 없고 문만 하나 덜렁 있을 뿐이다.

태무랑은 헝겊을 푼 대감도를 움켜쥔 왼손에 불끈 힘을 주고 그 건물로 기척없이 달려가 문 옆에 바짝 등을 대고 붙었다. 이어서 청력을 돋우어 안쪽의 기척을 살폈다.

두런두런 남자들의 말소리가 문틈으로 새어나왔다. 달그락거리는 소리로 미루어 술을 마시는 듯했고, 말소리와 숨소리로 미루어 세 명의 남자가 있는 것이 분명했다.

 그 외에 새근새근 잠자는 숨소리와 나직이 흐느끼는 울음소리가 작게 들렸다.

 대략 삼십여 명쯤 되는 것 같은데, 아마도 그것은 화뢰, 즉 어린 여자아이들의 기척일 것이다.

 그러니까 이 건물 안에는 끌려온 화뢰들이 갇혀 있으며, 술을 마시고 있는 세 명의 남자는 그녀들을 감시하고 있는 듯했다.

 태무랑은 잠시 어떻게 할까 궁리하다가 다시 왔던 길로 되돌아가기 시작했다.

 그의 목적은 누이동생 태화연의 행방을 알아내는 것이다. 그러므로 불이 켜져 있는 첫 번째 전각 왼쪽 끝의 방으로 가서 그곳에 있는 자를 제압하여 심문할 생각이었다.

 그는 낭하로 접근하여 문틈 새로 안을 들여다보았으나 맞은편의 서가(書架)만 보일 뿐이다.

 그래서 최대한 조심스럽게 문을 열었다.

 끼이.

 그런데 귀에 거슬리는 소리가 문에서 났다. 안에 사람이 있고 또 깨어 있다면 그 소리를 듣지 못할 리가 없다.

 확!

 순간 그는 문을 왈칵 열고 벼락같이 안으로 뛰어들어 가며 재빨리 실내를 살펴보았다.

왼쪽 끝의 당궤 앞에 한 명의 사내가 앉아서 글을 쓰고 있다가 놀라는 표정으로 태무랑을 쳐다보고 있었다.

 사내를 향해 쏘아가던 태무랑은 바닥을 박차고 당궤를 가볍게 뛰어넘으며 왼손의 대감도를 오른손으로 바꿔서 잡고 뽑지 않은 채 그대로 사내를 향해 그어갔다. 그 일련의 동작은 눈 한 번 깜빡할 사이에 일어났다.

 탁!

 "끅!"

 사내는 놀라서 벌떡 일어나며 다급히 한쪽에 있는 검을 집으려고 하다가 태무랑의 대감도에 오른쪽 어깨를 적중당하고 의자와 함께 그대로 나뒹굴었다.

 우당탕!

 태무랑은 사내 옆에 내려서자마자 왼발을 들어 그의 목을 찍어 눌렀다.

 "끄으……."

 그 상태에서 그는 귀를 기울였다. 방금 사내가 쓰러지면서 꽤 큰 소리가 났기 때문에 누군가 듣고 달려오지 않을까 경계하는 것이다.

 그러나 다행히 잠시가 지나도록 주위에서는 아무 소리도 들리지 않았다.

 태무랑의 왼발에 목이 밟힌 사내는 안색이 창백해지고 눈에서 동공이 사라졌으며 혀를 길게 빼물고 있었다. 조금 더 있다가는 숨이 막혀 죽는 것보다 목뼈가 부러져서 죽을 것 같았다.

태무량은 즉시 발을 떼고 문으로 달려가서 닫고 다시 사내에게 돌아왔다.

사내는 몸을 부들부들 떨면서 입에서 게거품을 흘리는데 점차 얼굴에 혈색이 돌아오기 시작했다.

태무량은 품속에서 대감도를 쌌던 헝겊을 꺼내 사내의 입을 묶었다.

이어서 손가락을 빳빳하게 세워서 사내의 왼쪽 귀 아래와 턱밑, 쇄골을 재빨리 눌렀다. 그러자 사내는 그대로 빳빳하게 굳어버렸다.

이것은 태무량이 지옥에 있을 때 남의고수가 그에게 가했던 점혈 수법인데 그대로 따라서 해본 것이다. 이 점혈 수법에 당하면 태무량은 손가락 하나 움직이지 못했는데 이 사내도 마찬가지였다.

"크윽… 크크……."

사내는 빳빳하게 굳은 채 격렬하게 기침을 해댔으나 입이 막혀 있기 때문에 소리가 크지 않았다.

태무량은 사내가 기침을 하는 동안 당궤 위를 살펴보았다.

책자 하나가 펼쳐져 있었는데 사람의 이름과 날짜, 돈의 액수가 빼곡하게 기록되어 있었다.

일종의 금전출납장인데 사내는 그것을 작성하고 있다가

태무랑에게 급습을 당한 것이다.

자세히 살펴보니 이름은 모두 여자 이름이고, 그 옆에 날짜와 액수, 그리고 또 날짜와 어떤 장소가 적혀 있었다.

태무랑은 그것이 화뢰가 이곳에 온 날짜와 사들인 액수, 그리고 나간 날짜와 화뢰가 간 장소일 것이라고 짐작했다.

파라락.

책자의 앞쪽을 넘기며 살펴보았으나 모두 이번 달 날짜뿐이다. 즉, 이것은 이번 달 금전출납장이다.

그렇다면 다른 금전출납장에는 태화연에 대한 기록이 있을 것이라는 생각이 들었다.

급히 주위를 둘러보니 당궤 뒤쪽 서가에 같은 모양의 책자, 즉 금전출납장들이 가득 꽂혀 있는 것이 눈에 띄었다.

슥—

태무랑은 서가에서 '사월'이라고 적힌 책자를 찾아내서 뽑아내어 다급한 마음으로 펼쳐 보았다.

그리고 책장을 넘기던 태무랑의 동작이 한순간 뚝 멈추며 시선이 한곳에 고정되었다.

―태화연. 사월 십이일. 은 열 냥. 사월 이십오일. 기화연당(妓花練堂)으로 출원(出園).

있었다. 분명히 누이동생 태화연의 이름이다. 그녀는 사월

십이일에 이곳 화뢰원으로 들어와서 이십오일에 기화연당이라는 곳으로 팔려갔거나 옮겨진 것이 분명하다.

탁—

태무랑은 책자를 덮고 사내를 굽어보았다. 기침을 멈춘 사내는 누운 채 뚫어지게 태무랑을 주시하고 있다가 그와 시선이 마주치자 가볍게 움찔했다.

태무랑은 사내를 일으켜 앉히고 대감도를 뽑았다.

스릉.

이어서 대감도로 사내의 입을 묶은 헝겊을 잘라주고 나직한 목소리로 물었다.

"기화연당이 무엇이냐?"

"으으… 너는 누구……."

뻐걱!

"큭!"

태무랑의 발끝이 번개같이 뻗어 나가 입을 내지르자 사내는 상체가 뒤로 확 젖혀지며 답답한 신음을 내뱉었다.

태무랑은 사내의 머리카락을 거칠게 움켜잡고는 다시 일으켜 앉혔다.

"기화연당이 무엇이냐?"

똑같은 질문이다. 하지만 한 대 오지게 얻어맞은 사내의 반응은 똑같지 않았다.

"크으으……. 화뢰들을… 일급 기녀로 키우는 곳이

다……."

사내가 고통에 찬 얼굴로 피투성이 입을 움직이자 부러진 이빨과 피가 쏟아져 나왔다.

"어디에 있느냐?"

"낙양(洛陽) 장하문(長夏門) 밖에 있다……."

대감도에 얻어맞아서 어깨가 박살 난데다 입까지 짓뭉개진 사내는 고통스럽게 일그러진 얼굴로 순순히 대답했다.

태무랑으로서는 필요한 것을 다 알아냈다. 더 이상 사내에게 용무가 없다.

그는 오른손에 쥐고 있던 대감도를 치켜들었다가 간명한 동작으로 그어 내렸다.

팍!

"끅!"

칼날이 정수리를 파고들어 목까지 세로로 쪼개자 사내는 답답한 신음을 흘리며 즉사했다.

태무랑은 사내의 머리가 두 개로 나뉘어져 피와 뇌수를 쾰쾰 쏟아내면서 뒤로 쓰러지는 것을 쳐다보지도 않고 당궤에 놓인 '사월' 금전출납장을 품속에 넣고 돌아섰다.

이어서 아까 자신이 들어온 문이 아닌 전각 안으로 향한 다른 방향의 문으로 성큼성큼 걸어갔다.

막 문을 열려던 그는 문 옆 구석에 하나의 검은색 커다란 철궤가 놓여 있는 것을 발견하고 그곳으로 다가갔다.

높이 두 자, 가로 두 자, 세로 한 자 정도 크기의 철궤에는 주먹만 한 자물쇠가 매달려 있었으나 그가 움켜쥐고 약간 힘을 주어 비틀자 맥없이 부러졌다.

그극.

철궤를 열자 은은한 빛이 흘러나왔다. 그 안에는 절반 정도 은자가 담겨 있었고, 책자 크기의 작은 철궤 하나가 더 들어 있었다.

태무랑은 놀란 얼굴로 눈을 크게 뜬 채 물끄러미 철궤 안의 은자 더미를 굽어보았다.

평생 이렇게 많은 은자를 본 적이 없기 때문에 얼마쯤일지 가늠조차 할 수가 없었다.

몇 푼의 돈 때문에 갖은 고생을 다 해본 그로서는 어마어마한 은자 앞에서 가슴이 콱 막혔다.

한참 만에야 정신을 수습한 그는 철궤 안의 또 다른 작은 철궤를 집어들고 열었다.

누런 광채가 은은하게 흘러나오자 그는 자신도 모르게 마른침을 꿀꺽 삼켰다.

작은 철궤 안에 들어 있는 것은 어린아이 주먹만 한 크기의 금원보(金元寶)였는데, 이십 개 정도였다.

"이것이 금원보인가……."

그는 태어나서 금원보라는 것을 처음 보았다.

한동안 반쯤 정신이 나간 얼굴로 금원보를 쳐다보던 그는 이윽고 고개를 흔들고는 작은 철궤를 큰 철궤 안에 넣고 닫은 후에 철궤를 통째로 번쩍 들고 밖으로 나갔다.

이어서 마당을 가로질러 담 아래 어두컴컴한 곳에 갖다 놓고 다시 전각으로 향했다.

그는 그 돈을 자신이 가질 생각이다. 악인의 돈이니 양심의 가책 같은 것은 추호도 생기지 않았다.

그리고 이제부터 그는 이 장원 안에 있는 놈들을 한 명도 남기지 않고 깡그리 죽일 생각이다.

이들이 사라진다면 세상의 어린 여자아이들 수백, 아니, 수천 명의 운명이 바뀔 것이다.

이후 그는 뒤쪽 건물 안에 감금된 여자아이들을 풀어주고는 그녀들에게 충분한 은자를 쥐어주어 고향으로 돌려보낼 계획이다.

가난 때문에 돈 몇 푼에 팔려오거나 납치된 여자아이들이므로 돈만 있으면 그녀들의 인생은 새로 시작할 수 있을 것이다.

태무랑은 마당을 가로질러 걸어가면서 도실(刀室)을 마당에 던져 두고 오른손으로 대감도를 힘껏 움켜잡았다.

슥—

이어서 방금 나온 전각의 다른 문을 활짝 열고 안으로 성큼성큼 걸어 들어갔다.

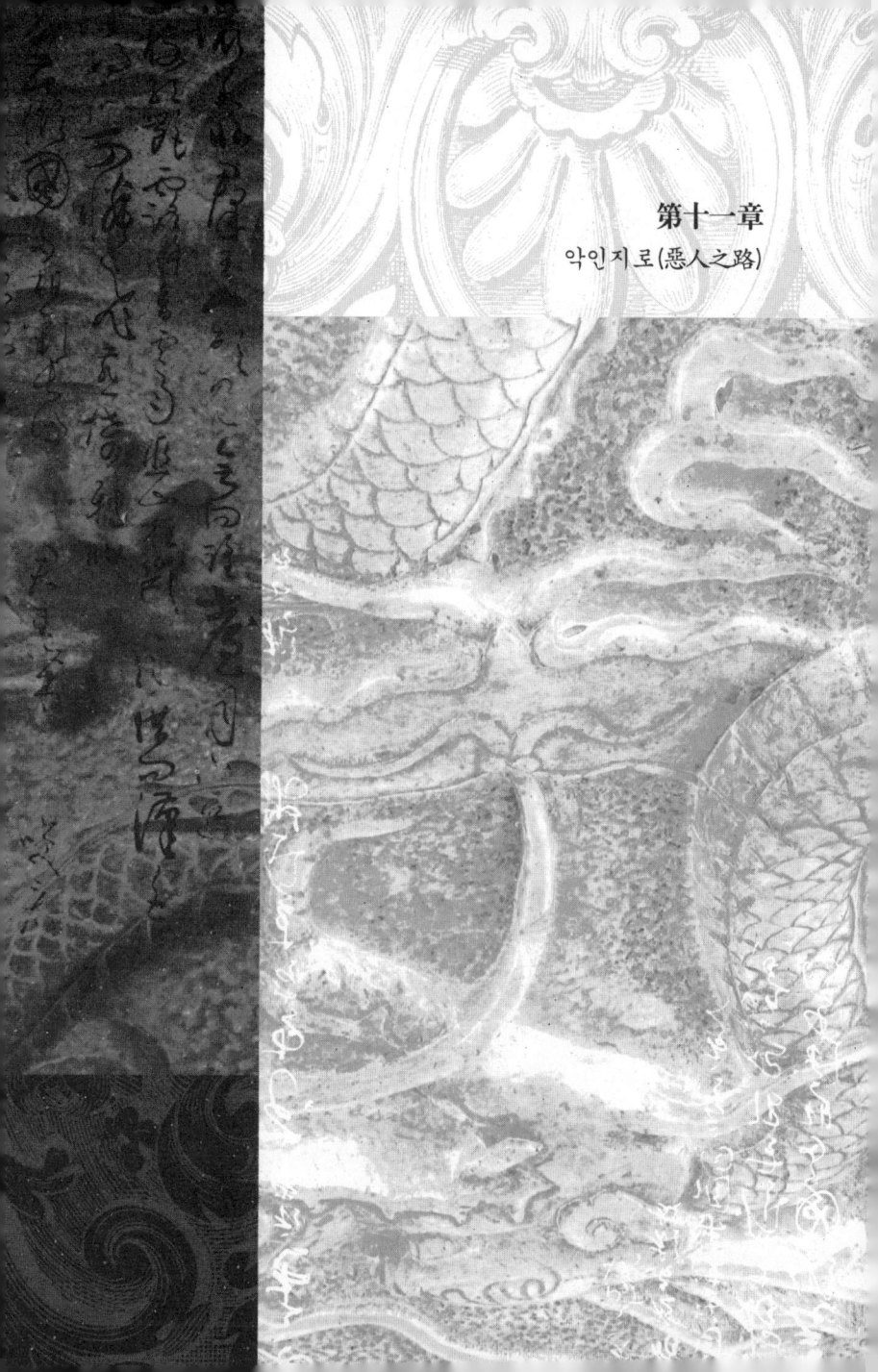

第十一章
악인지로(惡人之路)

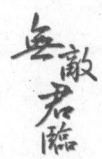

전각 안 대전의 양쪽 벽에는 유등이 타오르며 실내를 어스름하게 밝혀주고 있었다.

태무랑이 전각으로 들어섰을 때 이층으로 뻗은 계단에서 한 인물이 내려오고 있었다.

그자는 잠옷 차림인데 오른손에는 한 자루 검을 뽑아 쥐고 계단을 내려오고 있었다.

아마도 조금 전에 태무랑이 금전출납장을 기록하던 사내와 실랑이를 벌이는 기척을 듣고 깬 것 같았다.

잠옷 차림의 사내는 막 전각으로 들어서고 있는 태무랑을 발견하고 뚝 멈추었다.

"웬 놈이냐?"

삼십대 후반에 검고 짧은 수염을 길렀으며 부리부리한 눈에 두툼한 입술을 지닌 자못 용맹스러운 외모의 그자는 일부러 우렁찬 외침을 터뜨렸다. 잠들어 있는 동료들을 깨우려는 의도가 분명하다.

그러나 태무랑은 개의치 않았다. 그는 화뢰원을 몰살시킬 각오를 했기 때문에 어떤 형태로든 한바탕 싸움은 불가피하다는 생각이다.

화뢰원의 사내들이 자고 있으면 그대로 죽이려고 했었다. 그는 자신이 정정당당 같은 사치를 부릴 처지가 아니라는 것을 잘 알고 있었다.

단지 목표를 정하면 그대로 밀어붙일 뿐이다. 목적이 수단을 정당화시키는 것은 아니지만, 값싼 동정심이나 정의에 얽매여서 일을 그르치는 짓은 하기 싫었다.

"너는 누구냐?"

태무랑은 성큼성큼 걸어 들어가서 대전 한복판에 멈추고는 계단의 사내를 올려다보며 쓰고 있던 폐립을 벗었다.

사내는 잠시 동안 태무랑의 얼굴과 행색을 자세히 살피고 나더니, 전혀 모르는 얼굴이며 또한 별 볼일 없는 어중이떠중이라고 판단하고는 태연하게 걸음을 옮겨 다시 계단을 내려오며 대꾸했다.

"나는 이곳 제월장의 장주다."

태무랑의 입술이 씰룩였다.

"화뢰원주겠지."

"뭐?"

태무랑의 눈이 이글거렸다.

"죄없는 어린 여자아이들을 잡아다가 팔아먹는 구역질나는 인신매매 조직의 우두머리 말이다."

"너……"

사내 화뢰원주는 두 번째로 뚝 걸음을 멈추었다. 그는 태무랑이 정곡을 찌르자 일순 말을 잃었다.

그리고 태무랑이 별 볼일 없는 놈이라고 내렸던 조금 전의 판단을 수정했다.

그때 전면과 우측의 복도 안쪽에서 문 열리는 소리가 어수선하게 나더니 곧이어 도검을 움켜쥔 사내들 열 명이 우르르 대전으로 쏟아져 나왔다.

태무랑은 더 이상 말하기 귀찮아서 왼손의 폐립을 바닥에 내던지는 것과 동시에 발끝으로 바닥을 박차고 계단을 향해 달려갔다.

타앗!

그와 화뢰원주와의 거리는 오 장 남짓으로 가까운 거리가 아니다.

하지만 태무랑이 느닷없이 쏘아가자 순식간에 이 장으로 좁혀졌고, 화뢰원주가 움찔하는 사이에 그는 이미 계단을 바람처럼 달려 올라가고 있었다.

그러나 화뢰원주는 호락호락한 자가 아니다. 그는 순간적으로 움찔 놀랐으나 이미 일 장까지 쇄도하고 있는 태무랑을 향해 재빨리 검을 뻗으며 상체의 몇 군데 급소를 노리고 찔러왔다.

화뢰원주의 공격은 꽤 빨랐으나 태무랑의 눈에는 느려터지게 보였다. 단유천이나 옥령의 공격에 비하면 어린아이 장난 수준이다.

사실 화뢰원주는 무림인이기는 하지만 이류 수준이다. 일류쯤 되어야 고수라는 소리를 들으니, 그는 무사일 뿐이다. 그리고 화뢰원에 속한 자들은 모두 삼류무사들이다.

그 정도만 해도 화뢰를 사들이고 파는 데에는 그다지 무리가 없다. 오히려 이 바닥에서는 이들이 제법 힘깨나 쓰는 무리로 통하고 있었다.

그러나 태무랑은 방심하지 않았다. 그는 일단 싸움에 임하면 아무리 약한 적이라고 해도 얕보지 않고 최선을 다한다. 그것은 백수의 왕 호랑이가 한낱 토끼를 사냥할 때에도 전력을 다하는 것과 같다.

슉!

그는 화뢰원주가 찔러오는 공격 속으로 날개를 접은 매처럼 빠르게 파고들면서 아래로 늘어뜨리고 있던 오른손의 대감도를 아래에서 위로 비스듬히 그어 올렸다.

퍽!

"흐악!"

대감도는 화뢰원주의 왼쪽 옆구리로 파고들어 가서 오른쪽 어깨로 나왔다. 즉, 몸통을 비스듬히 절단해 버린 것이다. 수많은 어린 소녀들을 팔아넘기면서 호의호식해 온 잘난 화뢰원주가 일도에 절단되는 순간이다.

투우.

화뢰원주의 몸이 두 쪽으로 분리되어 피와 내장을 쏟아낼 때, 태무랑은 둥실 대전 쪽 허공으로 신형을 날려 쏟아져 나온 열 명의 사내들 머리 위로 먹이를 채가는 독수리처럼 짓쳐 내렸다.

사내들은 화뢰원에 속한 무사들이다. 힘없는 어린 여자아이들을 다루고, 겉으로는 평범한 장원으로 알려진 제월장을 호위하는 정도이기 때문에 삼류의 실력이면 충분했다.

그런데다 태무랑이 눈 깜짝할 사이에 화뢰원주를 단칼에 두 동강 내서 죽이는 것을 보고는 우두커니 선 채 크게 놀라는 표정을 짓고 있다.

휘이잉!

태무랑이 하강하면서 대감도를 휘두르자 북풍한설 차가운 바람 소리가 일었다.

파파팍!

"흐악!"

"크액!"

태무랑의 대감도에서 산화칠검이 쏟아져 나가 사내 네 명을 거꾸러뜨렸다.

태무랑이 바닥에 내려서자 사내들은 소 건너는 웅덩이에 파리 떼 흩어지듯이 우르르 사방으로 물러났다.

그러나 태무랑은 사내들이 가장 많은 쪽으로 상처 입은 맹수처럼 돌진하며 대감도를 떨쳤다.

파아아—

물러나던 사내들은 당황해서 몸을 돌리며 어지럽게 도검을 휘두르며 피했다.

하지만 태무랑의 공격을 피하기에는 그들은 너무 약했고 또 지나치게 겁을 집어먹었다.

사내들 세 명이 목이 잘리고 심장이 베이고 정수리가 쪼개져서 피를 뿌리며 거꾸러졌다.

패애액!

그때 태무랑의 뒤쪽에서 날카로운 파공성이 터졌다. 나머지 사내들이 한꺼번에 그를 급습한 것이다.

태무랑은 뒤돌아보기도 전에 단지 파공성만으로 배후에서 공격하는 자들이 세 명이며, 어느 방향에서 공격하는지를 간파했다.

그는 두 방향에서의 공격은 보지 않고서도 몸을 비틀어 피했으나 마지막 하나는 미처 피할 겨를이 없어서 대감도를 휘둘러서 막았다.

쩌겅!

그런데 상대편 도와 정면으로 맞부딪친 태무랑의 대감도가 맥없이 절반으로 부러지면서 그의 왼쪽 어깨를 베고 뒤쪽으로 날아갔다.

그 바람에 그가 약간 주춤하자 두 자루 검과 한 자루 도가 재차 상체 세 군데를 노리고 찌르고 베어왔다.

쉬이익!

그렇다고 해서 이 정도에 당할 태무랑이 아니다. 단유천과 옥령에게 목검으로 수백 대를 얻어터지고서도 마음만 먹으면 언제든 그들의 목검을 피할 수 있었던 그가 아닌가.

푹!

"끄윽!"

상체를 숙여서 공격권 안쪽으로 바짝 파고들었다가 튕기듯 몸을 일으키면서 부러진 대감도를 한 사내의 목에 쑤셔 넣었다.

쩍!

"큭!"

이어서 왼 주먹으로 또 다른 사내의 얼굴을 짓이기고, 오른손으로는 세 번째 사내의 손을 때려 도를 놓치게 하고는, 허공에 떠 있는 도를 잡아 빙글 반 회전하면서 세 번째 사내의 목과 방금 얼굴을 짓이긴 두 번째 사내의 목을 한꺼번에 잘라

버렸다.

태무랑이 최초에 화뢰원주를 향해 계단을 달려 올라간 이후 방금 마지막 두 사내의 목을 자를 때까지 걸린 시간은 세 호흡 정도에 불과했다.

그는 피가 뚝뚝 떨어지는 도를 움켜쥐고 우뚝 서서 천천히 대전을 둘러보았다.

화뢰원주 이하 열 명의 사내는 핏물 속에 몸을 누인 채 꼼짝도 하지 않았다. 중상 한 명 없이 모두 즉사다.

저벅저벅.

태무랑은 전각을 나가면서 수중의 도를 들어 살펴보았다.

얼핏 보기에도 방금 뺏은 도는 그가 원래 지녔던 대감도보다 훨씬 단단하고 고급스러워 보였다.

그가 지니고 있던 대감도는 장무현에서 그를 습격했던 현상금 사냥꾼 중 한 명에게 빼앗은 것이었다.

화뢰들이 감금되어 있는 곳까지 오는 동안 그는 열다섯 명의 사내를 더 죽였다.

그리고 그가 화뢰들이 감금된 검측측한 건물 앞에 이르렀을 때 건물 안에 있던 세 명의 사내가 각기 도를 움켜쥐고 달려나왔다.

하지만 꽤 술에 취한 그들은 태무랑에게 제대로 도를 휘둘러 보지도 못하고 목이 잘리거나 정수리가 쪼개져서 피를 뿜리며 거꾸러졌다.

건물 안에는 세 개의 방이 있었으며, 그곳에는 어여쁘고 어린 여자아이들 서른두 명이 웅크린 채 잠들어 있거나 몇 명은 쪼그리고 앉아서 소리 죽여 울고 있었다.

그녀들을 바라보는 태무랑의 심장이 힘껏 움켜쥔 것처럼 오그라들었다.

누군가의 사랑스러운 딸이고 누이동생이며 어린 누나일 소녀들을 보자 태화연의 귀여운 모습이 눈앞에 삼삼하게 떠올라서 미쳐 버릴 것만 같은 심정이 되었다.

자지 않고 있던 몇몇 소녀가 온몸에 피를 뒤집어쓰고 피가 뚝뚝 흐르는 도를 쥐고 서 있는 태무랑을 발견하고 작은 몸을 바르르 떨며 겁먹은 표정을 지었다.

태무랑은 붉게 충혈된 눈에 물기가 차오르자 휙 몸을 돌려 다시 밖으로 나왔다.

그는 밤하늘을 올려다보면서 태화연을 생각하다가 문득 정신을 차렸다.

아직 날이 밝으려면 멀었다. 그러므로 이 시각에 어린 여자아이들에게 은자를 주어 각자 길을 떠나게 하는 것은 무리라는 생각이 들었다.

그러다가 문득 좋은 생각이 났다. 여자아이들을 표국(鏢局)에 맡기자는 것이다.

원래 표국은 어떤 물건이라도 돈만 내면 목적지까지 호송해 주는 곳이다.

그러므로 여자아이들을 고향까지 호송해 주는 것도 가능할 것이라는 생각이다.

"아아……."

그때 뒤에서 여자의 나직한 탄성이 들려서 태무랑은 급히 몸을 돌렸다.

누런 베옷을 입은 십오륙 세 정도의 얼굴이 하얗고 갸름한 귀여운 얼굴의 소녀가 마당에 죽어 있는 세 사내의 처참한 모습을 보고 눈을 동그랗게 뜬 채 오들오들 떨었다.

태무랑이 그녀에게 걸어가자 뜻밖에도 그녀는 화들짝 놀라더니 마구 뒷걸음쳤다.

"아아… 가까이 오지 마세요……."

태무랑은 걸음을 멈추고 씁쓸한 표정을 지었다.

"나쁜 자들은 모두 죽었으니 안심해도 되오. 날이 밝으면 그대들을 모두 고향으로 보내주겠소."

소녀는 적잖이 놀라는 표정으로 태무랑을 바라보며 흑백이 또렷한 눈을 깜빡거렸다.

이윽고 소녀는 놀란 마음을 진정시키려는 듯 두 손으로 지그시 가슴을 누르며 갈댓잎이 바람에 스치는 듯한 목소리로 입을 열었다.

"구해주신 은혜 하해와 같습니다."

그녀는 공손히 허리를 굽혀 인사하고 난 후에 태무랑을 말끄러미 바라보며 일렁이는 눈빛으로 다시 말했다.

"소녀들을 납치한 저 사람들은 나쁜 사람들이지만… 사람을 함부로 죽이는 것은 더 나쁜 짓이라고 알고 있어요."

"……."

태무랑은 뭐라고 대꾸할 말이 없었다.

"악을 악으로 징벌하는 일은 야차(夜叉)나 하는 짓이에요."

"야차?"

중얼거리던 태무랑은 소녀 뒤쪽 건물 입구로 조심스럽게 나서고 있는 몇몇 소녀들의 모습을 발견했다.

그녀들은 마당에 죽어 있는 참혹한 시체들을 보면서 공포에 질려 얼굴이 하얘지면서 진저리를 쳤다.

그런 그녀들의 표정은 건물 안에 갇혀서 울고 있던 모습보다 더 안타까웠다.

태무랑은 시선을 거두어 처음의 소녀를 쳐다보았다. 자신도 모르는 사이에 그의 눈빛은 차갑게 변해 있었다.

"그렇다면 너는 내가 이들을 죽여서 구해주는 것보다 낯선 곳, 낯선 사람에게 그대로 팔려가서 기녀 노릇이나 하는 것이 더 좋단 말이냐?"

"소녀는……."

"그런 것을 원한다면 그대로 해줄 수도 있다."

"저는… 저는……."

심기가 불편해진 태무랑은 어설픈 자비심으로 자신을 꾸

짖는 소녀를 짓밟아주고 싶었다.

"어디 말해봐라. 이들을 죽이지 않고 너희들을 구할 수 있는 방법을 말이다. 귀를 씻고 듣겠다."

그 소녀는 고개를 푹 숙이고 있는데, 시체들을 보고서 진저리를 치던 다른 소녀들은 태무랑의 말을 듣고 울면서 크게 고개를 끄덕였다.

"은공의 말씀이 천 번, 만 번 옳아요! 살 가치가 없는 악인들은 죽어 마땅해요!"

"이 방법밖에 없어요! 다른 방법이 있을 리 없지요!"

태무랑을 꾸짖었던 소녀는 귀까지 빨개져서 끝내 고개를 들지 못했다.

태무랑의 얼굴이 살기로 번들거렸다.

"후후… 나더러 야차라고 말했느냐? 그보다는 차라리 염마왕(閻魔王)이 더 어울리지 않겠느냐?"

소녀는 두려운 표정을 지으며 비틀비틀 뒷걸음쳤다.

태무랑은 흰 이를 드러내고 정말 염마왕처럼 잔인한 미소를 지었다.

"쿠후후후, 하늘은 나와 내 가족을 버렸다. 그래서 나는 하늘마저도 베고 싶다."

아침 진시(辰時:8시).

장안 장춘로에서 가장 큰 사해표국(四海鏢局)이 문을 열자

마자 한 명의 청년이 서른두 명의 어린 소녀를 이끌고 표국으로 들어섰다.

낡은 옷을 입고 왼쪽 어깨에 핏자국이 있는 청년은 어린 소녀들을 각자의 집으로 호송해 달라고 요구하고는 일률적으로 두당 은자 이십 냥씩을 지불했다.

이른 아침부터 예상하지 못했던 큰 건수를 올린 사해표국은 발칵 뒤집혔다.

그러나 청년은 대금으로 은자 육백사십 냥을 지불하고 난 후에 어린 소녀들에게 각각 은자 백 냥씩을 골고루 나누어주고는 표국을 나섰다.

낡은 옷을 입은 청년은 물론 태무랑이다.

그가 표국을 나서자 서른두 명의 어린 소녀가 우르르 한꺼번에 그를 따라 나왔다.

어린 소녀들은 죽기 전에 꼭 은혜를 갚고 싶다면서 한사코 태무랑이 어디에 사는 누군지를 알고 싶어 했다.

하지만 태무랑은 한마디도 하지 않고, 뒤돌아보지도 않은 채 성큼성큼 걸어서 멀어져 갔다.

그때 한 소녀가 앞으로 나서더니 비 오듯이 눈물을 흘리면서 울부짖었다.

"은공! 소녀가 잘못했어요!"

그녀는 태무랑을 '야차'에 비유하면서 치를 떨었던 소녀다.

그녀는 뒤늦게야 깨달았다. 악을 징벌하는 것이 반드시 정의일 필요는 없다고. 그리고 그런 필요악(必要惡)도 정의의 한 형태라는 사실을.

그러나 태무랑은 잠시 후에 소녀들의 시야에서 홀연히 사라져 버렸다.

태무랑이 사해표국을 떠난 지 반 시진 후에 일단의 관군들이 사해표국으로 들이닥쳤다.

어린 소녀 서른두 명을 호송해 달라고 한 일은 결코 평범하지 않기 때문에 사해표국이 관헌에 신고를 한 것이다.

관군들은 어린 소녀들을 한 명씩 심문했으며, 오래지 않아서 일의 전말을 상세히 알게 되었다.

사해표국을 나선 관군들은 그 길로 곧장 화뢰원, 아니, 제월장으로 달려갔고, 그곳에서 수십 구의 목불인견의 처참한 시체들을 발견했다.

오시(午時:정오) 무렵, 사해표국에서 다섯 대의 마차가 표사 서른두 명의 엄중한 호위를 받으면서 전문을 출발했다.

다섯 대의 마차에는 화뢰원에서 구출된 서른두 명의 어린 소녀들이 분승하고 있었다.

소녀들은 모두 섬서성 북부 지역과 북서부 지역, 그리고 그 너머의 감숙성에서 끌려왔기 때문에 같은 방향으로 출발한 것이다.

 마차에 타고 있는 서른두 명의 어린 소녀들은 태무랑이 나누어준 은자 백 냥씩을 꼭 쥐고 꿈에서조차 그리던 고향으로 돌아가며 감격의 눈물을 흘렸다.

 그리고 그녀들의 가슴속에는 이름도 모르는 과묵한 태무랑의 모습이 깊이 각인되어 있었다.

 하지만 그녀들은 태무랑이 자신의 누이동생 태화연을 구하기 위해서 또다시 정처없이 길을 떠났다는 사실은 까마득히 모르고 있었다.

 소녀들이 탄 다섯 대의 마차가 출발한 지 한 시진이 지났을 무렵에 사해표국에 일남일녀가 찾아왔다.

 그들은 어제 거리에서 태무랑의 어깨에 젖가슴을 부딪쳤던 녹의소녀와 청의청년이었다.

 사해표국의 우두머리인 표국주는 친히 녹의소녀와 청의청년을 맞이하고는 일의 자초지종을 자세히 설명했다.

 이어서 녹의소녀의 요구에 따라서 태무랑을 직접 보고 접수를 한 표사를 불러와서 그의 용모와 행색에 대해서 자세히 설명하게 했다.

 "혹시… 그 사람이 폐립을 쓰고 있지 않았던가요?"
 "아닙니다."
 녹의소녀는 뭔가 짚이는 바가 있어서 그렇게 물었으나 표사는 고개를 가로저었다.

표사의 설명을 듣고 난 녹의소녀는 그 즉시 한 사람의 모습을 떠올렸으며, 그 사람은 어제 길거리에서 부딪친 태무랑이었다.

태무랑처럼 강렬하고 특이한 인상과 분위기를 지닌 사람은 흔하지 않기 때문에 녹의소녀는 그의 모습을 또렷하게 기억하고 있었다.

결국 녹의소녀는 화가를 불러와서 표사의 설명에 따라 태무랑의 전신(傳神:초상화)을 그리게 했다.

"그가 틀림없어요."

"그렇군요. 어제 그자입니다."

전신을 펼쳐 든 녹의소녀는 한눈에 그가 태무랑이라는 사실을 알아보았고, 청의청년도 크게 고개를 끄덕였다.

그때 표국주가 조심스럽게 물었다.

"낙성유문(落星流門)의 은(殷) 소저께선 무엇 때문에 그 청년을 찾으십니까?"

하남성 낙양의 명문정파 낙성유문의 소문주인 은지화(殷芝花)는 전신을 접어서 품속에 갈무리하며 대답했다.

"본 문은 무림의 명망 높은 대문파가 인신매매에 개입된 사건을 조사하고 있는 중이에요."

"명망 높은 대문파라면 어느 문파를 말씀하시는지……."

은지화의 얼굴이 약간 차갑게 굳어졌다.

"표국주께선 호기심이 많군요?"

"죄송합니다. 용서하십시오."

표국주는 급히 허리를 깊이 숙여 사과했다. 그가 은지화에게 최대의 예의를 갖추는 것은 그녀의 명성도 명성이지만, 낙성유문이라는 하남 유수의 명문정파에 대한 존경심과 명성 때문이다.

잠시 후에 은지화와 청의청년, 즉 낙성유문 일대제자인 차도익(車道翼)은 사해표국의 전문을 나서자마자 곧장 제월장으로 향했다.

제월장은 수십 명의 관군들에 의해서 철저하게 봉쇄되어 있었다.

하지만 은지화는 이곳에서도 낙성유문 소문주라는 위세를 빌어 어렵지 않게 제월장 안으로 들어가서 곳곳을 둘러보고 수십 구의 시체를 자세히 살필 수 있었다.

"이 수법은 산화칠검하고 비슷하지 않은가?"

"그렇습니까?"

"그리고 이 수법은 십자섬광검… 또 이것은 무극칠절검과 너무도 흡사하군."

시체를 살피던 은지화는 해연히 놀란 표정을 지었다.

하지만 그런 수법들을 전혀 모르는 차도익은 멀뚱한 표정을 지을 뿐이다.

은지화는 적이 놀라는 표정으로 아름다운 눈을 깜빡이면

서 한참 동안 깊은 생각에 잠겼다.

"사해표국 표사의 설명에 따르면 제월장을 이 지경으로 만든 장본인은 예전에 흑풍창기병이었던 태무랑이라는 자가 분명합니다. 우린 그자를 적안혈귀(赤眼血鬼)라고 부릅니다."

관군들의 우두머리인 백관장(百官長)은 심드렁한 얼굴로, 그러나 공손히 설명했다.

"태무랑……."

은지화는 나직이 중얼거리고 나서 의아한 듯 물었다.

"왜 그를 적안혈귀라고 부르죠?"

"그자를 본 생존자의 말에 의하면, 그자가 살인을 할 때 두 눈에서 시뻘건 불길이 뿜어진다고 해서 '적안'이라는 이름을 얻었고, 살인을 밥 먹듯이 하는데다 수법이 너무도 잔인무도하기 때문에 '혈귀'라는 이름을 얻어서 적안혈귀라고 부른다는 것입니다."

은지화는 문득 태무랑하고 몸이 부딪쳤을 때 짧은 순간 보았던 그의 깊고 슬픈 눈빛을 떠올렸다.

* * *

보름 후, 하남성 낙양.

태무랑이 서쪽에서 동쪽으로 흐르는 윤수(潤水)를 타고 홀

러온 한 척의 배에서 포구로 내리고 있었다.

그는 조금 변한 모습이다. 비싸지는 않지만 깨끗한 흑의경장을 입었으며, 오른쪽 어깨에는 한 자루 무기를 메고 있었는데 칙칙한 검은 가죽 안에 들어가 있어서 어떤 무기인지는 겉으로는 알 수가 없었다.

단지 겉보기에는 길이가 넉 자 반쯤으로 보통 도검보다 한 자 정도 더 길며, 가죽 위쪽으로 튀어나온 손잡이 부분이 도검과는 달리 둥글고 길며, 손잡이 끝에 하나의 고리가 달려있는데, 그곳에 가느다란 강사가 연결되어 있는 것을 알 수 있는 정도다.

또한 그는 코밑과 입 주위에 짧고 검은 수염을 길렀는데, 그것은 원래 과묵하고 딱딱한 그를 훨씬 더 사내답고 강인한 모습으로 보이게 했다.

또한 머리를 틀어 올려 깔끔하게 빗어서 묶고, 이마에는 영웅건을 질끈 둘러서 얼핏 보기에는 무림의 한가락하는 고수 같은 모습으로 변모했다.

그가 그런 모습으로 변한 이유는 관의 추적과 검문을 피하기 위해서였다.

그런 약간의 노력이 주효했는지 그는 장안에서 낙양까지 오는 보름 동안 한 차례도 검문을 받지 않았고 귀찮게 하는 자들도 없었다.

원래 장안에서 낙양까지 오는 데 열흘이면 충분한데도 닷

새가 더 걸린 데에는 이유가 있었다.

그는 이곳으로 오는 도중에 위하 강변의 화음현(華陰縣)이라는 곳에서 우연하게 매우 크고 유명한 병기창(兵器廠)을 발견했었다.

그곳은 신기창(神器廠)이라는 곳인데, 근처 화산(華山)에 있는 명문대파 화산파(華山波) 제자들이 자주 이용할 정도로 뛰어난 무기 제작 기술을 자랑하는 곳이다.

태무랑은 좋은 무기의 필요성에 대해서 절감하고 있었으므로 그곳에서 자신만의 독특한 무기 한 자루를 주문해서 만들었으며, 지금 어깨에 메고 있는 무기가 바로 그것이다.

그는 무기가 만들어지기를 기다리는 닷새 동안 근처 화산 깊숙한 곳에 머물면서 자신이 알고 있는 무술과 체내에 축적되어 있는 능력, 즉 신비한 기운에 대해서 나름대로 정리를 했다.

第十二章
전귀(戰鬼)

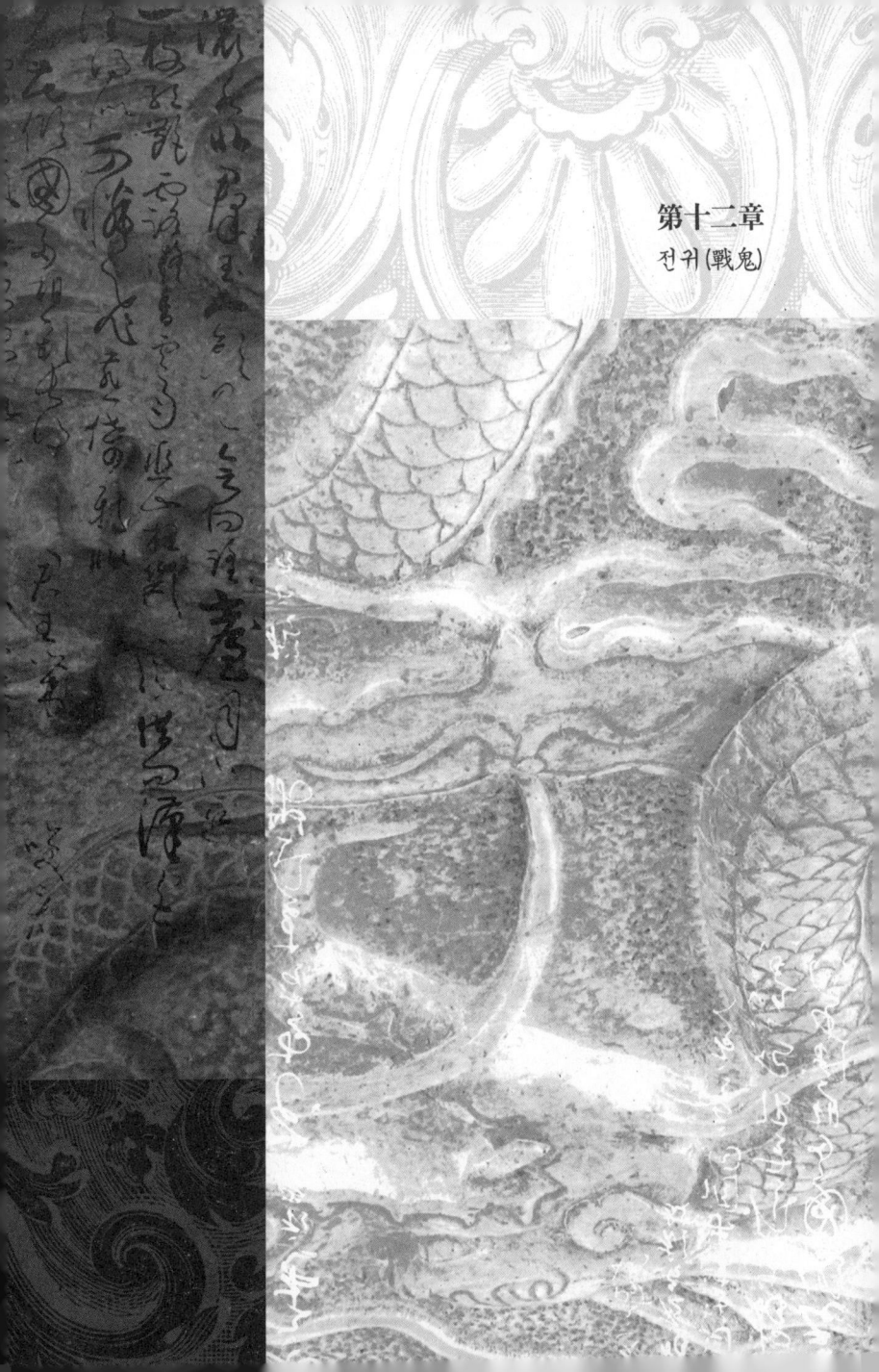

술시(戌時:밤 8시) 무렵.

낙양 장하문 밖은 낙수(洛水) 강변인데 천하 명승지로 이름난 곳이라서 항상 사람들로 붐볐다.

또한 주루와 기루 수백 곳이 처마를 맞대고 길게 이어져 있어서 밤이면 불야성을 이루며 그로 인해서 낙화로(洛花路)라는 이름을 얻었다.

태무랑은 반 시진째 낙화로 끝에서 끝까지 오가면서 기화연당이라는 곳에 대해 사람들에게 물었으나 돌아온 대답은 모른다는 말뿐이었다.

그래서 그는 기루에 직접 들어가서 술을 마시며 기녀에게 직접 물어보기로 작정했다.

그가 적당한 기루를 찾으려고 두리번거리고 있을 때 먼발치에서 그를 주시하는 날카로운 한 쌍의 눈이 있었다.

그 한 쌍의 눈의 주인은 잠시 후 작은 종이에 짧은 글을 써서 한 마리 전서구 발목에 매달린 대롱에 넣은 후 전서구를 밤하늘로 날려 보냈다.

종이에는 '낙화로에서 적안혈귀 발견' 이라고만 적혀 있었다.

태무랑이 들어간 기루는 홍작루(紅雀樓)라는 곳으로 낙화로에 있는 몇 안 되는 최고급에 속하는 곳이다.

이왕이면 크고 좋은 곳에 있는 기녀들이 기화연당에 대해서 잘 알고 있지 않을까 생각한 것이다.

홍작루라는 약간 특이한 이름의 기루는 삼 층인데, 전각과 누각을 절반씩 섞은 듯한 건물로 둘레가 백오십여 장에 이를 정도로 매우 규모가 컸다.

기녀들을 끼고 술을 마시기에는 아직 이른 시각이라서 손님은 많지 않았다.

태무랑은 이층의 어느 방으로 안내되었다. 그곳은 홍작루 입구의 맞은편으로 커다란 노대(露臺:발코니) 아래로는 아름다운 낙수가 유유히 흘러가고 있었다.

그가 장안 화뢰원에서 들고 나온 철궤에 담겨 있던 돈은 생각했던 것보다 훨씬 큰 액수였다.

서른두 명의 어린 여자들에게 은자 백 냥씩 나눠주고, 그녀들의 운송비로 두당 이십 냥씩 육백사십 냥을 사용하고서도 은자가 오천삼백 냥이나 남았다.

더구나 작은 상자에 들어 있던 금원보는 상상을 초월하는 액수였다.

금원보는 모두 스물두 개였으며, 한 덩이가 은자 만 냥이었다. 스물두 개면 자그마치 은자 이십이만 냥이다.

예전에 그런 금원보 한 덩이만 있었더라면, 아니, 은자 천 냥만 있었더라도 태무랑의 집에 비참한 재앙 같은 것은 닥치지 않았을 것이다.

그는 은자 이십이만 오천삼백 냥이라는 엄청난 돈을 갖고 있지만, 그렇다고 해서 굶어서 죽은 어머니와 남동생이 다시 살아서 돌아오지는 않는다.

또한 돈이 그렇게 많다고 해서 하루에 열 끼, 스무 끼를 먹을 수 있는 것도 아니다. 그렇게 먹다간 배가 터져서 죽을 것이다.

태무랑은 낙양으로 들어오기 전에 망산(邙山) 깊은 곳으로 올라가서 어느 무덤 속 은밀한 곳에 금원보들과 은자 오천 냥을 모두 감춰두었다.

그가 등에 메고 있는 가죽 바랑(鉢囊) 속에는 몇 가지 물건들이 들어 있었는데, 그중 하나의 또 다른 단단한 가죽 주머

전귀(戰鬼) 277

니에 은자 삼백 냥이 들어 있다.
 그리고 은자 몇십 냥 정도를 따로 가죽 주머니에 넣어 품속에 넣고 다니며 사용하고 있었다.

 태무랑이 노대 쪽에 앉아서 창밖의 낙수를 굽어보고 있는 동안 하녀들이 들락거리면서 커다란 자단목 탁자에 향기로운 미주가효를 그득하게 차렸다.
 그런데 요리를 다 차린 하녀들이 물러간 지 이각이 지나도록 기녀가 오지 않았다.
 태무랑은 기루에 와본 적이 한 번도 없기 때문에 기녀를 따로 불러야 하는 것인지, 아니면 이대로 가만히 있으면 기녀가 오는 것인지 알지 못했다.
 그는 저녁을 먹지 않았기 때문에 조금 허기를 느끼던 터라 혼자 탁자 앞에 앉아서 천천히 먹기 시작했다.
 먹다가 보면 기녀가 올 것이라고 생각했다. 초조하게 굴어서 될 일이 아니다.
 더 기다려 보다가 오지 않으면 그때 다른 조치를 취해도 될 것이라는 생각이다.
 어차피 기화연당이라는 곳에 대해서 알지 못하고는 할 일도 없는 상황이다.
 그는 술에는 손도 대지 않았다. 군에 있을 때 아주 가끔 동료들과 어울려서 술을 마신 적이 있었으나 좋은 일보다는 좋지 않은 기억이 더 많았다.

 술은 정신을 흐리게 만드는 백해무익한 것이라는 생각에는 지금도 변함이 없다.

 척!

그때 방문이 열리고 누군가 안으로 들어섰다.

 태무랑은 기녀겠거니 여기고 무심코 쳐다보다가 가볍게 몸이 굳으며 눈에서 차가운 안광이 뿜어졌다.

 들어선 사람은 한 명이 아니라 두 명이고 일남일녀인데, 그가 기다리는 기녀하고는 거리가 먼 사람들이었다.

 눈썰미가 있는 태무랑은 그들 일남일녀가 장안성에서 잠깐 몸을 부딪쳤던 녹의소녀와 그 일행인 청의청년이라는 사실을 즉시 알아차렸다.

 장안성에서 우연히 부딪쳤던 그들이 태무랑이 있는 기방으로 들어섰다는 것은, 그 당시의 부딪침이 우연이 아니라는 뜻이다.

 "뭐냐?"

 그가 무표정한 얼굴에 두 눈에는 은은한 살기를 띠고 묻자 녹의소녀 은지화는 정중히 포권을 하며 낭랑한 목소리로 물었다.

 "당신이 적안혈귀인가요?"

 "무슨 소리냐?"

 들어본 적도 없는 이름이다.

"당신이 흑풍창기병 태무랑이냐고 물었어요."

은지화는 나름대로 예의를 갖추었으나 대문파의 소문주라는 존재는 아무리 겸손하려고 해도 상대에게는 겸손하게 보이지 않는 법이다. 오랜 세월 동안 수하들을 부리면서 떠받침을 받으며 살았기 때문이다.

그래서 은지화의 말은 꽤나 깐깐하게 흘러나왔다.

하지만 그런 것은 어쨌든 상관없다. 태무랑이 움찔, 한 것은 그녀의 입에서 '흑풍창기병 태무랑'이라는 말이 흘러나왔기 때문이다.

순간 불길함을 느낀 태무랑은 어깨의 무기를 잡으면서 두 발로 가볍게 바닥을 박차며 탁자를 날아 넘었다.

차앙!

이어서 허공중에서 무기를 뽑는 것과 동시에 그대로 녹의소녀의 정수리를 쪼개어갔다.

쉬아앙!

순간 도검에서는 나지 않는 괴이한 파공음이 허공을 가득 메우면서 검고, 푸르고, 희뿌연 세 개의 빛살이 녹의소녀의 정수리를 향해 무시무시하게 그어 내렸다. 더구나 그 기세는 가히 산악을 쪼갤 듯했다.

은지화는 태무랑에겐 조금도 악의가 없다. 단지 궁금한 몇 가지를 묻고 싶을 뿐이었다.

그런데 몇 마디 말이 오가자 태무랑이 득달같이 탁자를 뛰어넘어 덮쳐 오는 것을 보고 깜짝 놀랐다.

그리고 그때까지만 해도 그의 공격 정도는 언제라도, 그리고 얼마든지 막거나 피할 수 있을 것이라고 낙관했었다.

은지화는 비록 십팔 세 어린 나이지만 코흘리개 시절부터 재간둥이 소리를 들어가면서 가문인 낙성유문의 몇 가지 성명검법을 착실하게 연마했기 때문에 지금은 상당한 수준에 올라 있었다.

또한 그 덕분에 강북무림의 후기지수 중에서도 열 손가락 안에 꼽히는 명성을 날리고 있었다.

그녀의 낙성비연(落星飛燕)이라는 아호는 지난 이삼 년 동안 수십 명의 악인들을 처단하고 얻은 자랑스러운 것이다.

그러나 낙성비연 은지화는 오늘 임자를 제대로 만났다.

태무랑의 공격을 언제라도, 그리고 얼마든지 피하거나 막을 수 있다고 생각한 것은 철저한 오판이었다.

아니, 막거나 피하기는커녕 눈을 한 번 깜빡이기도 전에 태무랑의 무기가 뽑히더니 어느새 정수리 한 자 위에 쇄도하고 있는 것이 아닌가.

"……!"

소스라치게 놀란 은지화는 앞뒤 가릴 것 없이 다급하게 옆으로 몸을 날렸다.

쉬이잉!

태무랑의 무기가 그녀의 머리를 아슬아슬하게 스치면서

흩날리는 머리카락을 뭉텅 잘라 허공으로 날렸다.

일단 공격을 피한 은지화는 되도록 멀찍이 물러나서 태무랑을 진정시켜야겠다고 판단했다.

피잇!

그러나 그녀에겐 그런 기회마저도 주어지지 않았다. 그녀의 머리카락을 자른 태무랑의 도가 급격하게 방향을 꺾어 이번에는 그녀의 목을 베어오는 것이 아닌가.

보통 모든 초식에는 시작이 있고 진행이 있으며, 또 끝이 있다. 즉, 발식(拔式)과 행식(行式), 종식(終式)이 그것이다.

무기를 뽑으면서 초식으로 이어가는 것이 발식이고, 초식에 변화를 일으켜 목표물을 찌르거나 베어가는 것이 행식이며, 동작의 마무리 단계가 종식이다.

이 세 가지는 어느 것 하나라도 없으면 초식 자체가 이루어지지 않는다.

그런데 태무랑은 방금 발식에서 행식으로 이어졌다가 또다시 행식으로 전환한 것이다.

즉, 한 동작의 마무리를 하지 않고 동작이 다시 다른 동작으로 이어졌다는 뜻이다.

그것은 지붕에서 땅으로 뛰어내리던 사람이 두 발이 땅에 닿기도 전에 다시 허공으로 뛰어오른 것처럼 황당무계한 일이 아닐 수 없다.

은지화는 방금 최초의 일격을 다급히 피한 동작의 연장선상, 즉 상체가 한쪽으로 크게 기우뚱한 자세에서 순간적으로 어찌할 바를 몰라 했다.

그녀의 상체가 기울어지고 있는 속도보다 열 배는 더 빠르게 태무랑의 무기가 예의 검고, 푸르고, 희뿌연 삼색의 빛을 뿌리며 반 자 거리에서 목을 향해 베어오는 것을 뻔히 쳐다보면서 그녀의 두 눈은 화등잔만 하게 잔뜩 부릅떠졌다.

차앙!

태무랑의 뒤쪽에서 차도억이 그제야 발검(拔劍)하는 소리가 들렸으나 그가 어떤 행동을 취하기 전에 은지화의 목은 잘려져 있을 것이다.

순간 은지화는 궁여지책으로 급급히 철판교(鐵板橋)의 수법을 발휘했다.

몸이 기우뚱한 상태에서 철판교를 펼치자 빙그르르 회전하며 상체가 확 뒤로 젖혀졌다.

스으응!

두 눈을 부릅뜨고 있는 그녀는 자신의 얼굴 위 한 치도 안 되는 곳에서 태무랑의 무기가 번뜩이면서 스쳐 지나가고 있는 것을 뚫어지게 쏘아보며 오금이 저리는 것을 느꼈다. 이런 공포는 태어나서 처음이다.

쉬이잉!

그녀의 등이 바닥에 닿기 전에 태무랑의 무기가 그녀에게서 멀어져 가고 있었다.

방금 전처럼 행식이 또다시 행식으로 연결되는 것이 아니라 이번에는 정상적으로 종식으로 이어지고 있었다.

쉬아앙!

그런데 그게 아니다. 태무랑의 무기는 그대로 뒤쪽에 있는 차도익을 향해 질풍처럼 쇄도해 가고 있었다.

종식이 아니라, 행식이 행식에서 또 다른 행식으로 이어지고 있었다.

"……!"

막 검을 뽑아서 머리 위로 치켜들었다가 태무랑에게 짓쳐 가며 그어 내리던 차도익은 자신을 향해 무시무시하게 그어 오는 기형무기를 발견하고는 저절로 눈이 부릅떠졌다.

쩌겅!

태무랑의 기형무기는 차도익이 내려치고 있던 장검을 절반으로 부러뜨리고는 다시 반 바퀴를 돌아 은지화의 얼굴 위에 이르러 또다시 급격히 방향을 꺾더니 그녀의 얼굴을 향해 세로로 쪼개어 내렸다.

슈아앙!

"……!"

철판교를 전개했던 그녀의 등은 아직도 바닥에 닿지 않은 상태다.

그녀가 철판교로 상체가 뒤로 눕혀지고 있는 사이에 태무랑은 기형무기를 한 바퀴 돌려서 차도익의 검을 동강 내고 그녀에게 세 번째 공격을 가하고 있는 것이다.

은지화는 넋이 완전히 빠져나갔다. 그녀는 세상에 도대체 이런 종류의 사람이 존재하고 있다는 사실이 믿어지지가 않았다.

그녀는 보았다. 자신을 내려다보고 있는 태무랑의 두 눈에서 시뻘건 불길이 이글거리며 뿜어져 나오는 것을. 그리고 검고, 푸르고, 희뿌연 삼색의 기광을 뿌리며 자신의 얼굴을 세로로 쪼개어오는 아수라의 혓바닥을.

순간 그녀는 울부짖듯이 악을 썼다.

"태무랑—!"

그러면서 설혹 이 외침에 태무랑이 반응을 한다고 해도 기형무기를 멈추기에는 늦었다는 사실을 그녀는 알고 있었다.

쿵!

그녀의 등이 바닥에 닿았다가 반동에 의해 두세 치 정도 튀어 올랐다가 다시 내려갔다.

뚝!

그리고 그녀는 보았다. 자신의 미간에 딱 정지해 있는 삼색날의 으스스한 광채를.

기형무기가 멈추지 못할 것이라고 여겼었는데 믿을 수 없게도 그녀의 미간에서 정확하게 멈추었다.

슥—

태무랑이 기형무기를 거두었다. 하지만 그녀를 쏘아보는

핏빛 눈빛은 거두지 않았다.
주르르.
그때 그녀의 미간에서 콧등을 타고 새빨간 핏방울이 흘러내렸다. 이마에 세로로 가볍게 베인 상처가 난 것이다.
그러나 태무랑의 기형무기는 은지화의 이마 위 한 치 거리에 정확하게 멈추었다. 다만 은지화의 등이 바닥에 닿았다가 반동으로 두어 치 튀어 오르는 바람에 제 스스로 칼날에 베어 생긴 상처다.
은지화의 안색은 백지장처럼 창백했다. 머릿속이 텅 비어 버린 듯한 그녀는 이글거리는 태무랑의 눈을 보며 속으로 중얼거렸다.
'이 사람은 전귀(戰鬼)야…….'
콧등에서 뚝뚝 떨어진 피가 새하얀 뺨을 타고 흘렀다.
그러나 흐르는 것은 그것만이 아니다.
그녀의 사타구니가 축축하게 젖어 있었다.
실내에 정적이 흘렀다.
바닥에 등을 대고 쓰러져 있는 은지화가 가쁜 숨을 몰아쉬는 숨소리만이 실내를 자늑자늑 흔들고 있을 뿐이다.
우뚝 서 있는 태무랑 발아래에 누워 있는 은지화도, 태무랑 뒤에 우두커니 서 있는 차도익도 놀라움과 질식할 것 같은 압박감을 감추지 못하고 있었다.
하지만 차도익의 놀람은 한 차례 호흡할 정도의 짧은 시각

안에 세 차례나 죽을 고비를 넘긴 은지화의 놀라움, 아니, 혼비백산에 비할 바가 아니었다.

은지화는 일어날 엄두조차 내지 못했다. 핏기없는 창백한 얼굴에 커다란 두 눈을 더욱 크게 부릅뜨고, 조그만 입을 크게 벌린 채 눈도 깜빡이지 않으며 태무랑을 바라보았다.

여북하면 그녀는 자신이 오줌을 쌌다는 사실조차도 아직 느끼지 못하고 있을 정도였다.

은지화의 시선은 태무랑의 얼굴에 고정되어 있었다. 하지만 눈으로 보고 있을 뿐이지 머리는 그를 보고 있다는 사실을 인지하지 못하고 있었다.

아직도 끔찍한 공포심 때문에 머릿속이 황폐화되어 있기 때문이다. 그녀의 동공이 크게 확장되어 있는 것이 그것을 증명했다.

잠시가 지나서야 그녀는 비로소 태무랑의 모습을 머리로 인식하기 시작했다.

태무랑의 눈에서는 조금 전 같은 핏빛 혈광이 뿜어지지 않았다.

다만 그녀가 처음 그와 몸을 부딪쳤을 때 잠깐 봤었던 깊고 슬픈 눈이 그녀를 묵묵히 굽어보고 있었다.

조금 전의 혈광은 마주 쳐다보는 것만으로도 심장이 오그라들 정도였는데, 지금의 눈빛은 바라보고 있으면 눈물이 절로 솟구칠 만큼 슬펐다.

어떻게 그 두 가지 눈빛이 한 사람에게서 표출될 수 있는지 모를 일이다.

 묘한 자세고 또한 이상한 분위기지만, 은지화는 비로소 떨리는 마음으로 태무랑의 모습을 자세히 살펴볼 수 있었다.

 육 척이 훨씬 넘는 훤칠한 키. 하지만 넓은 어깨와 단단한 가슴을 지녔으나 큰 체구는 아니다.

 일견하기에도 준수한 용모지만 그보다는 굴강하고 용맹함이 더 돋보이는 선이 굵은 얼굴이다.

 먹물을 쿡 찍어 바른 듯 짙고 굵은 눈썹과 우뚝 솟은 타협을 모르는 듯한 콧날, 그리고 강파른 광대뼈와 약간 움푹 파인 양 뺨, 까칠하게 자란 수염 속에 고집스럽게 닫혀 있는 두툼한 입술 등을 자세히 보노라면, 그 속에 지독한 한과 슬픔이 켜켜이 쌓여 있음을 느낄 수가 있다.

 은지화는 지금이 어떤 상황이라는 것도 잊은 채 태무랑의 얼굴에서 시선을 떼지 못하고 있다가 문득 시선이 태무랑의 얼굴에서 그가 칼날을 위로 한 채 움켜잡고 있는 한 자루 기형무기로 향했다.

 그것은 정확히 뭐라고 이름을 붙여야 할지 모를 기이한 모양이 무기였다.

 길이가 넉 자 반인데, 보통의 도검이 두 자 반이고 길어야 석 자인 점을 감안하면 두 배 가깝게 긴 무기다.

 전체 길이 넉 자 반 중에서 석 자가 칼날이고 한 자 반이 손잡이다.

칼날이 한쪽으로만 있다는 점에서는 일단 도의 형태를 지녔다고 볼 수 있다.

그러나 완만하게 휘어진 칼날의 폭이 보통 도에 비해서 절반 남짓에 지나지 않아서 도라고는 할 수 없다.

관운장이 사용했다는 언월도(偃月刀)를 닮았으나 도신은 훨씬 좁아서 그런 점에서는 검신의 폭과 비슷했다.

그런데 기형무기의 끝 부분, 그러니까 도첨의 칼등에 해당하는 부분에 한 뼘 길이의 창날이 튀어나와 있었다. 창날 끝은 뾰족했고, 양날이 검처럼 날카롭게 벼려져 있었다.

태무랑은 군사가 된 이후부터 흑풍창기병 시절까지 줄곧 창을 사용했었으므로 창이 손에 익었다.

하지만 지옥에서 단유천과 옥령에게 훔쳐 배운 무공은 모두 검법이다. 그런데 막상 바깥세상에 나와서 여러 차례 싸움을 해보니까 검보다는 도가 위력적이라는 사실을 깨달았다. 그래서 창과 검, 도를 합친 자신만의 기형무기를 고안해 낸 것이다.

그런데 석 자 길이의 칼날이 세 가지 색을 흐릿하게 띠고 있었다.

칼등에서 도신 쪽으로 내려가면서 먹처럼 검은색이고, 도신의 중심 부위는 푸르스름한 색이며, 칼날은 너무도 예리해서 희뿌연 광채를 뿌리고 있었다.

그래서 조금 전에 그가 공격을 했을 때 세 가지 색의 광채가 허공을 수놓았던 것이다.

석 자 길이의 도신을 제외하면 나머지 한 자 반이 거무튀튀한 손잡이다. 지나치게 긴 손잡이다.

손잡이가 길어서 유사시에는 두 손으로 길게 잡을 수 있다는 점에서는 창에 가까웠다.

"소저……"

그때 차도익이 조심스럽게 은지화 쪽으로 오면서 염려스러운 듯 입을 열었다.

그러자 태무랑이 곁눈으로 차도익을 힐끗 쳐다보았다.

단지 그것뿐인데 차도익은 그 자리에 뚝 멈추었다. 동시에 가슴속으로 얼음물이 흐르는 듯한 싸늘함을 느꼈다.

차도익은 원래 용맹하고 겁을 모르는 사람인데 어찌 된 일인지 태무랑에게만은 오금을 펴지 못했다.

이윽고 태무랑은 은지화를 굽어보며 중얼거리듯이 물었다.

"너는 누구냐?"

밤안개가 땅 위에 자욱하게 내려앉는 듯한 목소리다.

은지화는 차분하려고 애쓰면서 몇 차례 심호흡을 한 후에 말문을 열었다.

"소녀는 낙양 낙성유문의 소문주 은지화라고 해요. 그런데 당신은……"

"어떻게 내 이름을 아느냐?"

태무랑은 그녀가 질문을 할 틈을 주지 않았다.

은지화는 상황이 이상하게 돼버리긴 했지만 이제야 비로소 태무랑하고 대화를 하게 되었다는 생각에 정신을 바짝 차리고 설명했다.

"소녀는 장안성에서 화뢰원을 찾고 있다가 당신이 한 일을 알게 되었어요. 화뢰원을 몰살시킨 것과 서른두 명의 어린 소녀들을 집으로 돌려보낸 일 말이에요. 그리고 화뢰원 사건을 조사하던 관군에게 당신이 예전에 흑풍창기병이었으며 군탈을 했고, 수많은 살인을 저질러서 적안혈귀라는 별호를 얻었다는 사실도 알게 되었어요."

태무랑은 자신이 사람들에게 무엇으로 불리어지든 관심이 없었다.

"왜 화뢰원을 찾느냐?"

태무랑의 표정과 목소리는 정해놓은 것처럼 똑같았다.

"우리 낙성유문은 오래전부터 강북 지역에서 암암리에 벌어지고 있는 인신매매 사건을 조사하고 있는 중이에요."

은지화는 일어날 생각조차 하지 못했다. 그만큼 태무랑의 존재가 크고 두렵게 그녀를 압박하고 있기 때문이다.

"우린 무극신련의 지파 중 하나인 무영검문이 인신매매에 연루되었다는 증거를 찾고 있어요. 어쩌면 화뢰원은 무영검문이 비밀리에 운영하고 있는 인신매매 소굴일지도 몰라요."

강북무림에서 그녀가 제법 명성을 날리고 있으며 낙성유문의 소문주라는 대단한 위치를 생각하면, 지금 그녀의 모습은 상상하는 것조차 어려운 일이다.

 그녀는 쓰러지면서 다리를 넓게 벌렸는데, 태무랑은 한쪽 발로 그녀의 벌어진 사타구니 한 뼘쯤 아래를 딛고 있으며, 다른 발로는 바깥쪽을 디딘 채 우뚝 서 있었다.

 태무랑은 은지화의 말에 흥미를 느끼지 못해서 더 이상 들을 필요가 없다고 판단했다.

 "내가 너를 죽이지 말아야 할 이유를 대봐라."

 태무랑의 말에 은지화는 조금쯤 물러가고 있던 공포가 다시 엄습하는 것을 느꼈다.

 "소녀는… 당신의 적이 아니에요."

 그녀의 말은 결사적이면서도 안타까움이 짙게 배어 있었다.

 그 말에 태무랑의 입술 끝이 미미하게 씰룩였다. 차디찬 냉소다.

 "내게 인간은 두 종류뿐이다. 죽이지 말아야 할 인간과 죽여야 할 놈."

 문득 은지화는 지금이 매우 중요한 순간임을 본능적으로 깨달았다.

 "소녀는 당신의 친구가 될 수 있어요. 아니, 친구예요. 우린 같은 목적을……."

그녀는 말을 하다가 말끝을 흐리면서 두 눈을 찢어질 듯이 부릅떴다.

태무랑의 두 눈에서 핏빛 혈광이 무시무시하게 뿜어지는 듯하더니 돌연 언월도 같은 기형무기가 자신의 얼굴을 향해 곧장 그어 내려오는 것을 발견한 것이다.

쉬아앙!

그 순간 그녀는 머릿속이 텅 비면서 아무 생각도 나지 않았다. 단지 번뜩이는 칼날이 뿜어내는 삼색의 광채만 눈앞에서 어른거릴 뿐이다.

쩍!

"꺄악!"

뭔가 쪼개지는 소리와 함께 은지화는 질끈 눈을 감으며 목청이 찢어질 듯 비명을 질렀다.

처음에 그녀는 자신이 필경 머리가 세로로 쪼개져서 즉사했다고 생각했다.

그런데 두 가지가 느껴졌다. 자신의 몸이 사시나무 떨듯이 와들와들 떨리고 있다는 것과 위쪽 태무랑에게서 살을 에는 듯한 어떤 기운이 쏟아지고 있다는 것이다.

잠시 정적이 흐르는가 싶었는데 태무랑의 짓이기는 듯한 목소리가 흘러내려 그녀의 얼굴로 후드득 쏟아졌다.

"너는 죽여야 할 년이 되고 싶으냐?"

"……"

전귀(戰鬼) 293

은지화는 두 주먹을 꼭 쥔 채 있는 힘을 다해서 눈을 떴다.

그러자 태무랑의 혈광을 내뿜는 무서운 얼굴이 보여서 급히 옆으로 고개를 돌렸다.

이번에는 그녀의 얼굴 옆에 종잇장 한 장 차이로 바닥에 깊숙이 박혀 있는 시퍼런 칼날이 보였다.

그리고 푸르스름한 칼날에 비친 자신의 공포에 질린 얼굴도 보였다. 그 모습에 그녀는 더욱 공포에 질려 버렸다.

"흐으으……"

그녀의 새파랗게 질린 입술 사이로 난생처음 내뱉는 뼈를 저리게 하는 신음 소리가 새어나왔다.

죽음의 공포가 가장 지독하다는 말은 틀렸다. 지금 그녀가 느끼고 있는 공포가 가장 지독한 것이다.

뿌득.

태무랑이 바닥에서 기형무기를 뽑으며 씹어뱉듯이 중얼거렸다.

"꺼져라."

"아소(娥簫)예요."

얼굴이 발그레하고 귀여운 용모의 기녀는 태무랑 옆쪽에 서서 두 손을 앞에 모으고 공손히 허리를 굽혔다.

탁자 쪽으로 앉아 있던 태무랑은 의자를 돌려 기녀를 향해 똑바로 고쳐 앉았다.

"몇 살이오?"

조금 전에 혼쭐을 내준 은지화에게는 다짜고짜 이년 저년 했었으나 기녀에겐 정중하게 물었다.

"열일곱 살이에요."

기녀 아소는 태무랑의 누이동생인 태화연보다 겨우 한 살이 많다. 그래도 아직 어린 소녀다.

그런데도 기루에서 남자 손님을 상대로 술과 웃음을 팔고 있다. 아니, 여린 몸뚱이도 은자 몇 냥에 팔고 있을 것이다.

아소는 허리를 펴고 얼굴을 들었으나 감히 태무랑을 똑바로 바라보지 못하고 눈을 내리깐 모습이다. 또한 왠지 불안해하고 있었다.

자그마한 체구에 가녀린 몸매, 두려운 듯 수줍어하는 모습과 복사꽃처럼 발그레한 뺨을 갖고 있는 어여쁜 소녀다. 그녀는 여러 모로 태화연과 닮았다.

그녀의 몸뚱이를 겨우 은자 몇 냥에 살 수 있다는 사실 때문에 태무랑은 분노보다는 슬픔이 치밀어 올라 목젖이 꿈틀거렸다.

실내에는 잠시 침묵이 흘렀다. 태무랑은 이런 상황에서 무엇을 어떻게 해야 하는지 몰라서 가만히 있는 것뿐인데, 그것이 기녀, 아니, 소녀 아소를 불안하게 만들었다.

그녀는 눈동자만으로 자꾸만 힐끔힐끔 뒤쪽의 눈치를 보는 것 같았다.

그녀의 뒤에는 조금 전에 그녀를 데리고 들어온 중년의 뚱뚱한 여인이 서 있었다.

중년 여인은 입과 얼굴에 푸근한 웃음을 짓고 있으나 살 속에 파묻혀 있는 눈동자는 날카롭게 태무랑의 모습을 살피고 있는 중이다.

그가 돈푼깨나 있는 한량인지 아니면 빈털터리인지를 오랜 경험으로 알아내고 있는 중인 듯했다.

"손님, 이 아이가 마음에 들지 않으세요?"

그때 중년 여인, 즉 화주(花主)가 약간 신경질적인 목소리로 태무랑에게 물었다.

노골적으로 짜증을 내는 것으로 미루어 겉모습만 보고 태무랑을 빈털터리라고 판단한 모양이다.

태무랑은 소녀 아소를 물건 취급하는 화주가 마음에 들지 않아 힐끗 차갑게 쳐다보았다.

"흭!"

그러자 화주는 태무랑의 눈에서 번갯불 같은 안광이 찰나지간 뿜어지는 것을 발견하고 심장이 오그라드는 듯한 표정을 지었다.

태무랑의 눈빛 한 번에 화주의 태도가 즉시 바뀌었다. 그녀는 허리를 굽히고 두 손을 비비며 피둥피둥 살찐 얼굴을 일그러뜨렸다. 웃음을 짓는 것이다.

"호호호… 나리, 불편하신 점이라도 있으신가요?"

철렁!

태무랑은 묵묵히 품속에서 가죽 돈주머니를 꺼내 탁자에 내려놓았다.

굽실거리던 화주는 재빨리 돈주머니와 태무랑의 얼굴을 번갈아 쳐다보았다.

태무랑은 기녀보다는 화주에게 묻는 것이 더 빠르겠다는 생각을 방금 전에 했다.

"기화연당이 어디에 있는지 가르쳐 준다면 그대에게 은자 열 냥을 주겠소."

"기화연당을……."

"모르오?"

"……."

태무랑은 화주가 머뭇거리는 것을 보고 그녀가 기화연당을 알고 있다고 판단했다.

"이십 냥."

사실 일반 성민들은 기화연당에 대해서 거의 모르고 있으나, 이 바닥의 기녀들이라면 기화연당이 어디에 있으며 무엇을 하는 곳인지 대부분 알고 있다. 즉, 그다지 비밀이 아니라는 뜻이다.

그러므로 은자를 이십 냥씩이나 내고 가르쳐 달라고 할 만한 일이 못 된다.

그것 때문에 화주는 당황하고 또 적잖이 놀라고 있는 것이지 머뭇거리고 있는 것이 아니다.

그때 문득 태무랑은 소녀 아소의 얼굴에서 무엇인가를 발견했다.

그녀는 지금까지 태무랑의 얼굴을 제대로 쳐다보지 못했었으나 지금은 그를 바라보면서 눈으로 뭔가를 말하려 애쓰고 있었다.

태무랑은 그녀가 전하려는 말이 '그러지 마세요'라는 뜻으로 해석했다.

즉, 기화연당에 대해서는 제가 말씀드릴 테니까 괜한 일에 돈을 낭비하지 마세요, 라는 뜻이다.

"그럼 기화연당에 대해서 말씀드리겠으니……."

슥─

화주가 입을 연 것과 태무랑이 돈주머니를 다시 품속에 집어넣은 일은 동시에 일어났다.

"나가 보시오."

태무랑은 화주를 쳐다보지도 않고 가볍게 손을 저었다.

은지화가 차도익에게 갈아입을 옷을 한 벌 구해오라고 했더니 그는 기녀의 옷을 한 벌 들고 돌아왔다.

은지화와 차도익은 아직 태무랑이 있는 이곳 홍작루를 나가지 않고 있는 중이었다.

그러므로 기루에서 손쉽게 구할 수 있는 옷이 기녀의 옷 말고 무엇이겠는가.

은지화는 태무랑에게 치도곤을 당하다가 오줌을 싼 장본인이라서 뭐라고 한마디도 못하고 화사한 꽃 장식의 상의와 바닥에 질질 끌리는 긴 연분홍 치마로 갈아입었다.

그런 차림에다가 어깨에 검 한 자루를 척 메고 나니까 아주 우스꽝스러운 모습이 되었다.

은지화가 옷을 갈아입을 동안 밖에 나가 있다가 들어온 차도익이 조심스럽게 입을 열었다.

"소저, 이제 그만 돌아가시지요."

그러나 은지화는 완강하게 고개를 가로저었다.

"그를 다시 만나볼 생각이에요."

차도익은 움찔 놀라 손사래를 쳤다.

"그건 안 됩니다. 이번에는 그자가 소저를 죽일 겁니다."

은지화는 새빨간 입술을 꼭 깨물었다.

"이대로 물러날 수는 없어요. 반드시 그가 누군지 알아내야 하고, 그에게 물어볼 말이 있어요."

"정히 그자를 만나시려거든 일단 본 문으로 갔다가 문파 고수들을 데리고 오는 것이 좋겠습니다."

은지화는 단호하게 손을 저었다.

"그러다가 그를 놓치게 되면 어떻게 하죠? 장안에서 그를 추적하기 시작해서 이제야 겨우 찾아냈다는 사실을 잊지 말아요."

"음……."

차도익은 무거운 신음을 흘린 후에 궁금하다는 듯 물었다.

"소저, 도대체 무엇 때문에 적안혈귀를 다시 만나시려는 겁니까? 그자가 장안성 화뢰원을 몰살시키고 화뢰들을 구한 것 때문입니까?"

은지화는 고개를 가로저은 후에 차분하게 말했다.

"적안혈귀가 화뢰원에서 사용한 무공은 십자섬광검과 산화칠검하고 흡사했어요."

"그 검법이 중요한 것입니까?"

"그것은 무극신련(無極神聯)의 성명검법이에요."

"에엣?"

차도익은 눈을 휘둥그렇게 뜨며 대경실색했다.

"어떻게 그런……."

은지화는 크고 아름다운 눈을 가늘게 뜨며 중얼거렸다.

"현재 우리가 조사하고 있는 사건이 뭐죠?"

"하북성(河北省) 무영검문(無影劍門)이 인신매매에 연루되었다는 증거를 잡는 것입니다."

"무극신련은 대강남북에 도합 사십팔 개 지파(支派)를 거느리고 있는데 무영검문은 그중 하나예요."

"알고 있습니다."

은지화의 눈이 더욱 가늘어졌다.

"그런데 무극신련의 성명절기를 사용하는 적안혈귀라는

인물이 느닷없이 나타나서 무영검문이 연루되었을 가능성이 큰 인신매매에 훼방을 놓았어요. 대체 이것을 어떻게 해석해야 하는 거죠?"

차도익은 아무 말도 하지 못했다.

"우리는 장안성에 무영검문이 은밀하게 운영하고 있는 화뢰원이 있을 것이라는 정보를 입수한 즉시 장안성으로 가서 조사를 하고 있었는데 적안혈귀가 한발 앞서서 그 화뢰원을 몰살시켜 버린 거예요."

"그렇지요."

은지화는 장미 꽃잎처럼 붉은 입술을 꼭 깨물었다.

"그렇기 때문에 나는 적안혈귀가 누군지, 그리고 장안성의 화뢰원을 왜 몰살시킨 것인지 반드시 알아내야겠어요."

철렁!

태무랑은 품속에서 돈주머니를 꺼내 탁자에 내려놓고 옆 의자에 앉아 있는 소녀 아소 앞으로 밀어주었다.

아소는 놀라서 눈을 동그랗게 뜨고 돈주머니를 바라보았다.

"이게… 뭔가요?"

태무랑은 일어나면서 대꾸했다.

"기화연당에 대해서 말해준 답례요."

"어, 어디 가세요?"

아소는 태무랑이 불쑥 돈주머니를 내놓은 것 때문에 놀랐다가 그가 방문 쪽으로 걸어가자 더욱 놀라 발딱 일어나 총총히 뒤따라왔다.

"가야겠소."

"꼭 그래야 하나요?"

태무랑이 냉정하게 말하자 아소는 살며시 그의 옷자락을 붙잡으며 간절하게 바라보았다.

"내가 가지 말아야 할 이유가 있소?"

아소는 그의 옷자락을 잡은 채 고개를 푹 숙이고 있을 뿐 아무 말도 하지 않았다.

태무랑은 그녀가 잡고 있는 옷자락을 차마 뿌리치지 못하고 그대로 서 있었다.

많은 사람을 죽여서 적안혈귀라는 별호까지 얻은 그로서는 어울리지 않는 행동이다.

하지만 그의 행동에는 분명한 선(線)이 있다. 악인이거나 자신에게 적대적인 사람에겐 가혹하게 대하고, 착한 사람 앞에서는 그의 본성, 즉 순수하고 선한 마음이 저절로 나타나는 것이다.

그가 지옥에서 살아 나온 후 지금까지 본성으로 대한 사람들은 그를 구해주었던 가송촌의 장 노인 가족과 누이동생 태화연을 진심으로 대했던 장무현의 황리, 그리고 지금 그의 옷자락을 붙잡고 있는 아소다.

그때 아소가 고개를 들고 그를 바라보며 조심스럽게 말문을 열었다.

"기루에 오는 손님들은 대부분 난폭하고 추잡해요. 은자 몇 냥을 내고 소녀를 샀다는 이유만으로 술에 취하면 소녀를 짐승처럼 다루어요. 그게 너무 끔찍해요."

태무랑은 동정 어린 눈빛으로 아소를 굽어보았다.

아소의 눈에 눈물이 차올랐다.

"나리 같은 분은 처음이에요. 소녀의 몸을 원하지도 않고 소녀를 평범한 사람처럼 대해주셨어요. 그래서 오늘만큼은 나리를 모시고 싶어요."

태무랑은 그녀가 하는 말을 충분히 납득했다. 난폭한 손님들로부터 매일 혹사당하는 몸을 오늘만큼은 편안하게 해주고 싶다는 뜻으로 알아들었다.

하지만 아소는 태무랑이 무엇을 원하든 다 들어줄 생각을 하고 있었다. 그라면 무엇을 해줘도 아깝지 않다는 마음이 든 것이다.

태무랑은 누이동생 태화연도 어딘가에서 아소처럼 살아가고 있지 않을까 하는 생각이 들어서 착잡한 마음을 떨칠 수가 없었다.

"미안하오."

척!

그러나 태무랑은 그 한마디를 남기고 방을 나가 버렸다.

"아……."

문을 닫기 전, 방 안에서 아소의 탄식이 새어나왔다.

문틈으로 밖을 살피고 있던 차도익이 급히 문을 닫고 은지화를 돌아보며 속삭였다.

"그가 나가고 있습니다."

"벌써?"

은지화는 가볍게 놀라서 급히 문 쪽으로 달려와서 문틈으로 밖을 살짝 내다보았다.

저만치 아래층으로 이어진 계단을 성큼성큼 내려가고 있는 사람은 분명히 적안혈귀였다.

어깨에 정체 모를 괴상한 무기를 메고 앞만 똑바로 주시하면서 내려가고 있는 그의 얼굴은 아무런 표정도 떠올라 있지 않았다.

그때 그의 얼굴이 은지화의 시야 속으로 끌어당기듯이 확대되는 순간 그녀는 흠칫 놀랐다.

'사자(死者)의 얼굴이야…….'

무표정과 무심의 도를 넘어서, 태무랑은 사자, 즉 죽은 자와 동일한 얼굴을 하고 있었다.

은지화의 가슴이 쿵쿵 세차게 뛰었다. 두 번 다시 태무랑의 얼굴을 보고 싶지 않을 정도로 소름이 끼쳤다.

'어째서 살아 있는 사람이 저런 얼굴을…….'

그때 같이 문틈으로 내다보고 있던 차도익이 속삭였다.
"왜 이렇게 빨리 나온 것일까요?"
은지화는 퍼뜩 정신을 차리고 현실로 돌아왔다.
'저자는 기녀와 즐기려고 기루에 온 것이 아니었어. 뭔가 다른 목적이 있었던 거야.'
조금 전까지만 해도 은지화는 태무랑이 기녀와 술을 마시고 하룻밤 즐기려고 이곳에 왔을 것이라고 생각했었다.
하지만 그것을 이상하게 여기지는 않았다. 대다수의 남자들이 당연한 듯이 그런 행동을 하기 때문이다.
"나갔습니다."
태무랑이 일층 입구 밖으로 나가는 것을 보고 차도익이 서둘러 문을 열고 복도로 나섰다.
그는 천천히 방에서 나오고 있는 은지화를 보며 초조한 얼굴로 말했다.
"사라지기 전에 미행해야 합니다."
하지만 은지화는 차분했다.
"그가 이곳에서 무엇을 했는지 알아보세요."
"옛?"
"누굴 만나서 무엇을 했으며 어떤 대화를 나누었는지를 알면 그가 어디로 가고 있는지는 자연히 알게 될 거예요."
"아……!"
차도익은 얼굴이 환해졌다. 아울러 자신은 왜 그런 생각을 하지 못하고 태무랑을 미행할 궁리만 했는지 바보 같다는 생각이 들었다.

"잠깐 기다리십시오."

차도익은 쏜살같이 통로를 달려갔다. 은지화의 낙성유문은 이곳 낙양의 명문대파이므로 그들의 영향력은 어디에서든 통한다. 홍작루라고 해서 예외는 아니다.

태무랑은 아소가 가르쳐 준 대로 기화연당을 찾아갔다. 아소의 말에 의하면, 그녀도 기화연당에서 기녀로서의 여러 가지 재주를 배웠다고 했다.

기화연당은 홍작루에서 그리 멀지 않은 곳에 위치해 있어서 빠른 걸음으로 걸어서 일각 남짓 만에 당도했다.

대로에서 조금 벗어난 호젓한 거리 끄트머리에 아무런 표식도 특징도 없는, 담 안쪽에 높은 나무들이 담보다 더 높이 길게 늘어서 있는 장원이 기화연당이었다.

태무랑은 기화연당의 전문을 칠팔 장쯤 남겨둔 지점을 걸으면서 어떻게 잠입할 것인지를 생각하다가 우뚝 걸음을 멈추고 즉시 근처의 으슥한 벽에 등을 밀착시켰다.

끼이이.

기화연당 전문이 열리고 그곳에서 누군가 나오고 있는 것을 발견한 것이다.

체구가 뚱뚱하고 키가 작은 여자가 어떤 장한의 배웅을 받으며 나오더니 태무랑이 있는 쪽으로 뒤뚱거리면서 총총히 걸어오기 시작했다.

그녀의 얼굴을 발견한 태무랑의 뺨이 가볍게 씰룩였다. 그녀는 다름 아닌 홍작루에서 아소를 태무랑에게 데리고 왔던 중년 여인, 즉 화주였다.

그녀가 어째서 기화연당에서 나온 것인지 태무랑은 즉각 알아차렸다.

그가 아소에게 돈을 주고 기화연당에 대해서 알아냈다는 사실을 이곳에 알리러 왔을 것이다.

그 사실을 전해들은 기화연당은 과연 어떻게 나올 것인가.

얼마 전에 장안성 화뢰원의 처참한 몰살과 화뢰들의 구출 사건이 있었으니까 필경 이곳도 바짝 긴장하고 있을 것이 분명하다.

그러므로 누군가 기화연당에 대해서 묻고 다니는 것을 심상하게 받아들이지는 않을 터이다. 필경 어떤 준비를 하고 있을 것이다.

태무랑이 홍작루에 머문 시간은 반 시진 정도였으니까 화주가 이곳에 온 것은 최대 반 시진 전이었을 것이다.

그것은 기화연당이 태무랑을 맞이할 만반의 준비를 갖추기에 충분한 시간임을 의미한다.

태무랑은 벽에 등을 붙인 채 점점 가까이 다가오고 있는 화주를 주시했다.

지금은 밤인데다 그는 흑의경장을 입었으므로 검측측한 색깔의 벽에 붙어 있으면 자세히 들여다보지 않고는 그의 존재를 모를 것이다.

화주가 대여섯 걸음 앞쪽을 걸어가는 것을 쏘아보면서 태무랑은 잠시 어떻게 할 것인지를 생각하다가 그녀에게서 시선을 거두었다.

이제 와서 그녀를 죽이거나 벌을 준다는 것은 무의미한 일이라는 생각이 들었다.

이런 사소한 일로 사람을 죽인다면 그는 앞으로 하루에도 여러 명씩 죽여야만 할 것이다.

화주가 멀어지기도 전에 태무랑은 벽에서 등을 떼고 기화연당을 향해 걸어갔다.

기화연당이 화주의 언질을 듣고 뭔가 만반의 준비를 했다고 해도 태무랑은 조금도 개의치 않았다.

지옥에서 죽었다가 살아난 이후, 그는 여러 차례 싸웠으나 한 번도 패한 적이 없었다.

그래서 그는 자신의 실력에 대해서 나날이 자신감이 충만해져 가고 있었다.

삭—

그는 너무도 가볍게 기화연당의 담을 뛰어넘어 담 안쪽 풀밭에 소리없이 내려섰다.

그는 웅크린 자세로 일어서지 않은 채 재빨리 주변을 살펴보았다.

어둠과 적막 속에 가라앉아 있는 마당과 전각들이 시야에 들어왔다.

사람은 아무도 보이지 않았다. 화주의 말을 건성으로 들었든지 아니면 뭔가 다른 꿍꿍이가 있는 듯했다. 그래 봤자 모조리 쓸어버리면 그만이다.

태무랑은 몸을 일으키자마자 마당을 향해 쏜살같이 달려나갔다. 제일 가까이에 있는 마당 건너편 전각부터 살펴볼 생각이다.

그는 발자국도 남기지 않고 기척도 없이 십여 장 폭의 마당을 단숨에 가로질렀다.

하지만 그는 전각에 이르지 못했다.

촤아악!

전각을 삼 장쯤 남겨놓았을 때 갑자기 머리 위에서 이상한 소리가 들렸다.

움찔하며 그 자리에 멈추고 재빨리 위를 쳐다보았다.

촤아아!

처음에 그는 그것이 무엇인지 몰랐다. 구멍이 숭숭 뚫린 커다란 물체가 밤하늘을 가득 뒤덮은 채 쏜살같이 떨어져 내리고 있었다.

'그물!'

한발 늦게 그는 그것이 무엇인지 깨달았다. 그물이었다. 게다가 마당을 온통 뒤덮을 정도로 컸다.

챵!

피하기에는 이미 늦었다고 판단한 그는 번개같이 어깨의 기형무기를 뽑았다. 그물에 휩싸이기 전에 잘라 버리고 빠져 나가려는 것이다.

철그렁!

그러나 그가 힘껏 무기를 휘둘렀는데도 그물은 잘라지지 않았다.

칼날이 그물에 닿자 불꽃이 튀었을 뿐이다. 안타깝게도 그것은 쇠 그물이었다.

파악!

"윽……!"

다음 순간 쇠 그물이 그를 뒤덮었고, 엄청난 무게 때문에 그는 비틀거리다가 쓰러졌다.

뒤이어 사방에서 횃불과 도검, 몽둥이를 움켜쥔 수십 명의 장한이 커다란 더미를 이루고 있는 쇠 그물로 빠르게 우르르 몰려들었다.

파파팍!

그리고 누군가 재빠른 솜씨로 태무랑의 혈도, 즉 마혈을 제압했다.

뒤이어 몽둥이를 쥐고 있는 장한들이 불문곡직 쇠 그물에 갇힌 태무랑을 소나기가 쏟아지듯 두들겨 패기 시작했다.
퍼퍼퍼퍼퍽!
태무랑은 마구 몸부림쳤으나 그럴수록 쇠 그물이 더욱 옥죌 뿐이었다.

『무적군림』 2권에 계속…

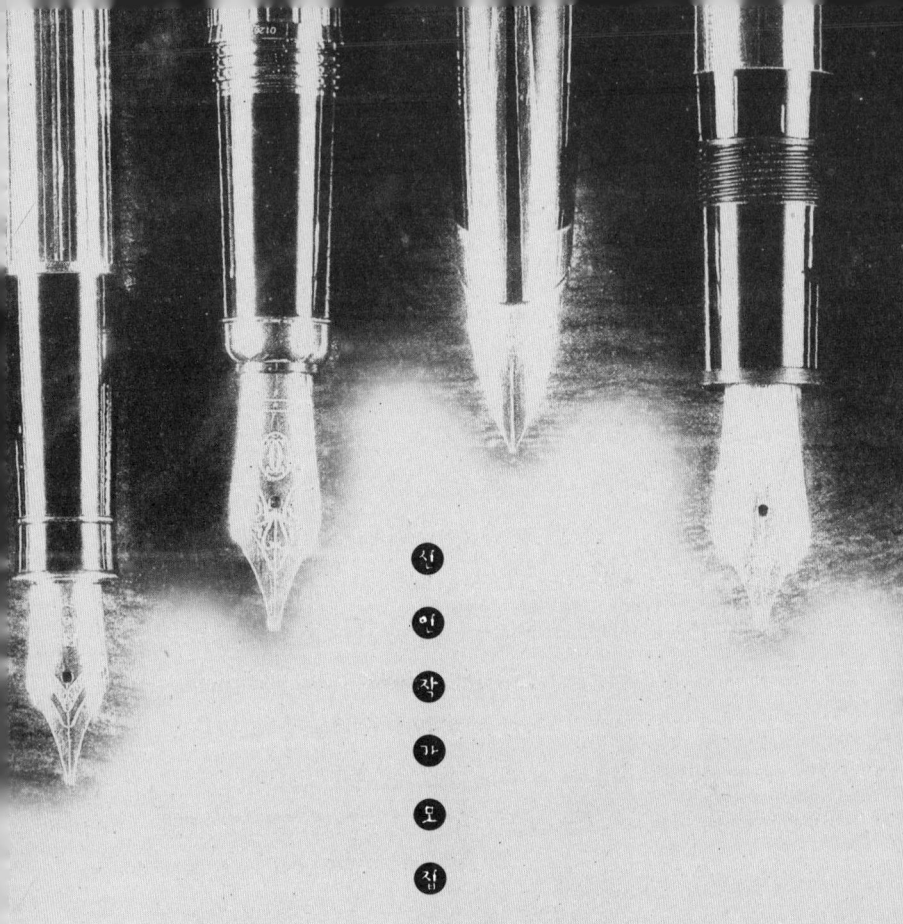

임준후 新무협 판타지 소설

「철혈무정로」,「천애검엽전」의 작가 임준후!
그가 태산처럼 거대한 남자의 이야기로 돌아왔다!

"네가 좋아하는 방식대로 살 거라.
지금까지처럼 마음이 가고 몸이 가는 대로!"

스승이 남긴 말을 가슴에 새기고 중원으로 나온 강산하.
고향으로 향하는 귀로에 하나둘씩 인연이 모여들고
어느새 그의 걸음마다 무림의 판도가 바뀌기 시작한다.

태산처럼 굳세게
산들바람처럼 유유자적하게
흔들리지 않고 올곧게 자신의 길을 걸어간
괴협 철산대공 강산하의 가슴 묵직한 일대기!

Book Publishing CHUNGEORAM

 유행이 아닌 자유추구 -
WWW.chungeoram.com

용호객잔
龍虎客棧

설경구 新무협 판타지 소설

낙양 변두리에 위치한 허름한 용호객잔.
폐업 직전까지 몰렸던 용호객잔에 북덩이,
천유강이 저절로 굴러 들어왔다.
그런데… 이 객잔 좀 수상하다?

독문병기는 낡은 주판, 중원상왕을 꿈꾸는 객잔주인, 용사등.
독문병기는 마른 걸레, 끔찍이 못생긴 점소이, 용팔.
독문병기는 식칼, 긴 독수공방 끝에 요리와 혼인한 숙수, 장유걸.
독문병기는 이 빠진 도끼, 사연 많은 남장여인, 문우령.
독문병기는 얼굴, 기억을 잃어버린 절세미남 신입 점소이, 천유강.

"중원의 상왕이 되리라!"

현실감각이라고는 찾아보기 힘든
용사등의 허황된 선언이 천하를 혼란에 빠뜨린다.
바람 잘 날 없는 용호객잔의 평범한(?) 일상에
중원의 이목이 집중된다.

Book Publishing CHUNGEORAM

유행이 아닌 자유추구 -
WWW.chungeoram.com

Unterbaum
GOD BREAKER

이상혁 판타지 장편 소설

운터바움
신들의 파괴자

나를 세기할 자, 그를 다스리는 한 편의 책.
찾아 줬으라. 그리하지 않으면 나는 불타리.

세계의 근거, 그 자체인 거대한 나무, 바움.
그 아래에서 살아가는 생명들의 세상, 운터바움.
윈델은 신탁에 따라 바움을 파괴할 책을 찾아 떠나고
맨 처음 그의 손이 책에 닿는 순간 운명이 격변한다.

십 년을 모신 주인이자 친구, 세베리아를 비롯
세상 모든 것이 자신의 존재를 잊어버린 상황에서
윈델은 존재의 증명을 위하여 운명과 싸우기 시작한다!

나무의 파괴자 '엠베르크'란 무엇인가?
모두가 잊어버린 '나'는 대체 누구인가?

「데로드 앤드 데블랑」, 「카르마 마스터」의 뒤를 잇는
이상혁 작가의 정통 판타지 대작!

「운터바움-신들의 파괴자」!

Book Publishing CHUNGEORAM

유행이 아닌 자유추구 -
WWW.chungeoram.com

守護武士
수호무사

각사 新무협 판타지 소설

소년은 오직 소녀를 위하여 검을 들었다
가슴에 담긴 지키고자 하는 뜨거운 열망.

"이제는 지킬 것이다."

단 하나 남은 소중한 인연, 무유화를 지키려
악의에 휩싸인 무림을 수호하기 위하여
윤, 세상에 서다!

그의 용혈검이 떨치는 무상류와 구천류가
모든 악을 쓸어내리라!

지키는 자!
수호무사 윤, 그를 기억하라.

Book Publishing CHUNGEORAM

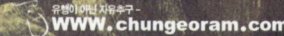
WWW.chungeoram.com